撿拾靈魂的碎片

谭风华◎著

中国经济出版社
CHINA ECONOMIC PUBLISHING HOUSE
·北京·

图书在版编目（CIP）数据

捡拾灵魂的碎片/谭风华著，

北京：中国经济出版社，2018.1

ISBN 978－7－5136－4848－6

Ⅰ.①捡… Ⅱ.①谭… Ⅲ.①散文集—中国—当代

Ⅳ.①I267

中国版本图书馆CIP数据核字（2017）第215598号

责任编辑　朱　杰

责任印制　马小宾

封面设计　任燕飞工作室

出版发行　中国经济出版社

印 刷 者　北京金明盛印刷有限公司

经 销 者　各地新华书店

开　　本　710mm×1000mm　1/16

印　　张　20

字　　数　256千字

版　　次　2018年1月第1版

印　　次　2018年1月第1次

定　　价　35.00元

广告经营许可证　京西工商广字第8179号

中国经济出版社 **网址** www.economyph.com **社址** 北京市西城区百万庄北街3号 **邮编** 100037

本版图书如存在印装质量问题，请与本社发行中心联系调换（联系电话：010－68330607）

自 序

没出书前，总觉得出书是人生了不得的一件大事，门槛很高，比登天还难。我的第一本书《屐红高跟鞋的雨》，是本现代诗选集，2016 年 9 月由中国三峡出版社出版发行。拿到样书时，我非常感慨，跟朋友开玩笑说，我的“疹子”终于发出来了，很有点异样的兴奋和感激。

短短一年多时间，这本《捡拾灵魂的碎片》，是我继《屐红高跟鞋的雨》《滤》《城·色》后，正式出版的第四本书，是我的第二本散文集。最近准备与中国经济出版社签订出版合同，发现现在的自己似乎与出第一本书前的我，多少有些不同，但究竟有多不同，似乎又说不太清楚，反正与当初没出过书时相比，心态或多或少发生了变化。打个不恰当的比喻，感觉现在出书，不再是出“疹子”，而有点像在“脱衣服”，每出一本书，其实就是当众剥掉一层衣服，先是道貌岸然的西装外套，而后是领带、衬衣、棉毛裤，再就是内衣、内裤，然后把“皮”揭了下来，功力比较大和浓厚的，最后甚至像哪吒，把骨肉和血都剔了下来，还给父母，还给自然和大地，还给上帝和神，仅剩下灵魂，光溜溜的，一丝不挂，没有遮拦和隐瞒，在众目睽睽之下“裸奔”。从此以后，你似乎总站在明处，人家却都躲藏在暗处。书卖得越好，阅读的人越多，出书的人就越发透明，像行走在风中的一块透明薄片或玻璃。这也可能是钱钟书为什么说“假如你吃了个鸡蛋，觉得不错，何必认识那下蛋的母鸡呢?”的缘故了。

作者本人并不都愿意面对公众。记得 1985 年米兰·昆德拉获得“耶路撒冷文学奖”时，发表了《小说与欧洲》的受奖演说，在演讲中他说道：“按照福楼拜的说法，小说家是一位希望消失在其作品后面的人。消失在他的作品后面，也就是说拒绝公众人物的角色。而今天的大众媒体与福楼拜的意愿相反，使作品消失在它的作者的形象后面。而小说家一旦扮演公众人物的角色，就使他的作品处于危险的境地，因为它可能被视为他的行为、他的宣言、他采取的立场的附庸。而小说家绝非任何人的代言人，他甚至不是他自己想法的代言人。”但事实上，除了曹雪芹、凡·高、艾米莉·狄金森、薇薇安·迈尔、佩索阿、卡夫卡等少数几位大师，生前冷寂，死后荣光，很少有人能从名利、媒体追逐和荣誉围困等陷阱和樊篱中跳出来。而我相信，真正的作者，往往更多地希望读者去关注其作品，而非其本人，作品比其本人更真实、更重要。

我出生在湖南省通道县，童年是在一个叫坪阳乡坪阳村的地方度过的。那个地方很偏僻，至今还保留着许多春秋战国时期的楚国遗风遗俗，背地里还盛行一些巫鬼文化的残迹。旧《通道县志》记载，当地土著“有病则尚祈祷，而不用医药。”当地人暗地里普遍比较信巫、信鬼，供奉梅山、保山、小山等神祇，平常没事，随随便便就可用米、鸡、草、蛋、衣等物件做巫卜，身边一个其貌不扬的人，很可能就是一个会喊魂、收惊骇、挂符、酿水、收魂、放马脚的“隐性”巫师。记得小时候，夜里我常到坪阳村侗族小伙伴的家里，围着火塘，煨着红薯，烤着玉米，听大家讲鬼故事，讲转世“再生人”的传闻，那时候我会讲一口流利的侗族话，交流没有一点障碍。其中有一个说法，我至今记忆犹新，说一个人若是去世了，灵魂出壳，就会沿着生前走过的路，脚尖着地，倒着走回去，一直走到出生地，而且会每走一步，都佝着身子，将掉落在地上的脚印一一捡拾起来。一个人不论活多长，走多远，行过多少路，最后都会把他的记忆和留在过往里的痕迹捡拾起来，送回到故乡或出生地，与身首一起埋葬。据说曾经有人不信这个传说，还做过实验，在某人去世时，在其出生的堂屋里撒上炉灰，三更半夜，躲藏在屋内，坚持三宿不打瞌睡，就可以清楚地看见死者的灵魂进屋捡拾最后脚印的场景。

其实，通道这个地方，历史上留下有名记载的相关文字并不多，零星半点。但明朝时候有个浙江举人，叫包汝楫，曾任绥宁知县五年，在天启五年（1625 年），游历绥宁、辰溪、沅陵、靖州、通道等地，很多地方是屈原和沈从文都没去过的地方，在他著的《古今说部丛书第四集（南中记闻）》中，留有一段对通道的有趣记载，不完全准确，但非常珍贵。全文摘录如下：

“通道县共六里止。二里系汉民，被服与中国同。四里系苗民，不冠不履，男妇俱右衽佩刀。男子头插雉尾，身穿短袄，胸背两臂，俱花绣；妇女头髻，偏挽右傍，顶上插一根银牌为饰，上衣齐腰，亦花绣；男妇下截只穿长裤一条，冬夏跣足。男子娶妇七日，即送回母家，遇耕获时，暂唤帮助。平时止在母处。男子年长未娶号罗汉，女子年长未嫁号老陪。其罗汉已娶妻，遇妇人有姿色者，仍托名罗汉，复行取讨。老陪已嫁夫，遇得意男子，亦自托名老陪，又复嫁配。夫妇不恒，自成夷俗。妇人非有孕欲产，不至原夫家，其夫各亦不恋本妻。此苗错处中土，编在版籍，其习俗如是。”

需要说明的是，文中所说的“苗”，实际都是“侗”。苗族和侗族，以及湘西土家族，对于外人或汉人来说，不太分辨得清，容易混淆，即使是本地人，若不因为民族冲突或其他原因，也并不像楚河汉界划得那么清楚。文中说，当地人喜欢赤脚却是千真万确。我原以为是因为穷，买不起鞋子，却似乎并非如此，更多的倒是生活习惯。

沈从文在 1932 年 9 月 22 日在山东青岛写的《月下小景——新十日谈之序曲》，讲的是湘西黄罗寨的故事，曾记有以下的湘西民俗，很多专家怀疑其真实性，以为是沈从文的杜撰：

“女孩子是不会说谎的，本族人的习俗，女人同第一个男子恋爱，却只许同第二个男子结婚。若违反了这种规矩，常常把女子用一扇小石磨捆到背上，或者沉入潭里，或者抛到地窟窿里。习俗的来源极古，过去一个时节，应当同别的种族一样，有认处女为一种有邪气的东西，地方族长既较开明，巫师又因为多在节欲生活中生治，故执行初夜权的义务，就转为第一个男子的恋爱。第一个男子因此可以得到女人的贞洁，但因此就不能够永远得到她的爱情。若第一个男子娶了这女人，似乎对于男子也十分不幸。迷信在历史中渐次失去了它本来的意义，习俗却把古代规矩保持了下来。由于××守法的天性，故年青男女在第一个恋人身上，也从不作那长远的梦。”

“当地女孩子因为这方面的习俗无法除去，故一到成年，家庭即不大加以拘束，外乡人来到本地若喜悦了什么女子，使女子献身总十分容易。女孩子明理懂事一点的，一到了成年时，总把自己最初的贞操，稍加选择就付给了一个人，到后来再同自己钟情的男子结婚。男子中明理懂事的，业已爱上某个女子，若知道她还是处女，也将尽这女子先去找寻一个尽义务的爱人，再来同女子结婚。”

通道也属于湘西的一部分，是湘西的角落，地理上比凤凰更为偏远，通道的侗族很多风俗习惯、生活理念和着装打扮，与处于稍北的凤凰的苗族、土家族极其相近，虽然很多外人是看不出其中的差异的。认为“处女”是邪气的，初夜权让渡给土司（酋长、族长）、巫师，或随便一个什么男人，并没有汉人传统里的那种强烈的“贞操”观念，社会、乡俗也并不标榜“节妇烈女”，在他们的意识里，第一个男人的睡和“破处”其实是在给这个女人做一件很有功德的“好事”，并没有什么道德上的罪恶。1999 年，因修建株六复线铁路，我在黔西南州的凯里一个工程指挥部里工作了一年，据说凯里当地的苗族、侗族仍然流传着家里男性老大其实并没有财产继承权的风俗，因为老大多半是说不清父亲是谁的“野种”，这一方面有沈从文“处女”邪气的传统观念，另一方面可能是这里的民风更看中女人的生育能力，强调女人“传宗接代”的义务，能够生育才能正式进家门。所以包汝楫才说通道“妇人非有孕欲产，不至原夫家，其夫各亦不恋本妻”。我以为，其叙述真实可信。

当然，现在的通道早已不是明朝时候的那个样子了，大量的风俗已主动或被动地“汉”化。我童年的时候，周边像包汝楫、沈从文等叙述的情况也不多见，已开始非常“文明”起来了。我感兴趣的，或比较吃惊的倒是，从包汝楫所叙述的明朝天启年间，到沈从文所叙述的二十世纪三十年代的民国，三百年过去，时间在通道这个地方似乎是静止的，没有多少变化。而这种无变化，甚至又可以从明朝天启年间，追溯到春秋战国以前，包括隐藏在老庄等古代典籍的故事里……作家韩少功在一篇名叫《文学的根》的文章里曾经追问：“绚丽的楚文化到哪里去了？”然后又介绍说：“两年多以前，一位诗人朋友去湘西通道县侗族地区参加了一次歌会，回来兴奋地告诉我：‘找到了！’她在湘西那苗族、侗族、瑶族、土家族所分布的崇山峻岭里找到了还活着的楚文化。那里的人惯于‘制芰荷以为衣兮，集芙蓉以为裳’，披兰戴芷，佩饰纷繁，萦茅以占，结茝以信，能歌善舞，呼鬼呼神。只有在那里，你才能更好地体会到楚辞中那种神秘、奇丽、狂放、孤愤的境界。他们崇拜鸟，歌颂鸟，模仿鸟，作为‘鸟的传人’，其文化与黄河流域‘龙的传人’有明显的差别。”关于“鸟的传人”，可能与四川成都挖掘出来的三星堆和金沙遗址文化，以及古巴蜀文化和夜郎文化有着神秘的、千丝万缕的联系和渊源。通道这个地方历史上也应该属于“鸟”文化。

而通道那种不可逆转和遏制的“汉”化，是从什么时候开始的呢？新《通道县志》中有以下这段记载可供参考：

“民国22年，也就是公元1933年10月，通道国民党县政府设改良夷民风俗委员会，并组织钩裙队、剪发队，强迫当地少数民族断发易

服。也就是从那开始，当地侗族开始进一步‘汉’化，侗族妇女改穿裤而不着裙，青年妇女服饰也有所改变，衣着有领，衣领、袖口、裤口用青、兰、绿三层扎成条边。夏季常穿进口洋布衣。而独坡妇女仍着宽短袖衣，袖口仅及手弯处，并向上翻起三、四寸，翻袖都用蓝布。”

设立改良夷民风俗委员会的初衷很可能是善意的，并非像某些资料介绍那样充满恶意，也不一定在“强迫”执行和实施，但世事往往如此，善良的出发点并不总能够抵达好的目的地，人们常常一次又一次犯“好心办坏事”的错误。而社会的改革、变化往往都是从服饰、打扮、生活习俗这些细微和不起眼的地方起步的，风起于青萍之末，蝴蝶效应，所以婚姻习俗也应该在那时，在当地慢慢发生改变。这可能也是沈从文在二十世纪三十年代后期回湘西时，一路写《湘行散记》《湘西》，字里行间常感慨“古风”不在的叹息的缘故吧。那种对未来变化的善意企盼，也一如沈从文在《长河》里，写辰河的中部小口岸吕家坪的人对“新生活”的憧憬和担忧相一致。

虽然我的祖籍是湖南娄底涟源，但我至今从来没有涉足那个地方，除了祖坟，直系的亲属早已离开那个地方。而通道却是我的出生地，在这篇序言里之所以啰嗦这么多，只想告诉读者，通道就是这么一个不起眼的小地方。而我就是从那样一个地方，一步一步走了出来，然后因工作或生活等原因，去了很多地方，走过很多的桥，看过很多的云。有些地方偶有感触，写下点文字；有些地方偶有感触，因种种原因并没记下什么；而有些地方，去了就去了，既没有感触，也没有只言片语。所以这本书的第一辑《水浸的牵牛花》都是我在通道县坪阳乡童年时的一些记忆，这是一组并没有全部写完的文章，十年前虽雄心勃勃，却因意外到了北京，又因要写《城·色》那组文章，便将这个系列中断了，后来想续写，却因思路实在接不上，精力和时间又难以允许，已很难续写，所以也就只完成了这几篇文章。而最为重要的原因是，其实我对于通道来说，毕竟还是“外人”，对于这块神奇土地来说，只能算个养子，对它的理解和了解，并不能够像想象那样，深入到骨子里去。而其他文章却于坪阳没有多少直接关系，但坪阳这个地方，对于我来说，却是其他地方的一个永远参照系，无法泯灭。而这些记下的文字，形成我灵魂的某些需要捡拾的“碎片”，结集成这本书，如此而已……也许只是为了方便灵魂碎片的最后捡拾，害怕到那时脑子糊涂，走不动路，或找不清方向，会遗失一部分印迹的缘故。

2017 年 8 月 8 日作于北京复兴路 69 号

目 录

第三辑

籍贯：湖南

第四辑
零碎的屐痕

第五辑
“糊”说“九”道

第一辑

水浸的牵牛花

葡萄女孩

人一生所经历的事，何止千万，有的刻骨铭心，有的早已忘却，而有的却深埋心底，像一粒裹着硬壳的莲子，等待某种特定的湿度、温度和时间，等待某个突发事件或诱因，等待某些不可预知的偶然和意外……那些记忆，便会莫明其妙、突如其来地觉醒、萌发和生长，千年的古莲也就令人心跳地重现天日——这是件很奇异的事情。

近日无事，重翻唐诗，读李白的乐府《长干行》，“郎骑竹马来，绕床弄青梅”，我突然想起了童年，想起了那个叫坪阳的偏僻小乡村，想起了葡萄女孩——她现在在哪呢？幸福吗？也应该为人妻、为人母了吧?！我的“竹马”可不是电影里的那种竹竿，而是带着新鲜枝叶的竹枝，跨在上面，拖在地上，跑起来身后黄尘滚滚，犹如千军万马，既威风，又热闹。葡萄女孩就远远地站在那里，矜持地望着，对我淡淡地笑着……

坪阳是个什么样的地方呢？这个地方是有的，不过很远很远罢了。在我的记忆里，这是一个奇怪而略有点神秘的地方。从地理位置上讲，坪阳属于湖南省怀化市通道县辖。怀化本就地处湘西，位于湘、黔、桂三省的交界，是个地广人稀的地方。通道县偏居于怀化的南端，而坪阳更是通道县的“南脚”，与广西龙胜县毗邻。从地图上看，坪阳就像从怀化偌大一块地方挤下来的一滴水，所以是个僻远又僻远的地方。

据说太平天国石达开率部从通道的地面上几进几出，但是不是从坪阳这个地方过，却没有人知道。一则因为这地方穷，没有搜刮的余地；

二则这地方的人本分，没有什么野心，不奢望出外闯荡，混出个人模狗样，光宗耀祖。过去的事就过去了，没有人念念不忘，事情记多了总会占脑子的空间太多，让人莫名地烦躁。

因为父亲和母亲都是湖南人，虽然我长大后因工作和生活的原因，走南闯北，四处漂泊，却对湖南总是有一种割舍不下的依恋。我常想，人们为什么总那么关注自己的籍贯或出生地呢？一个人一旦成熟，有了自我意识，他就会不由自主地自问：我是谁？从哪里来？到哪里去？——这是哲学上都难以回答的问题。因为没法给予定论，只有退而求其次，记住籍贯，至少可以知道祖先从何地发源而来；记住出生地，聊以回答自己从何起步而已。到哪里去似乎无法回答，可从哪里来至少留下一条可以探求的线索——这是人无可奈何的权宜之计，自我安慰和欺骗性的一种省略性回答。也只有如此，人才不至于一下子就陷入“不可知”的泥塘和恐惧，不至于过于的悲观。

因为是湖南人的缘故，所以想当然地以为坪阳既属湘地，自然离不开湘、资、沅、澧四大水系。又素喜沈从文，而他笔下的湘西，不管是人还是故事，总是离不开水的。因了这两方面的原因，便想当然地以为坪阳定然是在沅水的上游，沈先生也不曾去过的地方。这样一想，便有了一点叹息，一点遗憾，怎么竟然连他都不曾去过，却也因此从心底生出了些欣慰，毕竟还留了一块地方，是没让沈先生去过的。

工作多年以后，我突然有了一阵冲动，想认真地了解一下坪阳这个地方，就辗转托人从双江镇找了本《通道县志》，随便翻翻，吃了一惊，那些“想当然”竟然都是一些错误。这让我突然怀疑，我们的生活不知道还隐藏着多少自以为是的错误，而这些错误又多么可笑地左右着我们的行动和思考。

在坪阳乡界北与陇城相隔，有一座山，由八座斗形山坡叠连而成，南北走向，长约2公里，最高峰仅935.6米，并不高也不起眼，名叫八斗坡。但就是这座不起眼的小山，竟然就是长江和珠江两大水系的分水岭。八斗坡以北的广大地区占通道县总面积的93.8%，属长江流域；八斗坡以南面积仅占6.2%的，属珠江水系。坪阳就窝藏于一隅，这仅6.2%的另类土地上。

母亲为什么把我们的童年“选择”在这个鬼地方呢？是的，我说选择。学医的母亲是衡山人，我的外公外婆住在衡阳，母亲年轻气盛，豪情万丈，满腔革命思想，毕业时正赶上“上山下乡”。学校有人问她想分配到哪里。母亲怀着天真而单纯的想法，率直地说：“哪儿离衡阳近就分哪儿呗？”可哪个地方离衡阳都不近。母亲因为外公的原因属于“黑五类”，没有什么好地方等着她了。既然没有离衡阳更近的地方，暗藏着一点私心母亲就说：“那就找个离铁路近点地方吧?!”当时支柳铁路还没兴建，翻开地图查看，几个分配地点中，唯有坪阳似乎离铁路最近，可以绕道广西桂林乘火车回衡阳。母亲一直有晕车的毛病，闻不得汽油味，因为这个原因使她选择了坪阳。但进去一看，才发现坪阳是个叫天天不应，叫地地不灵的地方。

葡萄女孩是我童年的好友，是记忆中除家族成员之外，我所认识的第一个女性，是玩“过家家”时我的“老婆”，河对岸供销社王阿姨的女儿是我们的“女儿”。我们用大鹅卵石当凳子，大土块砌灶，青石板当锅，瓦片作碗，稻草当柴，采车前子、蕨叶、蛇苞做菜——我们“三口之家”很认真地过“日子”，很认真地扮演着自己的角色，玩得特别开心。

葡萄女孩叫霞，我已记不清她的姓，好像姓吴，又好像不是，已记不确切了。她父亲是坪阳公社的武装部长，那时武装部长的权力好像很大，因为有枪。后来流行“狂犬病”，公社成立了打狗队。她家的狗也有“狂犬”的嫌疑，再说作为一项上边交代下来的政治任务，公社领导干部总是应该带头的。她父亲就含泪用那手枪杀了她家那条看门狗，狗皮剥下来做了条褥子。枪可以用来杀狗，是我很小的时候明白枪的一种用处，但也仅此而已，实在不知道枪还有什么更大的用处。杀狗时，我很高兴，但她却哭了。而她却是吃了狗肉的，我没尝过。她恨我在杀狗时在她面前蹦蹦跳跳过分快乐的样子，她不让我吃她家的狗肉，也许是为了报复我的“快乐”吧。

葡萄女孩的母亲是坪阳公社卫生院的医生，和我母亲是同事，所以两家隔得很近。她家有个菜园，菜园外围着整齐的竹篱笆，篱笆上缠着一条葡萄藤，能结绿玉般晶莹的葡萄。想起她家的葡萄，我禁不住要流口水，因为每到葡萄要熟还未熟时，我就伙同村里的野孩子去偷她家的生葡萄，被她家的狗咬得四处跑。她母亲就说：“你别偷，你要吃，跟姨说一声，我送你。”说得我满脸通红。葡萄熟时，我果然能跟着母亲到她家去喝油茶、吃葡萄，吃得牙齿酸酸软软的……那是一件好惬意的事呵。

我也记不清她究竟比我大，还是比我小。我不记得和她同过学，好像到了上乡村小学的时候，她家就搬到县城去了。她的相貌如今也记不清，我想那定然是娇好的，因为她穿裙子，乡村里穿裙子的小女孩太少了，所以我一直以为她很漂亮，清清净净地牵着她家的狗，矗立在她家篱笆园的门外……不久，她家出了件轰动全县的事。她有个哥哥，大她好些岁，那年被征兵入伍，当了空军飞行员。为此，在公社会场的楼上开了个在当地有史以来最隆重的欢送会，桌子上摆满了花花绿绿的糖果，有头有脸的人都来庆贺。第二天，他便胸系大红花，站在解放牌汽车的后备厢上，一路敲锣打鼓送到县城里，然后又从县城送到遥远的我当时思维无法触及的地方。她哥荣光她家也荣光，她家荣光她也荣光，她荣光作为她的朋友我也荣光。此后，她家经常有她哥哥邮寄回来的罐头和压缩饼干，过着乡下异乎寻常的“奢侈”生活。我为“老婆”有这样出人头地的哥哥而狂喜，对她家过着“地主”般的生活充满嫉妒，并暗自立志长大后也要当一名空军飞行员。近墨者黑，近朱者赤，“孟母择邻，三易其居”是可信的，后来因她家搬到县城，我的宏伟志向也就慢慢淡忘了去。

小学五年级时，我家也搬进了县城。我跟着父亲到县革委会大院去拜访她家，她父母并不热情，便再也没什么来往。我只记得，当时她带我到院子里的一棵枇杷树下玩，神秘地掏出块东西来，用白亮亮的锡箔纸奢华地包着。她小心地掰了一小块塞在我嘴里，我一口就吐在地上，说：“黑不啦叽的！好苦，像药，什么狗屁东西？”她鄙视了我一眼，万分可惜地说：“是巧克力！我都没舍得吃呢，专等你来……”这就是我第一次吃巧克力的经历。

后来，我们便再也没见了，也没有了丝毫的音讯。

2001 年 7 月 19 日作于贵阳

井里捞回来的妹妹

我一直都怀疑妹妹是村北那口井里的红鲤精变的……

我有两个妹妹，一个小我三岁，另一个小我七岁。最小的最早结婚，然后是大妹，而我至今未婚——在外人看来，这很有意思。其实原因很简单，因为我是路边“拣”的，而妹妹是井里“捞”回来的。

大妹曾不无遗憾地抱怨说：“为什么我不是你姐姐？”是呵，为什么呢？我也充满困惑和歉意，讪讪地调侃说：“还不怪你自己？贪恋井底龙宫的仙境，不肯早到人间受苦哩！”听到兄妹的胡闹，母亲就在一旁笑。身为妇产科医生的母亲有时也不无后悔地叹气：“生你时，不该打麻醉药的，因为怕痛和恐惧——可能留下药物后遗症。看你整天里傻乎乎的，脑瓜子里不知道想些啥？尽是些稀奇古怪的念头。生你妹妹就没打了，很顺。其实生孩子也没什么的，真不像现在女人娇气，动不动就剖腹，就难产。”是吗？我嬉皮笑脸，对有无后遗症并不在意。

我出生在一个叫木脚的偏僻小地方，那是个什么样的地方呢？我已记不得了，印象中只记得一座孤零零的吊脚小木屋，屋下是条清澈的小河，河里据说到现在还有娃娃鱼，周边是一层层的山，一层层的原始森林……仅此而已。而妹妹们都出生在坪阳，所以我和她们总是不同的。其实父母为宗族计，那时还是想再生个弟弟的，担心体弱多病的我会有什么不测。“虎落平阳被犬欺”，父亲是极不喜欢坪阳这个地方的，而我却一直对它怀着深深的眷恋。大人与孩子的想法是不一样的，大人是功利的，孩子是唯美的。童年就像一粒种子，不管藤蔓爬得有多远，根还是在那里。

坪阳紧依着广西，读《李宗仁自传》时好像记得他曾率桂系部队北上进入湖南，却不记得是不是从这里经过的。因为只关注书中那些勾勾搭搭的事情，没太在意是不是经过这个地方。我有时真的很痛恨自己读书时的那种恶习，常常是随便看看，然后就随便忘了。细想来，可能性是不大的，要不然应该是留有传说的和故事的，但在当地没有任何这种让孩子津津乐道的战争故事。

多年以后，在我们家离开坪阳搬去怀化市住的时候，母亲在怀化重逢老同学邱叔叔，回想当年，感慨万千。邱叔叔的老家也在衡阳，当年分到芷江。芷江是一座美丽的小城，那里有抗战胜利的中日洽降坊和陈纳德将军的飞虎队曾使用过的、如今已废弃的军用机场。邱叔叔那时人到中年，已是两个孩子的父亲，仕途得意，升任芷江县抓文教卫生的副县长。他说当年离校时，就留了个心眼，认真研究后发现坪阳最偏，不如芷江。当年邱叔叔就劝母亲一起去芷江算了，但母亲没有选择芷江，却选择了坪阳，母亲讪讪地解释说："那时候什么都不知道，想到离铁路近，就坪阳了……那时候好蠢呵!"其实从芷江乘长途汽车比从坪阳辗转到衡阳，还是要方便多了。

邱叔叔对我说："如果当年你母亲不到坪阳，现在你们肯定就不是这个样子了……"这话其实是有问题的，生命其实是一种意外和偶然，如果没有母亲到坪阳这个"因"，她就遇不到我父亲，也就不会稀里糊涂地嫁给我父亲。当然，如果不出什么意外，她同样会结婚、同样会生子，只不过她的儿子一定不会是现在的"我"了——那将是另一个不可知的生命，而现在的"我"将不会存在于这世上的。所以，不管坪阳在父母眼里再如何苦难和不愿回忆，但在我心里总是至关重要和温暖的。

因为比妹妹大，妹妹出生时，我已开始记事。母亲是用侗族的妇人们最常见的一条蓝色背带把我们背大的。那背带很长，大约有三米，可以把孩子结结实实地绑在背上或怀里，双手就可以空出来做家务事。长大后，有人说当地人很多是罗圈腿，就是因为用背带背大的缘故。我不作声，我想，我和妹妹也许曾经都是罗圈腿，可后来怎么都转变过来了呢？那背带在家里一直保留到二十世纪九十年代中期，一次清理房间时，母亲翻了出来，妹妹很吃惊地拽在手里："这是什么东西？"我是认识的，小时候母亲忙时，就会把小妹妹捆在我身上——让我摇摇晃晃背着妹妹到外边去玩。母亲终于还是把背带剪成几节抹布，我想阻止，但母亲轻轻地横了我一眼说："留着有用？"是啊，还能有什么用呢？为什么我还恋恋不舍呢，对于一条妹妹们也许早已忘记并褪了色的背带。

公社院子紧挨着一个侗族村子，村子里有十来户人家，都是吊脚楼的木屋。村北的茶山坳的窝窝里有口井，不生不灭，不增不减，水面一年四季都能保持同样的高度。我曾用井口上那只带长柄的竹筒拼命地往外舀水，相信"只要有恒心，铁棒磨成针"，幻想着把井舀枯了，将井底的红鲤捉上来。但井怎么能舀得干呢？中秋月圆时，父亲打着电筒带我到井边，月亮浸在井里，明晃晃的，用勺一点，碎了一井，慢慢地慢慢地，又合拢了去。能捞回去吗？我向父亲提出奢望的要求。可以的，父亲很有信心地回答。真的？我既高兴又满腹狐疑。父亲带我回到家，把脸盆注满清水，端到屋外，果然月亮在盆里。井里的月亮跑到这里来，井里还有月亮吗？我问，父亲不答。我高兴地用手伸到盆里去捧、去抓，但什么也捞不起来，清凉凉的月亮从手指缝里一次又一次地溜走了，像泥鳅——那么美丽而虚幻的东西，怎么能够抓在手里呢?!

母亲生小妹时，我还记得。那时我哭着闹着要待在产房里，却被大人赶了出去，她们一个一个狡黠地望着我神秘地笑，我以为她们是不怀好意的。我只有背着大妹到村北的井边卖力地捞红鲤，为病中的母亲补身子。鱼还没捞上来，便有人跑来找我："你还不快回去，你又有一个小妹妹了。""你骗人!"我一下子就哭了，拼命地往回跑，一直跑到母亲的床边。母亲头上压着块白毛巾，有点虚弱，看着一头大汗一脸的泪水哭得很伤心的儿子，有点吃惊。怎么回事？我很委屈地申诉说："他们骗我，说我又有一个妹妹了!"母亲便笑了："没骗你，你看，这不是妹妹吗?"顺着母亲的手，我看见床边睡着个红通通的婴孩。这太神奇了，我一下子惊呆了，一切都是真的。我便破泣而笑，好奇地问："怎么来的？怎么来的?"这可给大人们出了道难题。母亲想了想说："井里捞来的!""是村里那口井?"母亲点点头。"大妹也是从那井里捞来的?"母亲又点点头。"我怎么捞不到呢?""因为你是男人。"母亲笑了，因为我是她的傻儿子。"那我是哪来的?"我充满疑惑。"你呀？是路边捡回来的!"我一下子又哭了，觉得委屈，觉得不公平，为什么妹妹都是井里捞回来的，而我却是路边捡回来的——后来，我一直想，是谁把我遗弃在路边的呢，又恰巧被好心的母亲"捡"回来……让我做了她的儿子。

2001年7月30日作于贵阳枣山路23号

醉人的桑葚

第一次醉，是少年时在看过一种稀罕而有趣的捕鱼方式之后发生的事情。因为不是因酒而醉，所以印象特别深，至今还记忆犹新。

隔着一片田畴，坪阳公社卫生院斜前方，横着一条小溪，自西北向东南潺潺而来，叫坪阳溪。再往前去，五百米就汇入普头河，属珠江水系上游的支流。“普头”疑系“普陀”之讹，却没有考据过。在我总是很夸张的孩童眼里，普头河却是大得不能再大的河了，后来涨水又淹死了水哥，我便对它一直怀着一种神秘的惶恐和敬畏。

坪阳溪平时浅得很，浅的地方水只及踝，河面又窄，一个箭步，蜻蜓点水就可跳过去。水深的地方也是有的，如村口的木桥下，深就有两米，是水牛避暑洗澡的好地方。河对岸，也隔着田畴，就是供销社，圆脸大眼睛的小张姐姐和她的小哥哥就住在那里。她家是最富的——这是我父母背地里私下嘀咕的话，因为她爸爸是供销社社长。我父母好不容易积攒下的糖票、布票，巴望着过年过节时能买点好东西，而她家好像就从没担忧过，所以到哪儿似乎都摆出一副高傲的神情，拒人于千里之外，跟我们都很少一块儿玩，更别说跟村里衣衫褴褛的侗族孩子了。

母亲平常都是在坪阳溪里洗菜洗衣的。当她洗东西的时候，我就闹着跟了去，那儿可是一个好玩的去处。河岸上长有很多杂草和野菜，野菜熬成猪食，猪最是爱吃，长得快长得肥。每到秋末，村里的壮劳力大清早就把茂盛的杂草趁先收割了下来，用老藤条一捆，一担百二十斤沾满露水的牛草就给打了回去，在村口的木桥边过了大秤，记了工分，然后才高高兴兴地回家吃早饭去，这一整天的劳作，在一个雾蒙蒙的早晨就这样简简单单地做完了。我也喜欢到那岸上摘一种长长扁扁的草叶，打成松松垮垮的结，丢在水里，看水流把那一个一个的结冲得老远老远。会冲到哪儿去呢？小张姐姐说，会漂到大河里去，然后再漂到大海里去。海是什么样子呢？好大好大吗？肯定看不到头望不到边。因为生了幻想，便越发觉得这工作很有趣，很有意思，却并不管那草结会在中途，或卡在石缝里，或冲上岸去，或被不解风情的饥饿的鱼吞吃了去，根本就到达不了希望中的海滨……

岸上还长有一种叫节节草的有趣植物，一节一节，像竹子，轻轻一扯，节与节便散开了去，像火柴般长短和大小。然后，又一节一节地斗拢，分与合，口里都念念有词，数着数，我以为我的数学启蒙就是从数节节草开始的。我们还时常用节节草“斗宝”，随意找来一条长节节草，看谁分出来的节多，谁就是胜者。到了秋天，修长的芦花秆子白花花地冒出来，迎风飘扬，像一面面旗子。采芦秆也是很卖力的事，开始总是雄心勃勃，要采一大把，拿回去给母亲扎扫帚。但那美好的计划，从来就没有实现过。因为刚采时，兴致很高，但采了一把后，便忘了当初的目的，用芦秆“拼起刺刀”来，作刀当剑，胡乱砍杀一番，弄得满地都是散落折断了的芦花秆子，战胜者欢呼，战败者也欢呼。河岸上还有一株手指头粗细的矮矮的桑树，后来还用那桑叶养活了两批从衡阳带回的蚕卵，待长得白白胖胖时，我们就让蚕在一块方方正正的玻璃板上吐丝，由于玻璃平滑无附着，蚕只有在上面边爬边吐，成不了茧，吐成了一块方方正正的白色丝绢，说待长大送给心爱的姑娘……

平常，母亲是不让我靠近河边去玩水的，怕我淹死，吓唬我说河里有水妖。我便趁着大人午睡时，偷着溜到河边去，大白天里想看看水妖睡觉的模样。因为据说在强烈的阳光下，水妖很慵懒，没有什么法力，所以我胆子也特别大。可水妖不知道躲在哪个石头缝里，始终就没有出现过，我却可以猫腰撅着屁股，在河边小心地捞蹦蹦跳跳机敏异常的虾米儿，用洗净的墨水瓶子养起来，可以放在家里摆上几天呢。或翻大石头捉螃蟹，那是最刺激、最有成就感的工作。石头一翻，河底滚起一股浊流，静候一会，待水流冲个清澈，便使劲睁大了眼睛寻去，只见那小东西畏畏缩缩横着往外爬，便悄悄盯着过去，看准了后用右手一摁，摁住它的背壳，它便不敢动弹。相持几分钟后，才大着胆子腾出左手来捉住它的一只大螯，右手抓着它的背，提拎起来，却冷不防被它另一只螯夹住左手指——哎呀好痛，却又不知如何是好，又舍不得放弃，便忍着痛死死捏着，一边哭一边往家里飞跑，路上不知道的人还以为这孩子被蛇咬了哩。到了家里，大人先是一惊，立即看清了是怎么回事，轻轻一接，螃蟹便乖乖地掉在大人手心里。再看那手指头却红肿了起来，抹干眼泪，涂上红药水，哈了口气，说声不痛，念咒似的在地上跺了一脚——大人们便笑了，自己也跟着笑。用线系了蟹脚，牵着四处乱爬，像牵着一头战利品，四处炫耀。到了晚上，用油一炸，红鲜鲜的就成了美味和佳肴，还很恩赐地分给妹妹一条蟹腿。

那天也巧，刚到河边，却见小张姐姐在对岸召唤我说："快来，我们要捉鱼去！"是吗？我便来了兴趣，过了河去，想看他们如何捉。只见她小哥在稻田里东搜西抓，捉了一条四脚蛇、三只青蛙、五只蚱蜢，还摘了一把嫩野菜。要这些干什么用？我满腹狐疑，却跟他俩去了家里，她小哥便躲在柴屋里将青蛙和四脚蛇的头和内脏去了，再和着蚱蜢、蚯蚓、野菜细细地剁成浆末，在锈铁锅里用油爆炒得香喷喷的，然后抓了把米炒熟，用盅捣碎，再拌在一起，这样既有米香又有肉香的饵就做好了，然后再用塑料包上，带上一个竹编的四方篓子回到河边。四方篓子是捕鱼的工具，上方有个圆口，内有内胆，胆口内缩，是个锥形，鱼儿易进不易出。我们站在桥上，她小哥到桥下浅水急湍处，把鱼饵用手指挑了一坨放在篓子的底部，然后放进水里，用石子压上，就跑到桥上，问："有鱼来了没有?""没有。"小张姐姐和我嘟哝着嘴，摇摇头，由于程序太复杂，我们感到很累。"快看快看，来了!"她小哥小声说。确实有几条小鱼循着饵香逆水游来，围着篓口警惕地犹豫着，一会便钻了进去。她小哥叫我们看着，又下了河，指了指篓子，嘴唇夸张地动着，好像在问："还在吗?""还在。"我们也紧张地动着口，却不敢说出声来。小哥走近去，一弯腰，迅捷地用篓盖盖住篓口，移去石头，捧了起来，篓子里便有一条或两条小鱼儿在白闪闪地跳——后来，我去过她家，看了她家的玻璃鱼缸，里面养着几条美丽带花纹的鱼，就是那天捕到的。

因为看得累，便失了兴致，自己便到了河里寻虾捉蟹。有点饿了，抬头却见岸上一株植物的叶子下结着乌黑、紫红的果子，有点像三叶苞的样子，不知道能不能吃，但口水却来了，摘了一颗，斗胆掰了一点舔在舌头上，有点甜酸，并无异味，便把一颗都嚼在嘴里，小心翼翼地一点一点咽下喉咙，吞到肚子里——后来读书上学，我常想起这件事，以为神农氏尝百草也是这个样子的。又隔很久，见没事，又不肚痛，也不头晕，便放心大胆暴吃起来。吃到最后只剩青的和紫红未熟的果子，说隔几天再来，肯定又熟了。站起来，要回家，却站不稳了，腿脚软软的，偏偏倒倒地回了家。母亲一看就不对头，又是个急性子，啪的一下就是一个耳光："说，你吃什么了？伸出你的舌头，怎么乌蓝乌蓝的?"我当时看不到自己，不知道自己一口乌黑，像是中了毒，又被打得哭了，话都说不清楚。幸亏卫生院的老中医在一旁劝住母亲："别慌，带我们去看看，好吗?"我点点头。母亲便背上我，由我指路，领着老中医一起去看，到河边一看，老中医便笑了，说："没事没事，是桑葚呢。能吃，醉人。”

母亲便放下一颗悬起的心，我便昏昏醉去，整整睡了一天一夜。

2001 年 9 月 19 日作于贵阳双峰路单身宿舍 403 室

水哥

对于死，我总有一种莫名的恐慌，总觉得那位待我好的水哥的鬼魂儿会随我而来，蹑着脚跟走路，附在我身上。

水哥是坪阳公社小学里就读学生中最大的一个，当这些山里的侗族孩子欺负和惊吓年少胆小的我时，他总会跳出来帮我。有什么目的，我不知道，反正我没给他带来什么好处，也许是喜欢我家里的那些小人书的缘故吧。他是我的朋友。

小学建在一座小山丘的腰上，两座小木屋，中间夹着一块平地。平地是用来升旗和老师训话用的。因平地太小，伸展不开，所以课间操要到山下的土篮球场去。在学校和篮球场的坡中间是厕所，很脏，但却是最好的农家肥生产“工厂”。从学校下来，走近道是条很陡的土台阶，零星嵌着几块石板，因槛很高、很陡，下雨时特别滑。我有恐高症，前几次我居然是爬着上去爬着下来的，这引来了山里孩子们的笑声，笑我是狗，我脸红红的，一个汉人的孩子居然没有尊严。但几次之后，我就能站着走上去，站着走下来了。

学校的侧后，是一条陡斜的小坡，需要就着惯性跑下，可以到达一片坟地。这片坟地是个好去处，凹凹凸凸，一个坟堆连着一个坟堆，坟头上长满了细绒绒的草。秋冬之时，草儿枯黄，柔软而干燥，太阳出来，蒸发掉晨露，就可以躺在上面晒太阳，晒得浑身暖洋洋的，这时上课的钟就会不合时宜地敲响。要去坟地，那个陡坡是必经之路，我总恨自己不能和其他小朋友一样，像自由的小鸟似的飞下去又飞回来。只有在好胜心的强烈驱使和诱惑下，我才会下定决心从陡坡上倒爬下去，模样很狼狈。到半路上，心一急，一个趔趄，便会在别人的哄笑中滚下坡去，跌在草丛里，擦破了点皮，便大哭起来。水哥便忙着把我抱起来，批评我说："真没用。男子汉怎么能哭鼻子?"我脸上挂满泪水，其实心里却高兴得很，自己总算也是下来了，总算也可以躺在坟堆边上，听水哥讲这里的一个个坟里的鬼故事。有时听着听着，就担心哪个鬼会突然从坟里伸出一只手来，抓小鸡似的把我和水哥拉进去当了"替死鬼"。据说只有抓到了"替死鬼"，那坟中的死鬼才能喝了孟婆汤再去投胎呢，变个猪变个狗的，开始新的轮回。

坟场的背后，是一些即使清明节也无人祭扫的野坟，隐在密密的细坟竹下面，风一起，隐隐就有沙沙的声响，阴森而恐怖，寒意远远地袭来，心便突突地跳。我便在那顽童的惊吓之下，真的以为在青天白日里会跳出些鬼怪来，毛骨悚然，便听天由命地蒙上了眼睛。水哥说："你这人怎么没出息，像女人，连鬼都怕?!"这时水哥忙赶开这些天不怕地不怕的孩子，带着他们溜进那细坟竹里，打"地道战"、躲猫猫、玩游戏……远远留下我在空荡荡的坟堆里，心里又痒、又恨、又怕，我懂得和体会到了那个年龄不该有的孤独和恐惧。坟地里风大，有时会中风寒，回家发高烧，乡里人便会附会说是"鬼附身"。我经常有"鬼附身"的时候，但因为母亲是医生，青霉素一打，盐水一吊，烧退了，病也好了。小时候，我常莫名地生病发高烧，我有时怀疑是不是被人种了蛊。而我，却老是死不了，所以村里人私下议论纷纷，说这细伢子命大。

水哥和护林大叔都说最难看的鬼是吊死鬼，眼珠子暴突，舌头吐得有一尺长，青面獠牙，最是吓人。我总信以为真。山脚下狗娃的舅舅上吊死了，这是个悬案，没有人说得清楚缘由。唢呐鞭炮响了几天，这天就要埋进学校旁边这片坟地了，因为吵得我们没法上课，老师索性放我们的羊，让我们看埋死人。狗娃舅舅被人用一块崭新的上好的土布裹着，用微张的“死人伞”遮住面部，抬出屋，放入漆黑乌亮的棺材里，“死人伞”也陪葬进去，钉上木钉子。这地方把没完全张开的伞叫“死人伞”，所以我们平常打伞总很规矩，主要也是忌讳。棺木上覆盖上了狗娃舅母积攒了多年舍不得穿、舍不得用的、自家手织的土布，土布染得红红绿绿的，但大多是染成发亮的黑色。狗娃舅舅用过的旧衣旧物便烧了去，避免睹物思人，这可怜的妇人就要当大半辈子的寡妇了。狗娃披麻戴孝走在送葬队伍的前头，水哥挤在队伍中间举幡，一路的火炮唢呐——狗娃舅舅家离坟地并不远，但程序烦琐，时间很漫长。山里人办大事难得一两回，不重生却重死，这是一种炫耀。

水哥是个爱热闹的热心人，帮忙回来时，神情就像打胜仗归来的猛士，有点得意扬扬。其实这个地方死人，除了死者的亲属，大家并不太忧伤，因为死人和嫁人一样，都有酒喝、有肉吃，如同过年，是极好的事情。水哥对站在教室门口远远观望的我说：“看看，真富贵呵!”而我却惴惴不安，狗娃舅舅是吊死的，恶死的吊死鬼肯定是要找替身才能转世投胎，不知谁又要遭殃了。

其实，最让水哥羡慕的是护林大叔为自己打造的那口上等木材的棺材。水哥喜欢带狗娃钻进去睡觉，有一次被护林大叔发现，破口大骂，骂水哥短命的畜生，骂他不得好死，骂得很难听，乡里人骂架口没遮拦，怎么痛快怎么骂，骂完了什么事也没有了。水哥跑得远远的，嗯嗯两声，傲然地说：“再过两年，俺也打一口给你瞅瞅，糟老头子。稀罕!”当地有个风俗，提前备好棺材，与人增寿。打好的棺材也放在家里，不忌讳。看见棺材的人也高兴，说可以“升官发财”。所以，《周公解梦》里说，谁晚上要是梦见了棺材，那不是坏事，不是说这人不久于人世，而是要向此人恭贺，这人不久后不是升官，就是发财。若你跨过省界，到离通道不远的广西桂林旅游，还可以见到当地把用楠木或檀香做成的礼品“小棺材”当作旅游纪念品来卖。

水哥不怕鬼，却是这地方出了名的，我是不敢碰棺材的，所以对于水哥，我从心底里总有一种难言的恐慌和担心……一夜的暴雨，终于让这年的洪水暴涨了起来，往常温柔静淑的坪阳溪浊流滚滚，深达三四米，红如鲜血，千军万马，势不可当，直扑普头河。风呼呼地狂啸着，天阴沉地板着脸孔，把一只青色的大手压将下来。早饭还未吃，忽见远处人头攒动，在普头河的河坝那边有人惊叫：“落水了。有人落水了……”我心里一惊，一溜烟儿跑到卫生院门口，翘首望去，有一丝不祥的预感在心里蹦蹦跳跳。每年学校放假涨水时，好水性的水哥总要戴着斗篷和蓑衣到坝上钓鱼，每回总能钓到活蹦乱跳的一大篓，湿漉漉地挂在腰间……每回都能送我一条。不一会儿，只见护林大叔怀里抱着个东西飞快地往这边跑来，一身泥水的狗娃哭着喊着跟在后面，我的心咯噔一下，暗叫不好，眼泪随着也滚了下来。

静静躺在坪阳公社卫生院一张躺凳上的真的是水哥吗？以至于以后我再也没敢坐那张像一张小床一样的躺凳了，我觉得水哥最后的魂魄就滞留在那上面了。水哥肚子鼓囊囊的，像一只当作气球吹胀的苍白的避孕套，皮肤被水泡得失了血色，全身浮肿，机灵的眼睛无力地闭着。张医生翻过来倒过去地摆弄着水哥，挤压他的肚子和肺部，喷出些水和可能昨夜里吃的玉米饭。然后犹豫了一下，下决心做人工呼吸，那是奇怪的做法，我用充满神奇和惊异的眼光看着这一切，期望奇迹的出现。张医生无奈地摇摇头，低头对跪在地上的水哥娘低声说了句什么，水哥娘号啕大哭起来，所有的人都知道回天无力了。张医生皱了下眉头，说：“时间很短，有什么后话要赶快说，要不然话也没说的了。”水哥娘茫然地点点头。张医生便在水哥的胸口上打了一针，长大后我一直在想那可能是强心针之类的东西。

针打过之后，不一会儿，水哥居然睁开了眼睛——所有人的脸上都掠过一丝淡淡的笑容。活过来了。水哥活了。最高兴的是我，我几乎要欢呼起来。水哥从来就不怕鬼，他怎么会死呢？

但水哥很虚弱，含糊地说了句什么话，水哥娘点点头。然后他瞄了一圈周围的人，也看见了我——头一仰，气便泄了，倒头死了，一个人的死其实是很简单的，水哥就这样，最终还是化作了普头河里的水鬼了。淹死的多是会水的，村里人都说他因年轻气盛，被河里的红鲤精勾了魂，不死不成的。但我总怀疑他是被狗娃舅舅抓去当了替死鬼。为了这一厢情愿的想法，为了救水哥的游魂，我偷偷壮着胆子在狗娃舅舅的坟头上撒过一泡尿，愿水哥早日投胎。

但水哥终不会如我所愿的，他注定要做个野鬼了，也许因为他生前与鬼结怨太深的缘故吧。村里人说他是恶死，又是落水早夭，属短命鬼，是进不了坟场的。而幼小的我始终也没弄明白，为何狗娃舅舅也是恶死，却能堂而皇之埋进坟场，而水哥为什么就不成呢？唉，人世间的事实在太复杂了。两天之后，水哥便被用几块薄木板钉了起来，葬在远远的西山里，那将是无人祭扫的荒坟——水哥只能做个野鬼了。

在这事发生的前些天，我还用一颗水果糖和他换了一只方头威武的蟋蟀叫子。水哥做了鬼后，那蟋蟀叫得越发清脆了。我便把那蟋蟀放了，兴许让它去和水哥做个伴，必要时带个话回来……

1991 年 2 月 26 日和 3 月 11 日作于湖南怀化

2001 年 12 月 8 日改于贵阳市枣山路 23 号

土狗子娘

我在坪阳公社完全小学上学时，班上有一个极清瘦的小男孩，长得很特别，白净而秀气，皮肤细腻而光滑，好像天然地长出一层雪花膏，不像是乡里孩子。

说特别，其实也没什么超凡脱俗，只是他绝少理人，不吭气不说话，即使很多人骂他，骂他隔壁班上的弟弟是婊子养的，他总是涨红着脸，握紧拳头，却绝不还嘴，也不动手。每每到了课间休息，他总避着众人，独自领着弟弟到屋后的山油茶树下玩“藏宝”游戏，或到教室的吊脚楼下找“退退虫”。“退退虫”是一种极有趣的虫子，我至今也不知道它的学名，这是一种用屁股探路的虫子，屁股很夸张地肥大，脑袋却小如针眼，退着走路，我只在教室的吊脚楼下和坪阳公社会场的木壁脚跟找到过。“退退虫”很好找，因为它喜欢躲在阴凉地，用粉样的干泥土做巢，巢窝很有趣，呈旋涡状，用木棍轻轻刨开，它和它的“妻子”“孩子”就在里面。小心捏到手掌心上，它就会退呀退的走，弄得手心里痒痒的，很幽默的一种小生物。“退退虫”头小屁股大，所以根本就看不到身体背后是什么、会有什么，它们似乎也从来就不管背后是什么、会有什么，就像一个大腹便便的人根本就看不到自己的脚一样。它的一切都凭感觉，也许眼睛起不到任何作用，可能就彻底退化了。它以退为进，碰到障碍了，实在退不走了，就把屁股一撅，换个方向接着退……退，既是它的前进方向，也是它永远的生存、生活和行动方式。

我也不记得他叫什么名字了，因为没有人叫他的大名，只记得有一次老师讲课兴致很高，叫他回答问题，叫他“土狗子”。其实老师也极少向他提问题，因为他回答问题时声音太小，回答得倒很正确，但总听不太清楚。据说，兄弟俩能来上学，全是他们娘来学校叩头求情的缘故。那时也很怪，到我们学校上学的孩子，除了像我这样的几个干部子弟家要交几块钱的学杂费之外，乡下人的孩子挑一两担柴来就可以了，很便宜。土狗子不是狗，其实是另外一种生活在泥田里面很有意思的昆虫，开春时水田经犁一翻，很多肥头肥脑、全身金黄或褐黄的土狗子就会浮在水面上，用它们那双挖土的前足拼命地划水，乡下人便乘机放出鸭子追逐，鸭子爱吃，并很能长膘。我觉他一点都不像土狗子，取这个名字有点冤，不过乡下人自有他们自己的幽默和坏水，也许另有我所不知道的原因吧。

土狗子家住上水村，上水村位于坪阳溪的上游，离坪阳村有七八里地。坪阳村太小，没有修钟鼓楼，村的象征是进村土坪上的一棵老柏树，不知有多大岁数，树围很大，需得像我这样的七个孩子手牵手才能围一圈。参天古木，四季不凋，枝叶繁茂，虬根满地，心却空朽了，是村里最高的活器物。夏天的夜里，村里人常围在树下挑一盏灯，学《语录》，开大队生产会。由于有柏油的香气，虫子怕，似乎也少。每到秋冬季节，老柏树就会结一树累累柏子，孩子们就采了下来，作为子弹打仗，乡下孩子什么都可以作为子弹，酸杨梅、野山果等。柏子带棱，打在头上生痛却不伤人。柏子仗两军对垒两派人马，开始总是轰轰烈烈的，从村头打到村尾，从村北杀到村南，黄昏来临却总是悄无声息地收了场。除此之外，就不知道这柏树能有什么更大的用处，偶尔只听医院的老中医说过一次：“柏子可入药。”这话虽还记得清楚，只是不知道究竟应该如何入药，又能治什么病症，村里人更没有打过它主意的，所以果实便自结自落，落得个逍遥自在。当然，有时也有好事的顽童爬上树去，采下一两枝来放在火塘里烧，火大，柏油噼噼啪啪的，很热闹，烧得满屋子柏树香味，可以驱蚊蝇。

有一次，我问父亲，这么大的树砍下来盖房子肯定好？父亲摇摇头，笑而不答。多年后我读《庄子》，有一则寓言说："庄子行于山中，见大木，枝叶盛茂，伐木者止其旁而不取也。问其故，曰：'无所可用。'庄子曰：'此木以不材得终其天年。'"当时，我就想起了这棵老柏树。很多事就是这样，深埋在我们心底，时不时就会像火花溅出来，有时闪一下就灭了，有时却点燃一片油污，泛滥成一片无法扑救的火海。我游北京太庙，见那一棵棵遒劲威严的古柏，庄严肃穆，扭曲阴冷，帝王气呵，我由衷感慨。那时我也想起了村里的那棵柏树，那树比太庙的长得高大，却没有皇家柏树之气度，也许是山野气太足的缘故吧。

上学时放寒假总是让人高兴的，日子在大人眼里一日一日毫无生气地重复着，在孩子眼里却总能变着花样玩。过年时节近了，有些平日不多见的零食含在嘴里，可以把成串的炮仗解成零零散散的，东一声西一声地到处惊扰村子里的鸡、鸭、猫、狗和胆小的乡妹子。这日，和往常没有什么两样，正在村巷里玩得畅意，忽然由远而近的一阵喧哗，迎面跑来个披头散发的女人，苍白的脸，失神的双目，衣衫不整，慌里慌张，蹒蹒跚跚，抚着老柏树绕了一圈，口里呼着："杀人了！杀人了，啦——"杀人？青天白日里杀人？好玩。我们放下手里玩意儿，聚上前去看热闹。只见那女子婀婀娜娜的，乡下少见的丰媚，慌不择路，闪进了护林大叔的吊脚楼的柴楼里去不见了。

不一会，只见一个跛子，一蹦一拐追了过来，倒也跑得飞快，血红的眼睛左顾右盼，寻找那女子，右手握着一把磨亮的吴月弯钩柴刀，左手提着半瓶酒，满口酒气，嘴里直嚷嚷："拦住那婊子！婊子！"其实他并没看见那女子往哪跑了，只是往路两旁的围观者让出的道中间杀将前去。时而又问围观的人：“哪去了？哪去了？”围观者笑而不答，因为并不知道究竟发生了什么事。

跛子身后跟着一高一矮两人，一个是男孩，另一个还是男孩，高的是我的同班同学土狗子，矮的是他弟弟，他们有的时候跟上了就牵住跛子的衣角，似乎想拖住跛子，可跛子往前一蹿，又脱开了去。手上没劲，泪流满面，嘴里哭着喊着要妈妈。孩子的后面跟着的是一大群看热闹的闲人，那年头闲人很多，到如今闲人也没减少，是从上水村跟过来的。

“二跛子，哪里走?!”护林大叔大吼一声，如天兵天将，手提老猎枪，迎头将正往楼里闯的二跛子拦在外面。这家伙吓了一大跳，立即萎缩了很多，只是嘴里仍念念有词地辩解着，但谁也听不太清他究竟在说什么。土狗子娘是方圆几十里出了名的美人，可惜嫁给了二跛子这孬种。美人是应该出生在乡下的，但不应该生活在乡下，美丽很可能是祸根，带来自身无法承受的灾难。花美就会有人去摘采，人美就会有人去毁灭。很多人传言，土狗子两兄弟不像二跛子，是野种。说像，越看越像；说不像，越看越不像。其实，土狗子两兄弟像他们娘，清秀而脆弱，风都吹得倒，雨一淋就化了。

好热闹的水哥耳朵尖，从二跛子断断续续的申辩中听出些名堂来——说是这日晨耕提早回来，二跛子见房门紧栓，不对劲，翻窗一看。他娘的，土狗子娘正和小叔子在床上“搞事”呢……

“搞事？搞什么事?”少不更事的我迷迷瞪瞪地问，却又饶有兴致地想搞清楚这世上任何稀奇古怪的词语和概念。

“小孩子！这都不懂?”他给了我一丁公（方言，弯曲食指和中指用以击人），笑了笑跑开了。我却更迷惑了。这时只见土狗子娘从楼侧的栅栏缝里挤了出来，准备跑，被绊了一下，逃不成，就一头跪在护林大叔的面前，抱着他的腿哭泣着高呼救命。

二跛子不待护林大叔发话，仇人相见分外眼红，又动了疯劲，举刀就势劈了下去。土狗子娘机敏，轻轻一避，跳将起来，往普头河边狂奔而去，边跑边嚷：“你要我死？也用不着你动手，我自己去好了！”

护林大叔一把把二跛子手里的刀抢在手里，唉了一声：“二跛子，什么天大的事？你想干啥子？我们乡下人祖祖辈辈就这么过的，闹一闹、玩一玩、忍一忍就算了，就过去了，你还想闹出人命来？她死了，你两个娃谁给你带？你带得活？”二跛子一愣，也飞奔了跟过去——围观的人有的跟了去，有的远远望望，见再没什么戏，就散了。后来听人说，土狗子娘真的跳了普头河，但被及时赶到的二跛子抱上了岸，没有节外生枝……

这年的三月三如期而至，几个村联合在上水村办戏会，我和父亲也去看热闹。我看见土狗子娘带着她的两个儿子，苍白而消瘦地远远缩在一个角落里，很满足地听着戏，戏是侗折子戏，要连续看几天几夜呢。当我挤过她身边时，我听到一个干部模样的男人，狗头狗脑地对她阴阴说：“看你还敢不敢，敢不敢走夜路……”一句没头没脑的话，我看见那人讪笑着，露出一口龅牙，夸张地吞咽了口口水，像要把她一口生吞了下去。“你要怎样？杀了吧！杀了吧……”土狗子娘惊恐地护着她的孩子们，像一只受惊吓的老母鸡紧紧守护着她的孩子们。坐一会儿，然后哆哆嗦嗦牵着孩子走了，离去前不无遗憾地、恋恋不舍地回望了一下戏台，戏台上秦香莲正向黑包公哭诉着她的遭遇……

土狗子是当地的土话，昆虫学中应该叫蝼蛄。庄子言：“朝菌不知晦朔，蝼蛄不知春秋。”第二年开学，土狗子和他弟弟都没再来。有人说他娘没了，怎么没的我不知道，也从没再听人说起过。二跛子不让他们再上学了……

1991 年 3 月 12 日、21 日作于湖南怀化萤夜屋

2002 年 1 月 22 日改于北京西客站南广场

门牙丢上屋

我盼着门牙掉落。因为只有那样，才能像水哥那样将口水从嘴里像子弹似的射出来，动作和神态都极潇洒。他的门牙缺过很长一段时间了，当时笑起来漏风，很滑稽好笑。

一个人一生只换一次牙，就像老辈人眼里一个人一生只结一次婚一样，乡里人都很重视。童年到了门牙掉落的时候，就意味着乳牙的全面更换，意味着一个人彻底告别婴孩阶段，向青年时代迈进。据说门牙长得好不好，在算命的相面学中是极重要的一环，关系着此人一辈子的荣辱富贵。如何才能有一副好牙呢？水哥说："把掉落的门牙丢上屋。"而且要边丢边念咒。咒语是一个四句诀，我记得很牢，就像记"芝麻开门"一样背得滚瓜烂熟。可长大后，我却忘了，很多事我们注定是要忘记的。因为我还没有孩子，我不能够传给他。将来即使有，我也忘了。

正对着坪阳卫生院正门，几近垂直于坪阳溪的是一条小支流，叫香水沟，弯弯拐拐如蚯蚓般扭进山里。没去找过，不知道发源于哪处泉眼，终年不竭。每每雨季来临，也发洪水。洪水一过，又会清冽可人。水中常年飘浮着一些枯叶和香花，水可即捧即饮，香甜解渴。沟的两岸是些良田，陇边筑有沟渠，引得好水灌溉，庄稼收成好。因与香水沟相通，沟渠里藏有很多小鱼小虾，洪水刚退，随手捡个烂鸡笼放在沟渠里一拦，两头里一赶，提将起来，扑通扑通，一条尺把来长的红尾大鲤就在里面蹦蹦跳跳——那可是乡里人额外的收获，总让人欢欣鼓舞，笑逐颜开，晚上一家人又可围着火塘饱吃一顿，开个荤，也可为家庭节约一餐的口粮。

我也喜欢带着大妹妹到香水沟去捉虾摸蟹。她在岸上，我在水里。她在岸上提着装着半拉子水的塑料袋，我在水里捉虾、捧狗狗鱼，一旦捉到就放在袋里养着。狗狗鱼头大身小，最大也只小指头般大小，黄色而有黑色斑点，像斑点狗，捞起来放在瓶中很是漂亮。它喜欢匍匐在水底有泥沙的地方，利用身上的保护色伪装，让人想起穿着迷彩服的军人。那年秋末，我一路寻来，少有收获，快到坪阳中学下面琛妹子家的河湾时，我准备再抓一只螃蟹就走。那是一块大石头，我没敢去摸，只是翻开了去，一股浊浪也随着滚了上来，一头绿幽幽的水蛇盘着身子，像弹簧条似的浮了起来。我吓了一大跳，本能地后退几步。手一松，翻起的石头落回原处。我慌慌张张连滚带爬地爬上岸，一屁股坐在地上喘粗气，把大妹妹也吓了一大跳，急声问："怎么了怎么了？哥，怎么了？""是蛇。"好半天我才缓过气来，我的脸色苍白。妹问："没被咬吧？"我摇摇头。我和妹妹都怕蛇，也许是遗传母亲怕蛇的缘故吧。后来，水哥反复笑话我说，秋蛇不咬人，水蛇也无毒。但心有余悸，从此再也没到香水沟捉过鱼。多年以来，那条蛇就像是寓言似的幻影，或在梦里，或在病中，或在莫名其妙走神的时候，就会从我的脑子里浮现出来……

坪阳这个小地方，在我看来，是个很稀奇古怪的地方。地方不大，却办有小学、供销社、卫生院，在山旮旯里还办了一所中学。从坪阳溪逆香水沟而上，行约四里，可到学校的侧后。坪阳公路的岔口，顺山脚土公路需行六里，可达正门，那路一下雨就成稀糊糊，像满地的牙咬着你的鞋，让你寸步难行。正门设在一栋四层楼的教学楼底的中间，在这乡村里建成这么一栋楼，真是个气派的奇迹。为什么会有这个奇迹呢？我没查过资料，也从没看过什么材料，只是臆想着可能又是政治上的需要，树立个典型和榜样吧，但对乡村毕竟是个好事。我不知道现在学校是不是还存在，究竟已有多少乡里人通过这里最终走到山外去了。父辈似乎是不得意的，相对于他们，我以为像我这一代是幸运的，躲过了三年自然灾害，出生后因父母的“落难”，恰巧在这自给自足的山村里，不至于饿肚子，到了上学的年龄，“文化大革命”恰巧又结束了，国家恢复了高考。

坪阳这个不大的地方有三块篮球场，一块在坪阳小学的山脚下，一块在卫生院我家的旁边，第三块就在这中学教学楼的后面，这地方叫操坪，学生做课间操用的。操坪东北角有两副双杠，东面有个几米高的土坎，坎上有矮脚吊脚楼，有廊，廊直通东南角的一户人家，住着一男一女，生有三个孩子，男的是校长，女的是教师。琛妹子是他们的女儿，老二，和我同年，小学同班，她有一个哥，有一个弟。那时小学里流行一种“恶作剧”，喜欢捡老师写剩的粉笔头，在课间将看不顺眼的男同学和女同学的名字并排写在黑板上，或者墙壁上，好像贴了两人一张大字报，意思是当众宣布两人在“谈爱”“搞对象”。那年代里，说“谈爱”“搞对象”是很卑鄙、无耻、龌龊的事情，好像说两人是奸夫淫妇似的。很多人就把我和琛妹子的名字写在一起，羞辱我们，为什么只写我们俩呢？也许是我们俩都是汉人的缘故吧。琛妹子一见，脸就绯红起来，就跑去擦，这边擦了，那边又写上了。她只擦掉自己的名字，却留下我的名字，似乎是要跟我划清界限，结果两人跑来跑去，经常还撞个满怀，引起更多的笑声。我索性不擦了，又吵、又闹、又哭地把几个始作俑者告到班主任老师那去了。

班主任是个女的，喜欢扎两条长辫子，一条背在背上，另一条顺着耳郭垂下来，靠在胸前，没事喜欢用手绞着辫梢玩。她细声细气地批评了那几个调皮的孩子，又为我擦去了眼泪，笑着说：“你哭什么？琛妹子不漂亮？”

我说："漂亮。"

她又问："那你不喜欢漂亮的女孩子？"

我说："喜欢。"

她又说："将来长大了，你不想娶她做老婆？"

我喃喃咽咽、吞吞吐吐回答说："想。"我使劲地咽了口口水。

她扑哧一下就笑了，笑得我满脸火红。"你想？那你还哭什么？别人爱写，就让他们写去呗。你就说，将来娶琛妹子不就得了？"是呀，是好事呀，为什么要去擦，为什么不愿意呢？也许心底想这是我和她的私事，不能随意声张的缘故吧。后来我就老谋深算地坐着，微笑着看人写来写去，看琛妹子擦来擦去。我在想，她兴许不愿意嫁给我吧，那她要嫁给谁呢？后来如果不是琛妹子父母找到学校交涉，一个有威信的老师出面强调，没人敢再写了，琛妹子就差点退学了。只是为了划清界限，琛妹子从此再也不搭理我了，这让我很绝望。

那个时候谁也看不清未来，一家人躲在这山沟沟里，了无出头的希望，却又安然自得、安之若命地生活着。谁也没料到琛妹子的父亲日后会当上通道县主管文教卫生的副县长，会调到怀化市人大任职呢。世上事多折腾，谁也弄不清将来会是个什么样子。学校一放假，便空荡荡只剩琛妹子一家人。一大清早，她哥就会挑着一担水桶，沿台阶下到水边。香水沟到此溜了个小弯，缓了下来，形成一个水底飘满长长水草的水湾。从岸边搭一木板，伸到水中央，冬天来时，水面上泛起一层袅袅轻烟，薄薄的一缕白雾，像仙子脱去的丝裳展开了去，如幻如境。手伸到水中一探，还是暖的，水底藏着泉眼哩，难怪长年不枯。沟水清冽，琛妹子哥用水桶在水面一荡，荡开浮尘枯叶，迅捷地摁下，水桶咕嘟咕嘟喝了个畅快，没了气泡，哗地一下提将起来……她哥的身体棒，挑水、打篮球、打乒乓球、玩双杠都是一把好手，后来还是通道县民族中学的运动健将。那天早晨吃过早饭，地上结着冰，太阳出来，我不顾父母的劝阻，执意跌跌撞撞带着寒假作业本走到中学。她哥在双杠上，像燕子似的飞来舞去，锻炼完后，就带着弟弟妹妹吃饭去了，她家吃饭晚。留下我一个人在广而寂静的操坪上，出于好奇，我决心攀上双杠试试。我学着她哥的样子，往手心里吐口水，搓了搓，为什么要这样做，我并不明白，很多事别人怎么开头的，后来者总是要模仿的，以为是一种仪式。双杠对于当时的我来说，很高，我努力蹦跳着抓住了杆头，然后拼命蹬腿。后来我在民族中学上生物解剖课，做青蛙的膝跳反应时，不自觉地抬头看了一眼邻桌的琛妹子，她很专注，我想起了我上双杠的姿态，轻轻地笑了，我像那蛙。我就是这样以一种很丑的姿态爬上了双杠，很有成就感地坐在上面喘气，四顾却无人，因而不能向任何人炫耀。坐了一会儿，无趣，觉得不过瘾，决心学她哥的动作，在上面荡一荡。结果臂力不够，手一软，掉了下来，磕了一下，鲜血满口，门牙掉了下来。看见血，我被自己吓坏了，血会不会流尽？我会不会死？我被自己这个念头吓着了，拼命地哭，可是空旷旷的，没有人能听见，也不会有人来安慰。幸好血一会儿就止住了，待哭累了，我想起了那咒语，把两颗门牙攥在手心，走到屋檐下，用尽全身力气拼命地将那门牙扔上屋顶，门牙从屋顶上叮叮当当往下跳。如果掉下来，就得费功夫找回来，再重扔一回，直到门牙滚到瓦缝停下来。门牙为什么要上屋呢？多年来我一直在想这个奇怪的风俗，除了瓦片有点近似于门牙形状之外，实在没有什么道理。

后来，我和琛妹子都考上了民族中学，她总分比我多一分，张榜时我俩名字又挨在了一块儿。再后来，我家搬到怀化，考上大学后的第一个寒假我回了趟双江镇，在她家里我见到她，她坐在火盆边，揣着本书，静静的，不说话。看看我，又看看火，往火里添了块黑木炭，头发搭拉了下来，遮住了她的半边脸，她用手轻拢了一下，露出一只秀气的耳朵。而后，我便再也没见过她了，却听说过两次。一次是在长沙探访湖南师大外语系的一个中学同学时，说到她，那同学突然莫名地叹了口气说："要能娶她当老婆就好了。"我先是一愣，然后扑哧一声笑了，笑得那同学惶惶的。此外，是近十年后在怀化，我因偶然原因结识了一位法院的朋友，却也认识她。说她结了婚，丈夫当然也不是师大那同学，没有生孩子，在乡村辗转当老师多年，现在改行进了政法部门，生活既不很幸福，也不很痛苦……只是实在想象不出已变成什么样子了。

2002 年 1 月 30 日作于北京西客站南广场

欧姨

女人的幸福多半是婚姻的幸福，女人的悲剧多半也是婚姻的悲剧。

欧姨本复姓欧阳，与母亲玩得最亲，喜欢一起躲着人细细琐琐地谈些小女人的事情，喜欢在一起织毛线嘻嘻哈哈热闹。母亲觉得叫“欧阳阿姨”别扭、拗口，不那么“入乡随俗”，就擅自让我和妹妹叫她欧姨。她也不反对。

母亲有个习惯总改不了，她喜欢让我和妹妹叫那些和她玩得好的或者共事的女人叫“阿姨”，即使到了我离开坪阳，上高中或上大学，已“牛高马大”（这是母亲喜欢骂我们的一句口头禅）时，母亲也会让我叫医院里那些与她一起上班的年轻护士为“阿姨”，这让我很难堪，也叫别人难为情。小的时候叫得倒是很顺当，大了就放不下情面，就有点不那么情愿。不叫呢，母命似乎不可违；叫呢，又把那些比我大不了一两岁、刚从学校毕业的小姑娘叫得满脸通红。为什么红脸？我不清楚。反正我觉得有点吃亏，降了我的辈分。那些小护士也许是怕把她们喊老了吧，我都这么大了，她们是我阿姨，逻辑上就会很老的。但我的辈分总是有点低的，这是我心里的一个疙瘩，因为父亲是长子，母亲是长女，我又是长房长孙、长外孙，我有一个舅舅和两个姑姑，年纪都和我一般大，但辈分却比我高，和他们在一起，他们总好像高高在上。我有点不服气，但也没办法，这可是命，无法更改的。母亲常笑说：“娃，你就认这个命吧。”后来，我想清楚了个中道理，让我喊时就喊，顿都不顿一下，还满脸坏笑，倒像自己占了很大便宜似的，这让那些女孩子很不舒服。我一直在想，为什么母亲总弃我们兄妹私下强烈的抗议于不顾，固执地保持着这个习惯呢？也许是母亲心底不服老、不愿老、害怕老的缘故吧，做儿子的委屈点就委屈点吧。做母亲的也是女人，也存有点不可告人的私心吧……

欧姨比母亲小，是公社机关的接线员，即话务员，接转电话的，可能还兼职机要员。这是坪阳公社最沾“现代”的一个岗位了。坪阳公社卫生院就有一台电话，挂在进门的左边墙上，挂得很高，要用木支杆叉下来才行。这样白天可以防止小孩乱动电话，晚上把木支杆收了，可以防小偷。有一对大电池，一个铃铛。铃铛差不多是学校上下课用的那种警铃，来电话时分贝很高，声音很响。开始用时，大家很兴奋，因为新奇。后来便头痛，因为电话来了多半要出诊，出诊是个苦差事。欧姨那儿相当于总机，所有进公社各地的电话都要经过她转，而且她那儿还可以监听，电话里的秘密都瞒不了她。她的机房闲人免进，是个神秘的地方，但我是去过的，因为我是孩子，又讨她喜欢。但欧姨最喜欢的还是大妹妹，喜欢把一些花头巾、糖果、花生、发夹之类的“奢侈品”送给妹妹，这让我羡慕死了。为什么不送给我呢？欧姨安慰我说：“很多东西你用不着，给你也糟蹋了……”这话让我很伤心，甚至让我很长一段时间都生出做女孩子的心思来。欧姨喜欢女孩，总跟母亲说：“等他回来，给他生个女孩……”母亲就会不失时机地刮她的脸子臊她。他，是指欧姨的丈夫，在外读大学，是国家恢复高考后考上的，也是这地方当年轰动一时的人物。但具体姓甚名谁，上的什么大学，读的什么专业，因为他为了节约路费，放寒暑假都没回来过，所以没见过，终是不晓得也是不记得了。

坪阳村的东头是医院，西头进村口紧挨着古柏树的是公社机关的食堂。食堂是一间空旷而大的木屋，它另一面有一块小土坪，正对着公社的正门。公社是一溜砖结构乌瓦尖顶的房子，当地人多住吊脚楼，这种房子是城里来的汉人建的，住的是干部。房子中间有穿廊，廊道两边是办公室和住房。进门左拐第一间就是欧姨的住处，廊道走到底，对面最后一间就是话务间。再往前去，就是两层楼的木结构会场，二楼是公社干部开会的场所。当各村的乡干部都来时，人多，二楼毕竟坐不下，开会就改在一楼了，一楼摆有一排排的木架长凳。穿过一楼，外边有座厕所，天黑了有些吓人，所以晚上欧姨是不会上这边来的。我对会场没什么感情，只是跟着父亲来这里开过几次会，到木墙壁的脚跟捉过许多滑稽的“退退虫”，因而却是记得的。

话务间里有一张值班床，然后就是一台话务接线机，还似乎应该有张老式的木桌子。坐在话务接线机前面，头上戴上耳机，对着可随意调整高度和角度的话筒，正面有很多插孔，插孔上有红绿灯，可以知道哪儿有电话来，下面有很多连着簧的插销。忙的时候，插这个拔那个，又是听又是说，乒乒乓乓的很忙乱。现在电话都改成程控交换机了，这种“古董”定然在中国电信博物馆里还有收藏吧，没去看过，不知道有没有，有机会真的还想见见。所以那时要打长途电话是很麻烦的事情，必须经过很多这种接线员的工作才能打过去。记得因为母亲与欧姨的这层关系，等闲时“走后门”，母亲请欧姨帮忙打过一次衡阳外公外婆的电话，整整打了三个多小时，而且事先是老早通了信，哪天哪天打电话过去，那边就在电话那头等着，要不然，电话通了那头再去找人，难免要落空。电话在那个时代总还是一个稀奇的东西。

母亲常说欧姨是个幸福的人，像只喜鹊，整日里欢歌笑语的，好像不知道世上还有“痛苦”二字。丈夫在外读书，又不像母亲整天里有我和妹妹在身边调皮捣蛋，鬼一样地缠着，落得个轻松闲逸，逍遥自在。欧姨是真正结了婚，办了结婚证的，因为那时不办结婚证要想睡一床是万万不行的，一旦发现，组织就会出面，定罪判刑是很难说的。

欧姨发了些喜糖，就算喜事新办了，说等他大学毕业再请人喝完婚酒。按坪阳乡下人的风俗和规矩，没吃婚宴是算不得结婚的。欧姨就吃着咸菜酸萝卜，省着一分一厘，节省着一两一两的粮票，一针一针地钩编着毛衣，寄给遥远的爱人……母亲总望着她黄皮寡瘦、由于营养不良而苍白的面孔，不知道应该叹还是劝。母亲每到公社一遭，回来就嘲讽父亲说："别看欧妹子活得艰难，但有个像样的男人等着盼着呢，熬过去了就会到城里过幸福的日子哩……"父亲不语。

男人是突然老的，女人是渐渐老的。但也不一定，凡事不可绝对。待到稻子收割之后，天气越发冷了，秋雨淅淅沥沥的，总好像有人在哭。欧姨心神不宁地掰着手指头算日子，日子就这样一天一天地数着过去了。欧姨的丈夫快毕业了，她时不时地照照镜子。母亲就笑她："你急什么？煮在锅里的红苕，跑不了！"那个年代的婚姻是相当稳定的。欧姨羞红了脸回避了。但不时也会愣了愣，走神自言道："男人就怕变心呢。毕业了，有本事了，翅膀也硬了，谁知道呀?"母亲坚定地说："绝对不会。四年呀……不会那么没良心吧?!"

欧姨的丈夫终于毕业回来了。但等母亲带着我准备去祝贺一番、讨杯喜酒、吃把喜糖时，他已带着他的行李和离婚证书走了。只有身着新衣的欧姨扑在床上哭了三天三夜，粒米未进，眼睛红肿得像着了色的馒头。到后来，只有让母亲为她吊盐水、打葡萄糖，欧姨似乎一夜间迅速地苍老了。母亲又是个眼窝子浅的人，听欧姨把原委一说，一把鼻涕一把眼泪也陪着哭了个痛快，欧姨说："姐，别哭了。你总比我好，还有个丈夫……"

"别说了。他老子也不是个好东西……男人都不是东西。"母亲指着我骂，其实是迁怒，其实是指桑骂槐。说着两人又哭了一场。我真有点惶恐，惶恐的原因主要是不知道大人究竟为什么痛哭，我有什么错，为什么连我这个小男人也骂？

欧姨的乌发开始迅速变白，好像岁月一夜间洗褪了色，精力怎么也集中不起来，再也不能胜任接线员这项工作了。组织便把她调到县城里当了一名柜台售货员……此事在坪阳震动很大，许多女人再也不让自己的男人有出息了，因为有出息的男人是别人的。这个想法有点像当地的农民送孩子读书，觉得能认个字数个数就成了，并不奢望送出去读什么大学，更不会想送出国到什么天远地远的美国去。去了，崽娃子有出息了，是别人的，是国家的，是外国的，等于白养了个儿子。没出息的在家种田，毕竟是自己的，养老送终，家里邻里有个什么事总有人手帮衬着，总是看得见的好处，也让人钦羡。

待到我们家也搬到县城时，我已是小学五年级的学生了。有一天黄昏，母亲把我打扮得干干净净，神神秘秘地说要带我去见一个人。那是在一栋有些阴暗潮湿的阁楼里，母亲催促我叫欧姨，我很听话地叫了。欧姨很高兴，往我手里塞瓜子、糖果。这是欧姨吗？怎么这么老？看上去比母亲老，都可以做我的外婆了。母亲让我跪在欧姨面前，让我认她作干妈，但我本能地躲开了，母亲见我不懂事，啪地打将过来，欧姨忙阻止，叹了口气说：“算了，算了！不肯就算了……缘分不够哩！”到如今我仍旧有点后悔，为什么不认呢？也许是她们对男人的痛骂留给了我一份记恨吧，也许是对一个漂亮女人如此快速地老去的害怕，或者是一些别的原因吧。

后来终究没法，母亲便带着大妹妹第二次好说歹说去认了干妈，但总是补救之策，心里歉歉的，终究没有过多的来往了。多年后，我从衣柜里找出那条欧姨当年送给妹妹、后来完全洗褪色的头巾问妹妹：“还记得欧姨吗？”妹妹摇摇头。别奢望什么雁过留声、人过留名，人生短短，我们记不住多少事情，也不会被多少人记住。这恰巧被正在忙家务事的母亲看在眼里，她叹了口气，骂了句什么，便进厨房去了……

1991年3月15日作于广东潭水镇

2002年3月18日改于北京西客站南广场

螳螂的肠子

在昆虫学家法布尔看来，虽然世上所有的物种同样是上帝的创造，但螳螂却是罕见的精品。而在我，螳螂总有点堂吉诃德似的相貌，所以既不很喜欢，也不特别厌弃。但据说螳螂交配后，雌的就会将雄的吃掉。为什么要这样？生物学界似乎还没有定论。但作为男人，心里难免要泛起点疙疙瘩瘩的想法。但童年的我幸好并不知此典故，即使知道，终究也不会太在意。

在坪阳，田坎上、树丛里随便搜搜，螳螂是很多的。但螳螂也不总是像中国水彩画上描抹出来的水绿色，也有褐斑色的，总与它经常活动的环境相匹配，是保护色。虽多，却不经常捉来玩，还是怯它一双锯齿状的前臂，以及肚子里据说可以绞断手指头的肠子的缘故。但富娃一点都不怕，他会轻而易举地抓住螳螂的脖子，让它的两件“兵器”毫无用处地舞动。乡里人从小就养成天不怕地不怕的性子。富娃其实很小，还穿着开裆裤。

坪阳村北面是河，南面靠山。山上种满油茶树，近山住着四户人家。靠东的是富娃家，从他家再往东去三十米，就是那口养有红鲤的井。风俗习惯的形成是一个奇怪的过程，侗族人与汉族人各兴各的规矩。他家门前有条道，两米来宽。道路的那边种着棵柿子树，出门有“柿”（事），侗族人并不忌讳。不光不忌讳，而且还很羡慕，因为那柿子树每年都要结很多柿子。却从未见柿子熟过，不像北方农村，到了秋天挂一树的柿子蛋，黄澄澄的，像挂了满树黄金。柿子刚长成形，拳头般大的青疙瘩，村里孩子就开始打主意，富娃也开始采摘，一天一个或一天几个，没多久就采摘完了。青溜溜的柿子涩得很，是吃不得的。但窝在米里，或去皮后挂在火塘上烟熏火烤，十天半月焖熟了就能吃。味道很甜、很香郁。

柿子树有两三层楼高，所以有一枝便伸到吊脚楼的楼廊边上，像伸出的一只手臂。富娃经常就可以不走楼梯，跨过楼廊，踩上枝臂，如机敏的狸猫，从树上嗖地下来，又可以像猴一样爬上去。树被爬上爬下得多了，杈杈和杆杆就被磨得溜光发亮，像抹了层生桐油。

富娃家烤的嫩苞谷最好吃，色泽焦黄，香而不糊，入口有糯性、有嚼头。苞谷就是玉米，当地汉人叫苞谷。早晨割草回来，路过菜地，见苞谷已长成，掰下一两个，甜苞谷杆砍成几节，带回家去，孩子爱吃。坐在火塘边，剥去苞谷的包衣，将小柴棍一头削尖，刺在棒子心里，便可以抓着柴棍将苞谷伸到火塘里烤……为了那香喷喷的烤嫩苞谷，我也会想方设法找机会多去他家，但并不是每次去都能碰上烤苞谷的美事。老苞谷就用包衣反吊着捆在一起，挂在壁上，或者熏架上，让它慢慢干透。或做来年的苞谷种子，或留着当缺米时的主粮。在饭食充足时也剥来喂鸡。经常也煮煮苞谷饭，不是换胃口，多是为了节约些家庭米粮。

从我家到富娃家很近，穿过卫生院旁边的土坪，沿田垄扭扭曲曲地前行两三分钟，就可到他家门前。楼梯下胡医生在跟富娃娘嘀嘀咕咕说笑着。胡医生是个兽医，下得一手好象棋。他年少时本想学医救人的，可是姓胡，不得以改学了兽医，也是一项不错的稳定工作。他在楼梯上摆一碗水，碗上一把刀，是劁刀。商量好价钱，富娃娘就开始满楼里抓鸡，抓的都是公鸡，是小公鸡。小公鸡太骚，长不大，长得瘦。留下只雄赳赳的报晨大公鸡外，其余的都阉了算了。富娃娘抓一只就递给胡兽医一只，只见他用劁刀轻轻一划，一挑，手指头一挤，一粒白溜溜的东西就滚在碗里，泡在水里。伤口上抹点红药水，手一松，鸡扑地飞了出去，没事似的，依旧寻食去了。

“这是干什么呀？公鸡也长鸡蛋？怎么藏在那里？”我们看得新奇，并不明白是什么缘故。大人听我们问，扑哧一下就笑了。富娃蹲在楼梯上，赤着脚，小鸡鸡吊在外面，胡医生抓在手里说：“你想知道？给你也割一刀，把你的蛋蛋也揪下来？”富娃说：“好嘛。”富娃娘忙阻止，轻声骂道：“剁脑壳的，你要死呀。这玩笑可开得？娃，去，端屋去，锅里蒸了。”富娃便乖乖地端了去。黄兽医却肆意大笑起来，笑得富娃娘一脸桃红。

公鸡蛋蛋蒸熟了，富娃用筷子串着吃。“好吃吗？”我问。“好吃。”他答。

这天母亲要去远处出诊，父亲要去弄他的实验田，都得第二日才回得来。我势必要一个人看家。他们哄我说：“长大了，应该可以‘独立’生活了呢……再说就一晚上。有事你就找那些叔叔阿姨，吃饭你去找卫生院食堂的吕阿姨。”凡事都交代清楚，我却别有心计地应承了。待到黄昏，食堂开饭的钟声响过后，我便向吕阿姨打了饭，草草吃完，放下碗就往富娃家去了。在田坎上捉了一只螳螂，用塑料口袋装了过来，富娃家还没做饭呢。农家晚饭做得晚，吃得太早，饿得快，有点浪费。

富娃见到我，很高兴，神秘地招招手。我会意，赶紧跟着进了堂屋，坐在终年不熄的火塘边，我以为又有烤嫩苞谷吃了呢。却见他用棍棍从木炭里夹出一个黑乎乎、油腻腻、热腾腾、身上还噼里啪啦冒着火的东西。扑灭火，放在手心，烫得慌，在两只手间来回掂抖，用嘴哈气，试图吹凉一点。没听他娘叫他用碗，一个倏忽便蹿到柿子树上去了。

“那……那是什么东西？”看他吃得香，口馋，我惊奇地瞪大了眼睛，以为是天下奇珍。

“哈，好东西呢！嗯，给！接好！别掉到树下去了。可好吃了！”富娃咂巴着嘴，撕下一小块，递了过来。我伸手小心翼翼地从廊外接了过来，疑怯着，想吃却又下不了最后的决心，看着他津津有味地咀嚼着。

“嗨，你怎么还不吃？”只见他吃着那小东西的肠子和内脏，我想，这小子怎么连屎尿都吃下去了？我很惊异。不过，当地吃鱼从来都不剖的，用水将鱼表皮冲冲，锅里一煮就吃，鱼肉吃尽，鱼骨清干净，鱼内脏也吃得津津有味。当地人还笑话汉人吃鱼去鳞去内脏，说鱼在水里生、水里长，河水有多干净，鱼就有多干净，什么不能吃呢？现在的城里人更是不敢按此方法吃鱼的，因为哪还有什么天然的河鱼呢？河水污染了，鱼也多是吃饲料、避孕药和大粪长大的了。

我小心翼翼尝了一小点。一丁点儿肉味，却很香。

“这是什么呀？”我嗅了嗅，准备放心吃下去。

“小老鼠肉！这只小老鼠刚生下没多久，跟在母老鼠后面跑不快，被我抓住了，鲜烧了，好吃吧？”他开始吮自己的手指头，和手指头上的老鼠油。

我一阵反胃，把刚送到嘴边的小老鼠腿吐在手上，依稀看得清楚烧焦的耗子毛，却又舍不得丢掉，口里喃喃地说：“我不吃了。我妈说老鼠身上带有好多好多病菌哩。”

富娃愣了愣，说：“不吃白不吃！老鼠是吃粮食长大的，可比人干净多了。再说这小老鼠还在吃奶呢！干净得很！”不由我分辩，他翻过楼廊，跳将过来，抢了我手里的老鼠腿，眼睛一闭，一口吞了下去，连骨头都不吐，翻翻白眼，假装惋惜地说：“唉！你这人没福分。这么好吃的东西都不吃，叽叽歪歪的，真可惜，真可惜！”

富娃拍拍手，往裤子上擦了擦，似乎真的为我惋惜似的。弄得我倒真的有些后悔起来，怕什么呢？即使是龙肉，也要冒死尝一口呀。现在倒好，猪八戒吃人参果，没尝到味。

晚霞将尽，薄暮已升，村子里这才炊烟袅袅。站在富娃家的楼廊上，可以望见卫生院和我家那扇大玻璃窗，以及窗子里那盏特意在出门时拉亮的灯。我对富娃说："我得走了。这只螳螂留给你玩吧！听水哥说，螳螂的肠子能绞断手指头？"

"乱说！还早呢，我们试试。"他把螳螂的肚子撕破，把里面的东西挤了出来，像一条白色的蚯蚓在楼板上蠕动。"先用棍试试？"我说。富娃用棍试了试，没什么问题，就用手抓了起来。我看见那"肠子"在他手指间舞动着。一挥，丢在鸡群里，被那只雄赳赳不曾被阉割过的公鸡抢了吞食了去。看来，螳螂的肠子能绞断手指头是假的，但我仍然想那雄鸡到了夜里会不会肚子痛，就像孙悟空钻到铁扇公主的肚子里。

"好了，天都要黑了。要是鬼出来了，我就回不去了。"我说。

"有鬼吗？你看见过？"

"卫生院刘叔叔说的。卫生院那块地方原是块坟地，后来才平了修的土坪，筑了砖房。鬼却是要闹的——你不信？不信你就问你娘！"

富娃将信将疑，真的拉着我去问他娘，他娘正在火塘边剁猪菜。

"谁说的？"他娘笑笑，停下来，往火塘里添了把柴，火光在她脸上闪，照着因操劳而略显苍老的脸庞。她想了想，镇定地说："只听老辈人说过见过鬼的，我活这么大，却还没见过。再说，人没干坏事，就不怕鬼。即使见了鬼，它也奈何不了你。好了，快吃饭吧！吃完饭，我给你们炒麦子吃。"南方很少种麦子，这麦子是在这里试种的几亩实验麦。

"那太好了！"富娃高兴地跳了起来。

那香喷喷的油炒麦子竟然如此诱人，因为我还从没吃过麦子。待我一时回过神来时，天早已墨黑如漆，家中那盏孤灯，蒙着一层似是却无的黑纱，躲在弯弯阡陌的尽头遥遥招手。我不禁打了一个冷颤，死活不肯也不敢一个人独自跑回家去睡——那该是多恐怖的事呀！

拗不过我，没法，富娃娘便让我和富娃打挤。稻草褥子，旧而薄的被子。为了不“费”衣，坪阳的侗家孩子都是光着身子睡，赤条条的，说这样睡得暖和。我很诧然。但不管富娃如何挠抓，我就是不肯脱光。

第二天，待到父母回来，我兴奋地将前一天的见闻告诉他们时，他们惊呆了。他们的惊愕并非因为我的神奇发现，而是因为我一身的虱子和跳蚤……他们痛打了我一顿，然后换洗了我全身的衣裤，将房间里里外外打扫了个干净。

自那以后，幼小的我就再没有机会留宿农家了。而让我念念不忘的却是那种异常珍惜的新奇感受。

1991 年 3 月 18 日作于湖南怀化坨院

2002 年 4 月 27 日改于北京西客站南广场

烂漫的避孕套

我去首都机场接人，因为无事，就与同行的司机闲聊。司机已满头银发，但还未退休，是个在北京居住多年的老北京人，知道些城市的掌故。不知怎么的就扯到了人生问题，他突然感慨地说：“人活着，最有意思的时候是出生到上学前这段童年时光。人一旦上学，就被套死了，考试、升学、结婚、生子等烦恼事就会没完没了，像鬼一样紧紧捆住你，让你不得有些许闲暇和喘息……”

这让我大吃一惊。一个普普通通的人，怎么随随便便就能说出这样一段极富哲理的话？相传仓颉造字，有鬼夜哭。哭什么呢？不知道，因为没有人问过那个伤心的鬼。也许是“人生识字糊涂始”吧。《圣经》上说，亚当和夏娃偷食智慧果，被上帝逐出了伊甸园，人类就开始无尽的“赎罪”史。我认为他们是“偷吃”被逐，并非全因干了苟且之事的缘故，而是有了智识，相伴而生的就是无尽的烦恼。

人们怀念童年，就像人类怀念美丽的伊甸园。我的童年基本上就是在坪阳这个湘西南偏僻的小山村里度过的，而且也包括上小学的大部分时间。我的小学似乎是很轻松自然的玩着就过来了，不像现在城里的孩子有如此沉重的学业负担，产生厌学的心理。童年的很多事情都极有意思，而且很好玩，有时想想，自己也会独自莫明其妙地笑起来。把避孕套当气球玩就是其中的一件。

性是上帝设下的最隐秘的一个陷阱，像裹了糖衣的药，让你享受一时半会的快乐，却要让你背负起人类生殖和繁衍的重任。但人类发明了避孕套，把性爱的快乐与繁育后代的责任分割开来，这也许是上帝始料不及的吧。因为母亲是坪阳卫生院的妇产科医生，我作为她年幼的儿子似乎就有了某种特权，可以随便出入医务室拿避孕套。至于开始玩避孕套的起因却记不得了，也许是哪个促狭鬼的乡下男卫生学员，为逗我玩，吹胀了一个避孕套，交给了我，我玩上了瘾，从此就开始了玩避孕套的历史。吹胀一个避孕套是很需要肺活量的，我好像总是要请大人帮忙的，吹得圆咕隆咚的，用橡皮筋扎了口，轻轻一拍，就会像一团棉花一样飘起来。玩累了，因年少并不知道这乳白色的避孕套究竟是干什么用的，还把吹起来的避孕套端头当奶嘴衔在嘴里，在大人们异样的眼光和不怀好意的笑容里，在村庄、供销社和卫生院等地方四处游走……现在想来也是能笑破肚子的事情。

坪阳卫生院的左边是一块操坪，比卫生院低一米五左右，可能初建时要用操场挖出来的土来夯卫生院的地基以防地气。但卫生院是平房，终是阴潮的。卫生院坐北朝南，是个四四方方的院子，“凹”字形，一色的青砖瓦平房。卫生院的门开在“凹”字底的正中，出门有台阶，正对着香水沟。“凹”字的北面缺口处是一排木房，曾经作为住院部救治过许多患肺结核、疟疾和血吸虫病的乡民。这木屋的西头，曾斜搭过一个木屋，有前后两个门，是我们家的厨房。厨房里有用泥和砖砌的很大的灶台，有高高的伸出屋外的烟囱，烧柴烧不好时，烟就倒灌进来，弄得满屋浓烟，呛得人眼泪直流。厨房的东墙高，父亲曾经挂过一把琵琶和一个猪胆。琵琶我没见父亲弹过，不知道从哪弄来的，又有什么用处。我曾取下来玩过，弹不成调，便没了兴致。猪胆，学的是越王勾践卧薪尝胆的典故，不知道谁欺负了父亲，却也没见他报复了回来，也许是因为我家后来离开坪阳的缘故，那不为我知的恩仇也就不了了之了。这排房子的后面，平行着还建有一排木房，是卫生院的食堂、柴房和猪圈。靠西尽头，两排木房中间有一个厕所。卫生院“凹”字的左边，有我家一间房，隔壁住着卫生院漂亮的厨娘，姓吕。“凹”的右边，住着霞姑娘家和张院长家，两家都有相通的两间房，外间放衣柜，里间摆一张大床。外间有门通到后面，后面也是一排木屋，是两家的厨房，厨房旁边用竹篱笆圈了块菜地。“凹”字的中间是一块水泥坪，四周留坑种树，最早种的是柏，有些阴气。后来为了支援国家的航空事业，改种蓖麻。最后改种了橘，冬天叶子上结叶形的冰，很漂亮，我们有时含在嘴里吮。

坪阳村口老柏树下第一家，姓姚，虽然家里穷，却养了五个孩子，清一色的男孩。老二叫爱东，当时是家里学历最高的，读到了坪阳中学，但后来没毕业就辍学了。乡里孩子大多如此，并不希望能有多大出息，上学读书，只要能认个字、算个数，就很满足了。我和爱东交情最好，因为我平生第一封信就是在陇城写给他的。老四叫爱兵，与我小学同班。皇帝爱长子，百姓爱幺儿，幺儿因为是老五，所以就叫爱伍，最得父母宠爱，做事无忌讳。

侗家住的是吊脚楼。姚家三层，第一层不住人，用木栅栏齐楼围着，放柴、杂物和农具，一般不关门。进门右边有木梯，可以上楼。一楼的正中挖有一坑，上面用木板盖着，用来贮存红薯。红薯从地里新收回来，经窑藏后，甜而脆，生食味如上好的红富士苹果，缺粮时作为主食；粮食丰收后，也拿来喂猪。平时家里孩子偷着吃，红薯消耗得也快，所以有的人家也在野外另掘几窑，用泥把木板封了，待到用时，再挖开挑回来。再往里去，设有猪圈，用稻草打底，猪在里面拉屎拉尿，稻草沤烂了，不定期清扫出来，是很好的农家肥。猪圈旁边是茅坑，人要想拉屎撒尿却在二楼。有一次，我去姚家玩，刚进门，却见爱伍神秘而兴奋地向我招手。我问：“看什么呢?”他连忙打手势，让我别作声。可是楼上的却听见了，做母亲的开始在楼上破口大骂起来。我却骂他：

“这你也敢看，不怕眼睛长疔?”“乱说！哥哥们都看了，怎么啥事都没有?”“是吗?”我将信将疑。乡村的性教育也许就是从这种轻而易举的偷窥中开始的吧。

但最大胆、最刺激的偷窥并不是在这，而是在坪阳卫生院接生手术室的偷窥。手术室在霞姑娘家的隔壁，位于“凹”字形的右下角，是卫生院最大的一间房子。进门用隔板隔出一小间，放着药和手术包等医疗用品，里面是很空旷的一间，只摆了一架接生手术台。房间很明亮，有六扇窗，下面两层镶着冰花玻璃，糊了层白纸，上面的却是透明玻璃。当母亲要为人接生时，就放我的“羊”，叫我自己到村里去与其他孩子玩，但村里的孩子却鼓动我带他们爬到手术室的窗台上偷窥女人如何生孩子。我说：“那有什么看的?”幼年的我不谙世事，对生孩子怀着一种天然的恐惧，实在没有一点好奇心。但朋友想看，当然不在话下，还是要带着去的。爬到窗台上鬼鬼祟祟往里看，看见手术台上躺着个大肚子的孕妇，双腿叉开放在两个支架上，身上盖着白布，母亲和霞姑娘的母亲身着白大褂，戴着白帽、白口罩在一旁忙碌。母亲一抬眼看见了我，我和朋友刺溜滑下来，跑开了去。隔了一会儿，又爬到窗户上去看，怎么还没生呀？可母亲一抬眼又看见了我，母亲二话没说，推开手术室的门，绕到外面，抓住了我，把我拖进手术室。手术室里有股很难闻的气味，是血腥和消毒药水的混合气味。母亲不说话，搬了一个凳子放在产妇的正面，命令我坐着：“今天让你看个够！别鬼鬼祟祟在窗台上，摔死了怎么办!?”

产妇很尴尬，涨红了脸。母亲解释说：“小孩子，什么都不懂，没什么的。”那产妇便望着我笑笑，可能痛得厉害，没再坚持。而我的朋友在窗外对我挤眉弄眼，我涨红了脸不理睬，一会他们也就走了。我坐在那里，没有母亲的命令，不敢乱动。我听见产妇那几乎绝望的尖叫，我看见母亲戴着橡皮手套的手，从产妇的腿间变魔术似的，拖出一个全身紫红色的婴儿。从婴儿口中抠出秽物，倒提起腿，轻拍一下屁股，那婴儿哇的一声哭了——一个新的生命就这样极不情愿地降生在这不可知的人世了。听到哭声，产妇和医生都露出满意的笑容。后来，一旦母亲碰到人生不顺的时候，就感叹说："人活着实在太难。要不然，为什么每个人都是哭着来到这世上的呢？"

接生成功，霞姑娘的母亲逗我说："你羞不羞？"

我说："羞什么呀？阿姨，只是实在没什么好看的。"

她便笑了，又问："以后还看吗？"

我答："不看了。"而且以后我还跟那些朋友介绍说，真的一点看头都没有。再说了，手术室里那让人窒息的气味，也是我着实不喜欢的，所以此后我再也没去了。

卫生院张院长的模样我已记不清了，好像一脉单传，是独子独孙，很想要个儿子。他老婆没有工作，除了干点家务，主要任务就是为他生孩子。生孩了生习惯了，就像拉屎，一个接一个，她生了七个女儿，我们私下里叫她们"七仙女"。张院长没事儿的时候，也打老婆，但并不明目张胆，关着门打，打屁股。打得太痛，他老婆也叫唤。卫生院里的人知道家事难断，也无人劝阻，大家还私下里谈笑。第二天见面时，他和他老婆像没事人似的，该干什么还干什么，打与被打都习以为常，如家常便饭，并不像不知情的外人心里猜测那样有多严重。七姊妹由高到低一字排开，很匀称，不多说话，喜欢跟自家人玩，对父母的事也从不评价。张院长很羡慕我母亲，因为母亲头胎就生下了我，而我就是一个他极想要的男孩。而更让他羡慕和佩服的是村头的姚家，生一个，一个就是男孩。

张院长想儿子是想疯了，以至于白发从鬓角过早地浸了出来，脸上总是挂着一丝无奈的浅笑。他家我去过，里间满满地就只摆了一张结实的大床，床两头都摆枕头，最里头睡着老大，老二反着睡，一正一反，像沙丁鱼似的一家九口挤在一起睡，张院长和他老婆睡在最外面。那孩子什么时候要呢？现在想起来，多半应该是在白天，把孩子们赶出来玩，然后他们关起门来做事。母亲曾私下开玩笑说："老张，别生了吧？阿嫂再生下去，身子骨也会生垮的！"张院长叹口气说："那死婆娘怎么就没一点生儿子的本事呢？生！一定要生！一定要生下去！看看我前世究竟造的什么孽？难道我这辈子命中注定无后？我偏不信这个邪，偏要跟老天爷斗一斗！"

据说，为此张院长还屈尊到村口姚家取过经。不知道是不是真事，反正我没见过。张院长说："你养这么多儿子，真福气呀！"爱东的父亲说："唉。还福气？都是吃饭的，没一个争气的，养不活了。你看上哪个，带哪个走。原也不想生的，只是'种子'太管用，干一回就在他娘的肚里种下了一个。"张院长终是没要姚家的孩子，他要的是自家的骨血。但不知道真的取到了什么经，还是真的以诚心感动了上苍，在我母亲生下小妹妹的时候，他老婆果然生了一个儿子。当宝贝似的，取名叫张乐平，借用了《三毛流浪记》漫画作者的名字，所以至今还记得清楚。长到一两岁时，曾到农田里剥紫云英的嫩杆儿吃，是我向他父母打了小报告，他被痛打了一回，从此不再理我。后来，我在双江镇他家里还见过他，模仿着画流浪儿三毛和美猴王，画得很好，只是不知道长大后成没成画家。

爱东的父亲却找了机会向我讨避孕套。"你要那干什么用？你也吹气球？"我好奇地问。爱东笑了，他父亲沉默了一会说："你别问这么多。你能拿就拿，不能拿就算了。这事你可别跟别人讲，拿来，我一定煮葛根给你吃。"我点点头，为了吃的我总能费尽心思。他又问："你倒是跟我说说，那套套究竟是干什么用的？""干什么用？套奶子的吧？""是吗？"他大笑。

后来，爱东的父亲真的没有食言，我吃到了香糯的煮葛根。姚家再也没生出第六个孩子。而我是直到离开乡村之后，人事初懂之时才真正明白避孕套的真正用处……

2002年7月12日作于北京西客站南广场

我和 107 个女人的故事

世间有许多问题，也许有答案，也许没有答案，却都是我们无法回答的。这时时让我感到揪心般的困惑和苦恼。

细细想来，其实自己也只是一个普通人，并不比别人聪明或愚蠢。既没有哲学家的抱负，也没有佛祖悲天悯人的境界，似乎也就不应该有回答这些恼人问题的义务和责任。位置摆正，就不至于蚍蜉撼大树，不自量力。说句解气也丧气的话："能不能答，关我何事?"

读米兰·昆德拉《生命中不能承受之轻》时，很喜欢其中这么一段话："只有真正严肃的问题才是一个孩子能提出的问题，只有最孩子气的问题才是真正严肃的问题。这些问题是没有答案的。一个没有答案的问题就是一道不可逾越的障碍，换句话说，正是这些无解的问题限制了人类的可能性，描画了人类生存的界线。"

小时候，站在被重重大山包围着、藏在山的褶缝里的坪阳小山村，仰望着天，我喜欢问大人一些问题，喜欢寻根究源，喜欢打破砂锅问到底，喜欢问得大人不耐烦，喜欢欣赏大人被问得烦躁的窘样。长大后这种功能在不知不觉中似乎就退化了，问多了，别人会觉得这人太无知、太幼稚、也太可笑，怎么什么都问什么都不知道。人在江湖，常常身不由己，似乎随波逐流的时候多，坚持个性的情况少。

"山那边是什么?"

"是山呀!" 父亲轻轻松松地回答，脸上像摇棉花糖一样，浮出一丝不易察觉的不屑的微笑。

“那么，山那边的山那边呢?”

“还是山呀!”父亲有些不确定，也有点不耐烦起来。

“那山那边山那边的山那边又会是什么呢?”年少的我喜欢刨根问底。

“嗯，啰唆！可能是海。”父亲的思想在机灵地躲闪，想如何尽快结束这样的问话。

“海？很大吧？你见过吗?”

“没有。”

但后来父亲有机会去海南开会，那时候海南还没搞改革开放。回来时，父亲感受最深的不是海洋的波澜壮阔，而是海南的蚊子大而毒，海南还没有厕所，拉屎撒尿都在野外，还是蛮夷之地。回坪阳时，他挑回一担椰子，到处散发，轰动一时。坪阳当时还没几个人见过椰子这种东西，不知道如何吃，尝后都说味道怪，不好吃，隔了几天，还想再尝尝，已没有了。另外，他还带回了一小座纯白色的珊瑚，很漂亮地放在橱柜里，随着我们家的搬迁到处流转，最后不知什么时候遗失了。

“这水见过吗?”我指着坪阳溪，继续追问。

“怕是要见的，百川归海，怕是要见的……别问这么多了，玩去吧!”父亲轻拍了一下我的屁股，把我赶出门。我便蹦蹦跳跳地出门，兴高采烈地到处宣扬“山的尽头就是海”的“发现”和“真理”。

吕姨见了问:“这话是谁说的?”

我很骄傲地回答说是我爸爸说的。

她便笑了，接着问：“凡是你爸爸说的都对吗?”我一下子就哽住了，我不知道是不是父亲说的都是正确的，我更不知道有多少是正确的。父亲喜欢强调：“不管将来你长多大，有出息或没出息，在我眼里，你永远是孩子。”

长大后，我陆续到过厦门、潮州、山海关，见到了梦寐以求的海，而我却异常平静，内心竟然没有丝毫的激动和波澜。自己也为自己心平气和的心境感到一丝浅浅的不知所措和不安。现实中的海与我们梦中的海反差实在太大了，而梦中的海已离我们远去。

2002年，我有位朋友到法国留学，这位朋友是大学时的学友，因为是女生，再者我上学时性格比较内向，胆子也比较小，当时与她并没打过什么交道，毕业很多年后，却不知因什么事倒有些熟起来。国外，我没去过，也许与国内毕竟有些不同的地方吧。她偶尔从法国打长途过来，说几句毫无意义和关联的话，也没有什么特别的事情，也不谈更多的情况，淡淡的几句话后就挂了。我经常给她发电子邮件，邮件一般比较短，几句话分行排列，是些断章和思维的碎片，好像写诗似的，句子与句子之间的思维是跳跃的。有一次，我写道："七十年代出生的人，精神上是无根的，是漂浮的一代。我的人生充满困惑。"这是一句没头没脑的话，也许是写信的时候心境不佳的缘故吧，说些连自己也不明就里的话语。

隔了很久，她回复说："你这是典型的文人心态。文人心里总是充满一种莫名的紧张感和不同凡俗的痛苦。文人总是要困惑的，没有困惑也会自寻烦恼。你是文人！"

文人在常人眼里是可笑的。不知道什么原因，我一直特别地讨厌别人把我当作文人。因为我知道，不管我如何努力，我也进不了"文人的圈子"。真正的文人我认为是如曾国藩之流可以"经世济用"的，但现实中到处充斥着虚伪和假正经的"文人"。我是学理工科的，从没奢望过成为一个传统意义上的文人，更没奢望过要当一名作家。当作家兴许只是少年时一个遥远的梦吧。有朋友把我列为"文人"，也许是因为我涂鸦似的写了一些文章，包括"水浸的牵牛花"这个系列，他们这样做也许是为了抬高我，同时也以此来抬高他们自己，因为他们是我的朋友；也许只是玩笑，在无事时，大家聚在一起，互相调侃，逗逗乐，暂时搅拌一下无变化规律的生活秩序。

“水浸的牵牛花”这组文章，我原计划写三十篇左右。由于是利用八小时之外的工作之余来写的，干扰比较大，所以从开始动笔就没有什么远大抱负，只想有心境时就写，没心境时罢笔，走走停停，一路写下去，能写多少算多少，能写到哪儿就算哪儿，聊以打发时间。我也知道，由于缺乏远大的志向和目标，不一定能写完这组文章。

我最早构思这组文章时，还在湘西怀化。当时我正在一家铁路施工企业的改制办搞改制工作，对企业进行公司制改造。改革急不得，所以时间还比较充裕，人也比较清闲，又由于有朋友的帮助和指点，因而就开始在这家集团公司的企业报上陆续发表了一些游记和散文。同事看了我写的文章先是怀疑：“是你写的吗?”我笑笑。然后他们似乎很认真地读那些文章，读完后连声说不错不错真的不错。我听了心里有些高兴也有些惶惑。不知道是说真的不错，还是说假的不错。中国人的语言很有些玄奥，有时让人摸不着头脑，有时又让人神经过敏。他们有时还就文章里的观点很有兴趣地品头论足，与我讨论，并且不无真心或假意地鼓励说：“继续写吧。写好了，以后可以写本回忆录哩。”办公室有位快退休的“老革命”，江浙人，喜欢强调自己不是“苏北”的，他说：“我就不写什么，免得再来一次‘文化大革命’，打成左派右派的。中国的事说不清……”

我不禁哑然失笑。他们很严肃地反问：“难道不是吗？有什么好笑呢?”我说：“我写文章是写着玩的，没有什么不可告人的大志。司马迁在《史记》中说道：‘古者富贵而名磨灭，不可胜记，唯倜傥非常之人称焉。’古今中外，可为立传的，多为大善大贤大异大恶之辈，我属于司马氏所指‘闾巷之人’，既无大德，也无传奇，经历平常，既不能教化后世，也不能给人以启示，写什么回忆录？纯粹是浪费纸张嘛。再说，以司马迁的观点，人生三不朽，立德、立功、立言，立言排最后，是人生末事。所以，干事业只要不仅局限于谋一己之私利，就应该去当大官，干德被后世、功盖当世的大事，何必要去著书立说?”听者哑然，深以为然。

后来，我调到贵阳工作，利用晚上时间，断断续续地开始写“水浸的牵牛花”这组童年时期的回忆文章，边写边在企业报的月末版上发表。忽然有一天，有个朋友突然调侃似的问我：“你这么喜欢回忆，是不是老了?”这话当时就吓了我一大跳。不禁愣了一下，然后笑笑，没说什么，敷衍了过去。但这话对我潜在的刺激很大，因为回忆对于一个人来说是陷阱，沉溺其间，就会有意无意地排斥和拒绝现实生活。现实生活的点点滴滴是入不到老人的眼睛和耳朵里的，更进不了老人的心，那是一种极其危险的生活状态。所以我独处的时候，常扪心自问：“我是不是真的老了？或者说我是不是已未老先衰了?”女人是逐渐老的，男人是突然间老的。而我是不是曾经沧桑，心比身先老了？我开始反省自己写这组文章的潜在意图和目的，我似乎从来就没有司马迁“究天人之际，通古今之变，成一家之言”的宏大理想和抱负。

“盖文章，经国之大业，不朽之盛事。”曹丕在《典论·论文》中把文章抬到史无前例的极高地位。我想这也是中国古代文人始终奉行的“文以载道”思想的集中表述吧。但在所有评论里面，我还是比较喜欢李渔在《闲情偶记》中所说的一句话：“武士之刀，文人之笔，俱是杀人之物。”但到了陈忠实那里，却一变成为“写作就是游戏”的轻。可在《白鹿原》里我始终看到的是严谨，没有丝毫游戏的蛛丝马迹。相比较而言，我不是很明晰自己写作的真正目的，如果少年时还对作家这种职业有种遥远的向往和崇敬，但后来我自知并没有当作家的才力，所以也就不敢有什么奢望了。

这组文章一方面在报纸上陆续发表，另一方面是贴在网上，看看不曾谋面的网友能否提些有见地的建议。有一网友也追问过我写这一组文章的真正目的，当时我随机自嘲地回答说，也许是为了探究我是怎么变成目前这样一个几乎百无一用的“废人”的前因吧。面对生活，面对人生，面对我们自己的内心，面对日新月异的外部世界，有太多诸如是与非、生与死、成与败、爱与恨、贵与贱、美与丑、分与合、静与动等问题需要我们回答和思考。写“水浸的牵牛花”也许是试图去找一找答案，尝试做一次不自量力的回答吧。

我在网上陆续发表这一组文章时，曾不止一个人问过我，为什么要用“水浸的牵牛花”这个名字作为总题。其实我开始写第一篇文章《葡萄女孩》时，大概只是想搜罗一下在我记忆中留有一些印迹的女人的故事，虽有一点怀旧的想法，其实也有一点玩票的心态。我一直以为，曹雪芹写《红楼梦》，开始时玩的心态比较足，所以当初有《风月宝鉴》《情僧录》等很俗的书名。可是写到后来，作者似乎越写越深入，越写越投入，越写越好，越写越深刻，也越写越认真，从而将当初玩的心态淡忘了去，写成了一本宏伟的巨著。

我可从来就没有写《红楼梦》的抱负。当初只是想，如果写得好，正好凑成了108篇，就取一个《我和107个女人的故事》这样一个富有挑逗性的名字作为总题。结集成书后，放在市场上，即使文章写得一般，因这书名的某种桃色般的暗示，也许能骗得几个正在青春期的孩子来买。书买回去，随便翻翻，可能会发现上了当，并没有什么特别刺激的东西。那就只有束之高阁，或丢在书橱的角落里，或夹在书架缝里落灰，暗无天日地寂静着。等到什么时候实在没什么事时，或其他什么人偶尔翻了出来看看。看看，发现实在写得也没什么意思……而“水浸的牵牛花”这个名字却是在写《门牙丢上屋》时突然在脑子里蹦出来的几个字，觉得好，特别地喜欢，就用较小的字体标在每篇文章的左眉上，成为总题。

我家搬离坪阳，到双江县城后，我曾种过牵牛花。那是一种藤藤蔓蔓、娇娇嫩嫩的草本植物，当地俗话叫“喇叭花”，很是可爱。小男孩种花是比较稀少的，但我当时就是比较喜欢。借用“水浸的牵牛花”这个名字，直接的意思是这一组文章一篇是一篇，写到哪儿是哪儿。由于实在没有当作家的野心，所以并不作为一项硬性的任务强求自己。每篇文章可以单独成篇，单独来看，就像单独地看一朵盛开的牵牛花。也可连起来看，有一根不起眼的藤把所有的花连起来。

我曾在企业的宣传部当过一段时间的宣传干事，宣传部长是个怪异的人，平时道貌岸然，很少与下属开玩笑。有一次，他不知道哪根弦动了，兴致勃勃，闲聊时，他突然说：“‘文化大革命’也并不像现在大众说的那样一无是处，全盘否定。例如：成昆、湘黔等几条铁路就是那时候修成的！八大样板戏至今还久唱不衰呢……”语出惊人，此论很高妙，我当时不禁一愣，不知道从何辩驳。但我们能这样思考和分析问题吗？如果没有“文化大革命”，我们是不是能修更多更好更快的铁路，戏能不能更丰富更多彩呢？所以，记忆是靠不住的。记忆犹如黑夜和大雪，把世界笼罩和掩盖起来，我们只能看到露在外面的一部分，而大部分被虚化，所以我们会觉得夜色和雪景是简单的，也是美的。即使是苦难，回忆中我们也会把苦难“转化”成一种惋惜般的留恋和爱，毕竟过去连同我们一去不回的青春和最美好的时光一同飘逝了。

起初，我雄心勃勃，设想着一定要把这批文章写得像沈从文的《湘西》《湘行散记》、艾芜的《南行记》、汪曾祺的《受戒》一般透明和清澈，我试图在生活和记忆中加些明矾之类的物质，让一些浊重和沉痛的东西沉淀下去，去掉烟火气，从而使故事尽可能纯净、洗练和简单，像山泉一样沁人心脾，所以说用“水浸”。我很羡慕那些真正能“零度写作”的人，把感情降到最低，不动声色地描写童年和旧事。但我自知才力有限，事与愿违，写出来的效果与预期相差十万八千里，并不能达到我当初的设想。

用“水浸的牵牛花”这个名字的另一个意图是有点鲁迅先生《朝花夕拾》的意思。这个意思，起初我并没有这样的想法，即使有，也应该只是潜意识的想法。只是文章在网上发表出来后，有个网名叫“morning-glory”的网友“指责”我盗用了她的名字。我说没有呀。她说，怎么没有？morning-glory 就是“朝颜”，“朝颜”就是牵牛花。是吗？我英语学得不好，也不知道牵牛花有这样一个有意思的学名，无意中竟然侵犯了别人的知识产权。虽非有意，却还是有些过意不去。当时 morning-glory 还是贵州交友网社区的“才女”，后来还当过“白蚁书巢”论坛一段时间的版主，我由于偏好这个论坛的名字，所以无事时也常去贴贴文章，发发牢骚。所以，在一天夜里，贵阳下着蒙蒙小雨，我在一家叫“红绿蓝”的街角小酒吧里单独见了她。这是我第一次单独见网友，心中还是有些惴惴不安。记得是我先到的，她后来的，我坐在一张对着门的桌子旁边，见一个穿白衣的小女人进来，个子不高，人却长得丰满，我想她应该就是 morning-glory 吧。打了个招呼，果然就是。当时和她谈了些什么，现在倒好像记不太清了，只记得她说她喜欢自由和散淡的生活，讨厌刻板枯燥的工作，所以辞去了原来银行会计平静的工作，到一家化妆品公司当推销员。回去的路上，我心底暗自叹服了好多次：一个会折腾的姑娘。后来，在贵州社区网几次网友聚会中也见过她，但好像再也没有说过话。

至于这组文章的写法，对我来说，是个试验和挑战。有时开门见山，单刀直入，有时又迂回反复，借用诗经“赋比兴”的手法，主要是想通过某种变化寻求叙述差异和新奇。株（州）六（盘水）铁路修建的时候，我在贵州省凯里市待过一年。凯里是黔东南苗族侗族自治州首府所在地，是个小镇城市。朋友有件珍贵的名牌夹克衫，不小心被钉子划了一条口子，没法穿了，很是遗憾。听说苗女手巧，权当“死马当活马医”，没抱多大期望，拿到凯里的“大十字”——这个城市闹市的中心，花了两元钱请街边的苗家女子修补。苗女看了看，没说话，用五彩线一针一针地缝，半个时辰后，夹克衫竟然修补得完好如初，朋友大喜过望，简直就像拾到了一件名贵衣裳一样。童年保存在记忆中，到如今已散裂成一些碎片，就像小裁缝的布脚篓子，乱七八糟，花花绿绿，是些碎布头子。我学着苗家女子将这些记忆的碎片用线缝合起来，形成一整块织锦。有时，也有意把完整的故事剪碎了再重新拼合起来；有时不让缝合线露一点痕迹；有时却故意留下竹节一般的接痕，有意识地造成阅读的阻滞，力图形成苗女蜡染和哥窑瓷上出现的那些似乎不经意的纹路和线条，以别具风味；有时又干脆不拼合，就像把一些剪碎的各色纸屑放在“万花筒”里，颠来倒去，可以看到许多让人新奇的花样来。这种写法又有点像拼图游戏，主要是想寻求一下新奇和别样的出路，以增加文章的厚度和张力。其实这种写法也没有什么可以标榜的，主要是与这种追忆性文体合拍。可是如果用这种方式来起草公文或领导讲话，却是不成的，那将是一场灾难。

不论是写作还是阅读，文字都是线性的，这似乎是无法逾越的障碍。但即使是线性的，一如用棒针织毛衣，虽然是一根线，织出来的毛衣却各有各的不同。

2003 年 4 月 27 日作于北京西客站南广场

“画”梦难成

一切回忆都有毒。

回忆是陷阱和泥沼，一旦深陷其间，便难以自拔，就会让回忆取代一切。一切价值取向和是非判断都把回忆作为参照，厚古而薄今，昨是而今非。有意识地回避和拒绝现实生活，把回忆当作“真实”和“永恒的存在”，而把现实屏蔽为虚幻和虚无。

人过三十，突然警觉自己一事无成，从心底里陡然生出一丝悲凉，弥漫一种“少壮不努力，老大徒悲伤”的感慨。有点失落，有点惶恐，甚至还有点轻微的愤怒。这种愤怒似乎又不是很激烈，犹如农村灶膛里燃烧干燥的玉米秆，虽然噼里啪啦有些响声，却于事无补，于己也无益。

而在我看来，一个人的成功与否，除了自身努力之外，机缘似乎更为重要。尽管“机会总是垂青有准备的人”，可事实上大多数有本事的人因为莫名其妙的“时运不济”，被时间无情地“活埋”在历史的尘埃里了。如果你现在身处逆境，或正不得志，或生活工作不顺，也可以这么想想。这么想也没什么特别的好处，只是多少在心灵上产生一丝渺茫的慰藉，或营造一点自欺欺人的心理平衡。

坪阳这个偏僻的小山村难得见到一个外人，更难得见到名人。名人对于这地方来说，犹如外星人一般稀罕。这日，突然来了两位天大的画家，这让当地久不待客的乡下人心底里生出点惊恐，因这点惊恐而显得有点手足无措。这两位画家是从城里来的，据说还是从首都北京来的，千里迢迢的。北京在哪儿呢？乡下人的心目中并不很清楚，只知道那是个老远老远的地方。我是唱着《我爱北京天安门》的儿歌长大的，却一直没到过北京。北京对于我来说是一个梦。直到 2002 年我调到北京工作，我才有机会一睹天安门的风采，那是画中的天安门，也是记忆想象中的天安门。随后，我因友来访等事又去过几次。站在天安门广场，我总会想起那首儿歌，想起坪阳那个地方，真是个好远的地方呀。

两位画家既然是从北京来的，是不是毛主席派来的呢？没人说得清。二十世纪九十年代，南昆铁路正在修建之中，新铁路线在贵州境内有盲肠般的一小段，我曾到施工现场做采访，看见贵州山旮旯里的乡民围着筑路工人说：“感谢你们呀，感谢毛主席，你们是毛主席派来的吧？”说话的竟然是一位曾经参加过抗美援朝战争的老人，他很严肃，我看不出他的言语里有半丝开玩笑的心理和动机。难道他们不知道毛主席已去世多年了吗？还是乡里人特别的幽默？生活在贵州穷山恶水中的乡下人竟然把山外面的人都泛称为“毛主席派来的人”，就像广东乡下人把广东以外的人都称为“北方人”一样。当时我听了，心底里生出无限感慨，很不是滋味。可到坪阳采风的两位画家确实是从北京来的，一个略高，一个略胖，都一脸和蔼，挺亲切的。他们说话很少，说话办事总是透着一股儒雅气，一口的北京普通话，很好听。那风度让乡下人折服得五体投地，便有点自惭形秽起来。画家来了以后，当地甚至有一阵子以说普通话为荣。当地的一般用语是侗话，普通话从属湘川黔鄂交界的北方语系，虽然比较土，但还好懂，不像湖南很多地方的方言让人听了摸不着头脑。

当然，至于招待那一档子事绝不会摊在一辈子只会耕田干农活的村民身上，他们没有这个“奢望”，也没有这个福分，更没有攀附这样的高朋或“远亲”的野心和能力。一来，按当地风俗，有贵客，当杀猪宰羊。他们可不成，那年代家家都穷，穷也比较光荣。一年到头，锅灶里难见一滴油腥，口里难有一点肉味，“肉食者鄙”。拿什么待客？乡下人总还是要讲究点面子的。二来，还有公社那些拿工资、隔段时间就可以领到肉票、可到河对岸供销社割肉的干部们顶着，即使天塌下来，也轮不到庄稼人来扛。

画家坐在村口的参天古柏下，摊开画具。他说好香。什么香？他抬头望望，眼里满是喜欢。是柏子的香？乡下人闻惯了，不在意，鼻子也钝，闻不到。画家依次拿出画画的家当，打开画夹，都是些乡下人从来没见过的“稀奇古怪”。铺开纸，纸也不是一般的纸，很厚。拿起炭笔，也不同我们小学生用的寻常铅笔。乡下人看得新奇，也看得热闹，觉得眼睛不够用，脑子也不够用。

石妹子一身侗家打扮，身着嵌边侗布服装，头裹绣花头帕，帕须子在微风下摇动。两耳坠着一对耳环，耳孔是新穿的，不知道穿的时候痛还是不痛。乡里长大的丫头，没见过什么大世面，又有这么多熟人在围观着，“怕丑”的心态是有的。只怪当初父母不该答应人家的要求，所以不敢违背，只有涨红着脸当模特。石妹子含羞坐在画家的对面，坐在她家家门口的矮矮的木梯上，身子骨小小的，像个侗家小新娘子。

石妹子和我一般大，是我在坪阳小学的同班同学，她父亲是在霞妹子一家搬到城里去后接任公社的武装部长的。她怀里抱着一只白毛、红眼睛、长耳朵的兔子，清晨时我曾起过大早，到田地里为她家的兔子采过带露的鲜嫩草尖。石妹子忽闪着大眼睛，一眨一眨的，身子却不敢有丝毫晃动。怕一动，画家画坏了怎么办？咱赔不起的。石妹子责任心很强。

阳光从绿油油的古柏枝叶间透射过来，轻轻淡淡的，碎成一些光末儿，照在石妹子的脸庞上，使她的脸既有层次，立体感也很强。村里人躲在阁楼上，没有什么事可干，远远地看着，不敢近前，万一被画家画上了，那才羞死人了呢！看画家的眼睛，炯炯有神。有人在私下传说，谁要是被画家看中了，会把人魂魄带走，说不定会带到北京去呢。所以大人远远地躲着，却支使自家的孩子近前去看，孩子看完了就跑回来说如何如何，说画得真像。孩子知足，大人们也满意，晚上围着火塘子，又有一夜聊不完的话题。

画家作画很专心，画的是素描。但偶尔也有意无意猛地回头盯你一眼，吓得围观的孩子一哄而散，离得远远的，像受了惊吓的鸟兽。先躲起来，让你看不见，也画不成，待久了，看没什么事，再悄悄跑回来，确认自己是不是也被画上了……

石妹子一直都不敢动。当画家叫她暂停休息一会儿时，才发现兔子撒了一泡尿在她怀里。她妈妈很着急，当着画家的面，骂也不好，训也不好，打更不好。怎么不早说呢？衣服可是借的，还得还人家哩……幸亏不是什么大事。过后洗洗，说明缘由，人家兴许不会说什么。所以一点小惊乱后，马上又平静下来。但事情马上变成小山村里迅速传播的“笑料”，成了大家乐于反复咀嚼的谈资。

画家画得好，画中的石妹子真美。石妹子一下子就成了当地的名人了。但她弟弟却不乖，是个调皮捣蛋的行家，硬说“米不是地里长出来而是麻袋里倒出来的”。他这些日子有些趾高气扬、耀武扬威起来，把尾巴翘到天上去了，恨得我牙根痒痒，都想找个机会咬他一口才解恨。

我父亲是个农技师，湖南农大毕业。细算起来，应该参加过“杂交水稻之父”袁隆平先生选种的一线工作。画家来时，我们家已搬进位于坪阳医院正门前右侧的农科站，农科站是两层楼的房子，是座新修的楼房。农科站分成两半，左边归胡兽医住和管，胡兽医下得一手好象棋。右边归我父亲管，我家住一楼，靠墙角一间大房，房后是木头搭的厨房，厨房的左右各有一门。左边是一厕所，厕所是公用的。右边是一间小院，母亲在那儿养了很多鸡。我家的楼上后来住进了一个年轻人，长得英俊，会拉小提琴，黄昏时喜欢一个人关着门拉琴，琴声钻出屋子，四处飘荡，老远都能听见。琴声很美，也很哀怨，但没人听得懂那西洋乐器。长大后，很长时间我才反应过来，他拉的是《梁祝》。

当时，我家楼上的房子暂时还空着，所以公社出面找到我父亲，就暂时作为画家的工作室。因为是楼上，村里人胆怯，围观的人自然就少，画家难得的安静，可以安心作画。反正此后，石妹子的弟弟也不敢在我面前再趾高气扬了。公社武装部把民兵连长找来做模特。民兵连长身材魁梧，虎背熊腰，饭量一定很大，是个干农活的好手。方头大耳，轮廓分明，黑脸膛，皮肤是健康的枣红色，红得深，透着些黑。穿一身草绿色军装，背一杆上刺刀的步枪，雄姿威武。画家让他端坐在窗口附近，让光线从一个角度打在他的脸上。画家一近一远，一个正面，一个侧面，给他画油画。画得很慢，画了三天。

画家离开坪阳很久之后，有一天民兵连长被人抬到卫生院来，一身的血，因失血过多，不治身亡。据说是因为民兵连长一个人在山里烧荒锄地时，将步枪挂在树上，谁知步枪上膛走火，打了他自己腿一枪。深山老林里，叫天天不应，寻人寻不着，自己拖着腿爬了十里地，血流了一路，才叫着了人。由于当地人没有应急救护的常识，没有采取止血措施，抬到卫生院时，人已经不济事了。有人说是仇家杀的，也有的说是画家把他魂带走的原因。反正这事在当地是个悬案。

小时候喜欢看书，喜欢小人书，也就是连环画。从看图识字的简单书本到看连环画，是人生启蒙教育的一次小小的飞跃。不识字时，翻小人书追着大人屁股后面，让他们讲书上的故事。大人忙得没空时，就自个儿看着图画“猜”故事。一本小人书来来回回翻几遍，觉得书上的画美，就用白纸蒙着，用铅笔描。描多了就自己画，铅笔画、蜡笔画，有像的也有不像的，自己都喜欢。有一次，上美术课，画卡车，我用三角板和蜡笔规规矩矩画，老师打了全班唯一的一个满分。作业本发下来时，正巧我不在，乡里的孩子嫉妒，不知道哪个促狭鬼背着我，在本子上打了个大大的叉。等我回来时，看见后痛哭了一场，官司打到老师那儿，老师问："谁干的？"没人承认，教室里只有我的哭声……

关于画画，我在公社电影放映员住的阁楼上，还捡到过一本照片上色纸。用毛笔沾上清水，点在纸上，化开颜料，可以给画上色，父亲说那颜料很贵。涂在照片上，可以永不掉色。我就用这昂贵的颜料作画，给我的小人书涂颜料。画家在我家楼上作画时，我把我的画捧给他们看，他们看后就找到父亲说："如果可以的话，把这小孩交给我们，我们负责把他带到北京，负责把小孩带大，负责把他培养成画家——如果有时间的话，你们还可以到北京来看他呢！"父亲一愣，回答说："让我想想看？"画家也许只是一句玩笑话，也许是认真的，父亲找到母亲正儿八经地商量。母亲一听，就没了主意，眼都直了，好像我马上就被人掠夺了去。我是长房长孙，而且是同辈里的独孙，父亲的独子，哪里舍得把我送人？这事是大事，如果真的要给，起码也得征得远在武汉的爷爷同意，可当时通讯不比现在，没法及时告知，最后只有婉言回绝。画家叹了口气，并不强求。

人生面临很多重大抉择，每一次选择都是痛苦的。人一旦失意，或者失败，就会回想和审视过去——我是不是在某个岔口选择错了方向？人们对事物的评判总是以成败论英雄，成则感到欣慰，败则懊悔。失败时，就认定当初另一条道路一定能通向光明，走向胜利的彼岸。其实不一定，另外的选择同样荆棘遍布。如果当初两条道路可能造成的反差很大，趋利而避害，舍小而取大，将不存在让人艰难的选择。

长大后，我读《红楼梦》，在开篇第一回里，有癞头和尚、跛足道士向甄士隐讨要英莲的一段情节："那僧便大哭起来，又向士隐道：'施主，你把这有命无运、累及爹娘之物，抱在怀内作甚？'士隐听了，知是疯话，也不去睬他。那僧还说：'舍我罢，舍我罢！'士隐不耐烦，便抱女儿撤身要进去，那僧乃指着他大笑。”读来甚为有趣，反复玩味，有时不禁也要笑出声来。

后来，父亲调到陇城去干过一段时间。陇城在坪阳的北面，即使走山路，也有好几十公里地。陇城其实很小，但比坪阳大，每两个周末还赶一回场，所以算个城镇。虽然母亲还留在坪阳，与父亲两地分居，但人往高处走，毕竟是父亲图谋走出坪阳的第一步，所以父亲很兴奋，也特别有成就感。我跟着父亲来到陇城，从坪阳小学转学到陇城小学。在陇城，我们待的时间并不长，只记得班主任老师是教数学的，我的数学成绩好，老师特别喜欢，让我当课代表。数学老师的水彩画也画得好，我跟他学画画。父亲不阻拦，也不鼓励。父亲甚至请数学老师吃过一顿饭。父亲问：“学画有用吗？”数学老师沉默了一下，然后回答说：“主要只是爱好，画着玩呢。”父亲常说的一句话是：“学好数理化，走遍天下都不怕。”那是那个时代家长的一般心理和思维逻辑。

反正我会画，但不专心，画得不好。当我家搬到怀化时，我已上初中。初三时，怀化师专来了几个老师来校见习，见习老师是学画画的，在学校办起了周末绘画业余班，利用周末授课，画素描、画石膏像，很有意思。参加这个班很简单，只要交一张素描就可以了。当时我准备去学着玩，就让小妹当模特，画了张素描，母亲看了说：“这画的是谁呀？怎么画得这么老？”小妹听了很生气。母亲三下五除二把画给撕成几大块，她是担心我分心，准备不好初中毕业考试。与我住同一个院子里的同班同学姓贾，交了素描，参加了培训班。等到读高二时，分文理科，全班绝大多数是学理的，只有零星几个学文的，包括姓贾的同学，只好转到其他中学去读书。姓贾的同学坚持得很好，后来考取了湖南师范大学美术系，毕业后在一家重点中学教美术课。我常想，如果我也去上业余兴趣班，也坚持绘画爱好，我现在会不会也是一名教绘画的老师呢？或者好一点，考取中央美术学院，毕业后当一名专职画家呢？

命运似乎不允许这样的假设。但现在回想起来，如果我要当画家，至少我有三次选择的机会。但三次机会，我都没去争取，我喜欢逆来顺受，我喜欢随遇而安，我与绘画从此绝缘。现代遗传学说，DNA 密码决定着我们每一个人的人生命运，罪犯有犯罪的基因，冒险有冒险的基因。而我不能成为画家，是我的个体 DNA 图谱里没有当画家的基因吗？可是司马迁为什么会问“将相宁有种乎？”。生活往往在跟我们“捉迷藏”，总是在不经意的时候，开我们的玩笑，嘲弄和戏耍我们。

回忆犹如毒品，短暂的快感和迷幻之后，就像蚂蟥，死死咬住你的心，吸你的血，随时戕害和腐蚀你的身体和精神。回忆，其实毫无现实功利的用处。可为什么人们总是喜欢回忆呢？一个人开始回忆，是不是也意味着他开始老了？

好多年以后，我在一本美术教科书上，看见了石妹子抱兔子的素描和民兵连长的油画，画下边的署名，一张是吴冠中，另一张是吴作人。

1991 年 6 月 6 日作于湖南怀化

2003 年 5 月 26 日改于北京西客站南广场

豆娘跳舞

豆娘是蜻蜓的一种。豆娘跳舞也就是指蜻蜓点水和这种蜻蜓在天空自由飞翔的表演。

我有时常痴想，一只蝴蝶，会不会偶尔忆起毛毛虫时代的旧事？一只蜻蜓，能不能不经意地想起水蚕时期的爱情？我还记不记得前世的因果？孟婆汤喝后，万事俱忘，常让人生出一点无所适从的悲叹……

吴有士曰张胥鄙、谭夫吾，前交而后绝。张胥鄙有罪，拘将死。谭夫吾合徒而取之，出至于道，而后乃知其夫吾也。辍行而辞曰："义不同于子，故前交而后绝。吾闻之君子不以安肆志，不为危易行，今吾从子，是安则肆志，危则易行也。与吾因子而生，不若反拘而死。"阖闾闻之，令吏释之。张胥鄙曰："吾义不同于谭夫吾，故不受其任矣，今吏以是出我，以谭夫吾故免也，吾庸遽受之乎？"遂触墙而死。谭夫吾闻之曰："我任而不受，佞也；不知而出之，愚也。佞不可以接士，愚不可以事君，吾行虚矣。人恶以吾力生，吾亦耻以此立于世。"乃绝颈而死。

这是《刘向新序·节士第七》中的一段记录，与《搜孤救孤》的故事读来一样，让人心惊肉跳。如果我是编剧，我一定要找机会将此故事改编成电影，让天下人都知道这段历史。用现代人的观点来看，古人如此为人处事，太不近"人情"，也太不通"世故"。而我之所以对这段故事情有独钟，特别留心，并非全因猎奇，主要还是故事里提到谭夫吾这一个人的缘故。由于我也姓谭，所以对谭姓家族人物总要特别地关注一下，而谭夫吾是春秋战国时吴国人，是史载最早的谭姓人物之一。

在坪阳时，我和妹妹曾经会说一口流利的侗话，母亲出诊时，有时带上我做她的翻译。可后来，随着我越长越大，我离坪阳那个地方越走越远，渐行渐忘，到如今竟然连一个侗语词汇都说不出来了。父母都不懂侗话，说普通话，我们家不是这地方的人。父亲曾郑重其事地警告我说："你是汉族人。"想起他说话的情形，竟然有点像清朝入关后明朝遗民对后辈说的话。

"我是谁？从哪里来？"这是困惑哲人的问题，也同样困扰着我。这些问题很难找出一个确切的答案，却能有一个大致和大概的方向。我常想，我们每个人都要填个人简历，要填一栏"籍贯"。出门在外，或工作在他乡，会有人经常问："哪里人？"回答："湖南人。"再问："呵，老乡哩。湖南哪儿？"停车暂借问，或恐是同乡。为什么同乡就特别亲切？为什么"同姓"的要多看一眼？"同乡"和"同姓"背后隐藏着什么更深层的话语？籍贯和姓氏也许能回答根之所在，提供一丝渺茫的寻源线索。

我父亲是湖南涟源人，母亲是湖南衡山人。涟源话难懂，正宗的涟源话我一句也不会说，也听不懂，父亲至今还带着涟源话口音。我的个人简历中，籍贯经常填的是涟源，但我常想我算涟源人吗？至今我连那个地方都没去过。偶尔我也填怀化，因为词典里注释"籍贯"，第一是祖籍，第二是出生地。我生在怀化长在怀化。可我有时也想，我算得上是怀化人吗？有一年我随母亲到衡阳探亲，小舅舅力主在衡山买地，理由是："没埋过亲人的土地算得了故乡吗？"是啊，我的故乡在哪里呢？我的根在何处呢？难怪崔颢站在长江边上，也在反复追问："日暮乡关何处是？"。而我算哪里人，我能去追问谁？

2004年"五一"节前，乌鞘岭隧道F7断层地带因挤压变形造成施工受阻，为此我到兰州出差。在工地现场，我遇见一个姓谭的副总工程师，他是涟源人。谭姓在涟源只算得上一个中等姓，大姓姓刘，其次姓梁，父亲的外婆家姓梁。我家离开坪阳，搬到县城时，通道县完小有个姓梁的女老师，父亲带我们认过亲，让我们叫她姨外婆。姨外婆的爱人在农行工作，养有三女一儿，小女儿长得最为秀气。母亲离休时，我曾陪她专程到县城探访过他们，两位老人相依为命，每天注射胰岛素。姨外公请我喝了一杯自泡的杨梅酒，喝得我一脚高一脚低。因父亲和叔叔名字中都有“德”，我对涟源人说我父亲是“德”字辈的，他说，哦，比他大两辈呢。我又说爷爷是“耀”字辈的，他说，这就不对了。这让我有点尴尬。回到北京后，我马上将父亲写的《回忆录》翻出来查证，原来家谱班辈是按“仁、能、钟、有、德、孝、顺、显、周、亲”排下来的。爷爷本名里是“有”，而现在用的是他的字号。父亲说，涟源谭氏是从江西迁过来的，行八，称谭公八郎。推算去，我还是“孝”字辈。

父亲的《回忆录》，是他在我的请求下做的一件实在的正事。他的《回忆录》并非拿来出版卖钱，而是专门写给我一个人看的，他说让我先看看，如果有用就推荐给妹妹们看。父亲退休后，一个人开了一个小店，无事时想起还有个儿子在老远的外地，就将平时剪集的一些无用的杂志片断寄来，他在那些恶心的杂志故事边上点点画画写些莫名的批注。“一堆垃圾”，我心里暗自着急，父亲是不是老糊涂了？所以我打电话劝他说，你能不能不寄这些，认认真真地写写你自己的《回忆录》，总结和整理一下你的人生，好的让我们高兴一下，不好的也让我们吸取点经验教训。父亲答应了，并在一个星期后用信笺纸写出了百多页的《回忆录》寄了过来，我捧着厚厚的《回忆录》吓了一跳，连忙打电话过去说：“你别着急，你得慢慢写，多想想再写。”

我查过姓氏源流，研究过谭氏的来源。相传禹治水成功后，舜赐姒姓给禹。周初大封诸侯时，姒姓的一支被封于谭国。谭国大概在今天山东章丘市西。谭国是个小国，国势一直不盛，不久就沦为齐国的附庸。齐桓公称霸后，于公元前683年吞并谭国，谭国国君之子逃亡到莒国，而留在故国的子孙就以国为姓。汉代巴南，也就是今川东、鄂西南部的少数民族也有谭姓，疑为谭国遗民逃到巴南避难，融入当地民族形成的。涟源靠近湘西，我原想，我是不是还有土家人的血统呢？如果家谱可信，那么这种可能似乎比较小。谭氏早期主要在山东境内繁衍发展，后因战乱、自然灾害、官职调迁等原因离开故土，向各地迁移，方向主要由北向南，由东向西。汉代时谭氏已分布于河南、山西等地，南北朝时谭氏迁入广东，唐末时迁入江西。宋代谭氏分布更广，集中于江南地区，特别是江苏、浙江、安徽及湖南、湖北、四川等地。大约自清代开始，闽、粤谭氏部分族人迁至东南亚，侨民于新加坡等国。

其实，这种姓氏的追问就能找到自己需要的答案吗？不能。最多只能知道一个大概。而且这种“回望”也并不可靠，我的一个四川眉州同事，跟我提到他们当地“三代归宗”的风俗。如果第三代出生时，祖母还健在，那么这孩子将不跟父亲姓，而随祖母姓。我想这种风俗，也许还残余着某种原始母系氏族的遗风吧。

在坪阳上小学的时候，我很讨厌自己姓“谭”，因为“谭”字笔画太多，我不会写。老师和同学都讥笑我说：“怎么连自己姓什么都不知道呀？”母亲甚至不失时机地提议让我跟她姓，母亲姓“李”，“李”是大姓，而且好写。但父亲坚决反对。

“孩子，你有这样的一个父亲和这样的一个母亲，这是你的命，你就认命了吧！”母亲有一次如是对我说。命是先天的，一个人无法选择和控制的部分。运是后天的。命与运的乘是数，每个人有每个人的定数。同命，但因运不一样，最后的结果往往相差很大。生而为一只蜻蜓，那么你就认认真真地做一只蜻蜓，不要有太多的奢望和幻想，这是母亲的观点。母亲逆来顺受，而父亲却坚决反对这种观点，父亲常有点儒家明知不可为而为之的呆气和傻气。

会飞的并不只有鸟，还有昆虫。蜻蜓就是一种很会飞，而且飞得很美、很优雅的昆虫。

蜻蜓是我童年的玩具。把另一种生命当作玩具，其实是对生命的一种缺乏尊重，对生命的蔑视和残忍。但童年的我似乎慈悲之心还未完全觉醒，缺少“佛”性。坪阳地气潮湿，多蚊虫，相克相生，蚊虫多蜻蜓也就多。坪阳夏日的黄昏，雨前或雨后，成群的米黄色蜻蜓在卫生院旁的土球场上做低空盘旋飞舞，密密扎扎笼着的一层蜻蜓，像二战时期德国出动的轰炸机群，像一张网从天撒将下来。它们那两对平展对称的透明的叶翼轻轻地抖动，黄色的躯体平稳地浮在空中，或静止，或机敏地交叉换位，或相互嬉戏追逐。因飞得低，似乎一伸手就可抓到一大把，可待到你真的伸手，蜻蜓却敏捷地从你手心里飞走——就像在与你玩“抓绳头”的游戏，绳头明明在手心，手拢时，绳头一抖，就逃不见了。我因而高举着双手，满场地里追了这只又追那只，其实一只也追不着。

这倒让我想起《列子》里记的《好鸥鸟者》的寓言故事来：“海上之人有好鸥鸟者，每旦之海上，从鸥鸟游，鸥鸟之至者百住而不止。其父曰：‘吾闻鸥鸟皆从汝游，汝取来，吾玩之。’明日之海上，鸥鸟舞而不上也。”人一旦生了歹心，起了孬意，伴随他的好运也将离他远去。

跑累了，追累了，突然灵机一动，寻得一把竹扫帚，管他三七二十一，拦空扫去，扑啦啦咯哧哧，断头截尾的蜻蜓竟然“坠毁”了一地，还有一两只完整的压在扫帚下艰难地挣扎哩。我便蹲在地上，好的坏的，活的死的，都一一拾起来装在塑料袋里，别在裤腰上，然后又摇摇晃晃在土坪上欢呼奔忙……待到天黑，母亲喊我吃饭了，蜻蜓也陆续散去，我也满头大汗，提着鼓囊囊一大塑料袋的蜻蜓“战利品”凯旋。

先将完好的蜻蜓捉出来放飞在蚊帐里，待晚上睡觉时在床上玩。又剪下几叶精美的蜻蜓翼夹在书里，待第二日到学校与伙伴们比高下。其余的却是让母亲大加称赞，让鸡群饱餐一顿。母亲很鼓励我捉蜻蜓玩，一则锻炼了身体，二则鸡啄食蜻蜓可多下蛋。

但母亲不喜欢我偷着到溪边去捉蜻蜓，担心不安全。可我经常背着她到坪阳溪的岸边和水里去玩，那是我的乐园。坪阳溪的岸边长满芦苇和节节草，偶尔会在草尖发现一只马大头蜻蜓。父亲对蜻蜓没有研究，识不得这种大个的蜻蜓，望虫生义地告诉我说，那是虎蜻蜓。确实，叫虎蜻蜓形象。虎蜻蜓个特大，尾特长，虎纹缠身。说是虎纹，其实是在黑色上嵌着明黄色的环和斑点。虎蜻蜓头大如指，一对暴凸圆眼虎视眈眈，一张饕餮大嘴凶猛异常。这种虎蜻蜓切忌不可像捉红蜻蜓那样去捉它尾巴，它会冷不防杀个“回马枪”，咬你手指一口，疼得你本能地缩手，它却一个旋转，潇洒地飞走了。捉虎蜻蜓得小心翼翼，跪在溪岸上，屏住气，左手扯住草根，稳住倾斜的身子，右手抓住草帽，猝不及防地扑盖过去，将虎蜻蜓压在草帽下面。这才心情激动地捏住虎蜻蜓的双翼，提将出来，然后用白线牵住它的尾巴放飞。带着白线的虎蜻蜓飞不远，飞飞停停，别是一番乐趣。

听乡里人说，红蜻蜓是神，捉不得……红蜻蜓通身如火，飞起来，就像一掬豆火在空中漂浮，很是美丽。有一次，我不信这个邪，趁着大中午大人们都睡午觉了，顶着烈日，偷偷跑到坪阳溪边捉到了一只捉了好几天都没捉到的红蜻蜓，我高兴坏了，边走边跳。由于太兴奋，可能又怕红蜻蜓跑，手指用力过大，到家门口看时，竟然将红蜻蜓捏死了。我的鼻子不知何故淌出血，吓了我一跳。赶忙跑到村北那口井里，用凉水洗脸，拍额头和后脑脖子，拍了很久才终于止住。我忐忑不安、心神不定地跑回家，对谁都不敢哼一声，安静地躺在床上，或待在家里，默默地等死。可日子一天一天过去，红蜻蜓却没来取走我的小命，我便慢慢地将此事淡忘了，但从此也很少捉红蜻蜓了。看见水哥捉，还劝水哥说："别捉，捉了会流鼻血的！"水哥才不听劝，照常捉了喂蚂蚁。水哥居然不流鼻血，我很奇怪，觉得水哥很厉害。

到了初中上音乐课时，老师教我们认五线谱，唱那首著名的日本民歌《红蜻蜓》时，我恍然记起关于红蜻蜓的一些事和人来。歌词是这样写的：

晚霞中的红蜻蜓呵，请你告诉我，童年时代遇到你，那是哪一天？

提着小篮来到山上，桑树绿如荫，采把桑葚放进小篮，难道是梦影？

晚霞中的红蜻蜓呀，你在哪里哟？停在那竹竿尖上，是那红蜻蜓。

唱这歌时，我体会到一种从未有过的凄美情愫。我的内心第一次感受到一种失落的忧伤，一种得不到的惆怅。

昆虫学上其实把蜻蜓分两个大的亚目，一种停息时翅膀向两侧平展，另一种有个可爱的名字，不分雌雄都叫豆娘，停息时翅膀竖立在背上。我不知道这种蜻蜓何以有这样一个富有诗意的名字，只记得豆娘是坪阳溪边的浅水湾里最美最温柔的昆虫，那时我几乎没把它当作蜻蜓，而是把它当成一种蝴蝶，豆娘全没有其他蜻蜓那么凶神恶煞的模样。那是一种通身蓝得透亮的豆娘，在溪边围着一朵盛开的兰花轻盈地跳舞。乖巧柔软，或凌波微步，跳着水上芭蕾，骄傲得像一个小公主。静时，收翼于草尖上，细风抚来，水澜微起，它却像一朵含苞待放的小兰花。张爱玲形容得好："蝴蝶是花的魂。"我以为豆娘也是花的魂魄。我今天捉走了一只豆娘，隔两天那溪边的浅水湾里又有一只或两只豆娘在那里翩翩起舞，以至于我很长一段时间都以为豆娘就是兰花变的。要不然怎么捉了又有，有了又捉，就像花儿开了谢，谢了又开。

我曾问一个朋友："你知道世上什么动物的做爱姿势最为优美？"他回答说："反正不是人。"我大笑，然后说："豆娘。"雄蜻蜓的交尾器生在腹部第二、三腹节间，而生殖孔却在第九腹节，所以性成熟的雄蜻蜓在交尾前先得将精子从第九节的生殖孔移到第二节的阳茎囊中，于是就出现了“咬尾巴”现象。然后，雌雄蜻蜓在空中相互追逐，雄蜻蜓以尾部夹住雌蜻蜓的颈部或前胸，雌蜻蜓屈伸腹部末端的生殖器，贴在雄蜻蜓腹部第二、三腹节间的交尾器上受精。首尾相连，成为一个压扁了的在空中飞舞的“环”，忽而停落在一叶水草之上，忽而又腾空而起，自由自在地飞翔，那哪是在做爱呀，简直就是在做空中飞人的杂技表演。雌蜻蜓受精后体内的卵细胞发育成熟，它就飞在池塘、湖泊等水面上方，穿梭飞行，由高而低，腹部下垂，腹端接着水面，一点而过，边飞边点，动作轻柔，姿态优美，“蜻蜓点水”，每点一下产下一粒卵。而豆娘在做这一系列舞蹈动作时，却更有一份妩媚。

蜻蜓的卵在水中孵化成水虿。水虿很丑，嘴却很厉害，爱吃蚊子的幼虫，一只水虿一年能吃 3000 多只蚊子的幼虫。水虿一般要在水中生活 1 ~ 2 年，个别的要生活 5 年。水虿的外壳很硬，随着身体长大会脱皮。一只水虿经过 7 ~ 15 次蜕皮，才能蜕变为一只蜻蜓。我知道豆娘的幼虫很小，喜欢爬在鹅卵石背面，可以捉来当鱼饵钓小鱼。我不知道，昆虫蜕皮究竟是一件很痛苦的事，还是一件很快乐的事。我不知道，一只蜻蜓有了飞翔的自由，会不会还记得水虿时期的痛苦。

历史人物中，谭嗣同是我最为钦佩的人。谭嗣同的作为，有着谭夫吾的影子。由于都是湖南人，而浏阳与涟源相距又不远，虽没查过家谱，我常想当然地认为自己与谭嗣同有着某种血缘的联系。读大学时，我去过一次浏阳，目的是想拜谒城外石山下的谭嗣同墓，却因浏阳的朋友说没什么看头及他事耽搁的缘故没访成。我到北京第一次游故宫，看到不起眼的军机处时，想到谭嗣同是在此与林旭、刘光第、杨锐等人共商变法大计，心里马上有了亲切感，一股温暖涌进脑中。乘汽车经过菜市口时，我想谭嗣同应该是死在这里的。慷慨就义易，从容赴死难。很多人认为谭嗣同死得冤，他当时是完全有机会离开北京的，但他拒绝离开，他说：“各国变法，无不从流血而成。今中国未闻有因变法而流血者，此国之所以不昌也。有之，请自嗣同始！”。其实，谭嗣同入京仅短短一个月，他是来送死的，人终有一死，我想谭嗣同认为他就应该如此死去，所以面对死毫无恐惧和退却的心理。他是 1897 年 8 月 21 日应召抵京的，受到光绪帝召见，授四品卿衔军机章京，参与变法事宜。因袁世凯背信弃义，9 月 21 日政变发生后谭嗣同被捕。28 日临刑前他愤呼：“有心杀贼，无力回天，死得其所，快哉快哉！”他被称为戊戌六君子之一。

此外，文有谭元春，他是明朝后期的文学流派“竟陵派”的创始人，其论文强调性灵，提倡幽深孤峭的风格。我虽爱好文学，对他的书却没读过，不能得其恩惠。武有唐朝的谭忠、明朝与戚继光共事齐名的抗倭名将谭纶、太平天国慕王谭绍光。五代时，还出了个谭峭，从事辟谷养气炼丹。全真七子中有个叫谭处瑞的。此外，唱京剧的有谭鑫培，香港唱流行歌曲的有谭咏麟，还有跳水运动名将谭良德。

而我，一只水虿，曾有过蜻蜓的梦想和飞翔的志向，可到如今，却一事无成。

1992 年 2 月 29 日作于怀化

2004 年 5 月 30 日改于北京

站在“猪石”上的鬼魂

一切都是美好的，可为什么我还是时时感到忧伤。

独处时，我时常想，我是不是早就死了，不散的游魂因过于迷恋这人世的虚幻而不肯散去。所以，我才会在这世间漂来荡去，无所事事，无所适从。

生，还是死，对此我同样充满疑惑。我家搬到坪阳之前，我差点从一架两层楼高的木梯上摔下来摔死。那是还在木脚时候的事，那时我很小，却也依稀记得。木脚是一个地名，地方很偏，却有驻军。有个“孩子王”带着我们疯玩，他的父亲好像是个团长，济南人。老子是好汉，“孩子王”也是我们的“领袖”。那是一座空旷的吊脚楼戏台，闲置着，木匠在上面做木工活，“孩子王”带着我们，背着大背篓，从左边转上去，到楼上拾刨木花和劈柴，给家里烧饭引火用。我的大背篓太大，而我的个子当时又太小，当我背起背篓时，只见背篓不见人。为了母亲晚上的一句表扬：“瞧我儿子多能干！捡了这么多柴火哩！乖，我用你捡的柴火给你煮个蛋饽饽吃啊。”所以我捡柴火总是很卖力。黄昏时，家家炊烟，晚霞满天，天色渐渐暗了下来，木匠歇息了，我捡了满满一背篓。一般都是我捡满了，母亲来背。但这次我决心自己背回去，给母亲一个惊喜。但“孩子王”走捷径，不从原路返回，而是带着我们从楼边的木竖梯上往下爬，我腿软，最后一个往下爬。结果手没抓住，腿一软，掉了下去，脑袋先着地，当时就不省人事了。孩子们没有主见了，一看出事了，一哄而散，没了踪影。幸亏有一叔叔恰巧路过，认得是李医生的儿子出事了，连忙抱着去找母亲。据说母亲当时眼睛都哭肿了，求助于军队，军队派军车连夜送往县医院。后来，“孩子王”他家搬到县城部队大院里住，父亲曾带我到他家去玩过几次，他很歉疚，每次都送我很多我喜爱的弹夹和子弹壳。

我被送到县医院，运气比较好，碰上了地区人民医院的罗医生下乡巡诊。通过抢救和三天三夜的输液消肿，我醒了过来。母亲又喜又愁，喜的是儿子救活了，愁的是会不会留下后遗症，成了傻儿子。我有时想，我的依稀记忆似乎是从这一摔开始的，一个人有了记忆也就确确实实有了“我”了。我也许本应是个天才，是不是这一摔，使我只能做一个普通人了呢？我也许本是个傻子，是不是这一摔，却变得聪明了呢？这是一个“分水岭”，但我无法判断它的方向。如果那次我死了，我这一生的痛苦和幸福也就此终止；如果有轮回，我将转入下一个轮回。

父亲的《回忆录》里记着这么一件事，我原本还应有一个跟父亲同父异母的小叔，名叫谭长宁，1961 年生于长沙。1965 年爷爷调去青海茫涯石棉矿区工作，在青海待了十年。茫涯是个什么地方呢？我翻开地图，那是位于青海与新疆交界的偏僻地方，315 国道途经之地，据说到目前为止那儿还是全国最差的国道地段，但当地具有全国最大的石棉矿和芒硝矿。小叔谭长宁六岁时，闹着要进城去玩，爷爷便带着他坐在装运木头的汽车顶上进城。车到茫涯镇时，爷爷下车买包子。爷爷说：“你乖乖坐着别动，爸爸给你买包子去。”爷爷却没跟司机打招呼。谁知就在这时，司机倒车，冲了一下，孩子没坐稳，从车上滚了下来，并被顺带下来的圆木砸在头上……用佛家的观点来看，人生充满着“无常”。可为什么我活着，长宁叔叔却死了呢？难道每个人的时运真的不一样吗？

而我这一摔对我家的直接贡献是导致小妹的出生，因为父母担心我成为傻儿子，而急切盼望再生一个儿子，做个双“保险”。但小妹妹的出生，并不让父亲如愿以偿。而救过我的罗医生，在后来的某一年暑假带着他的幺女儿重返通道县城，故地重游。那时，他幺女儿可是城里来的人，十六七岁，正准备高考，风风光光，据说是个漂亮女子，背着父亲跟旧友下河游泳，淹死在通道河里。罗医生一夜头发全白，买了些松柴木将幺女儿火化了。火化时，母亲要牵我去看，我不肯去，因为我害怕死人。母亲说：“那可是你救命恩人的女儿，你不去看看？”我很肯定地摇摇头。然后母亲独自一个人去了，回来时两眼肿肿的。母亲爱笑也爱哭，眼窝子浅，藏不住眼泪。小时候，我甚至想母亲也许是到这世上还眼泪的，她一想起什么不如意的事，眼泪就哗哗地流，路上碰到谁家死了人，见人家亲戚哭得伤心，母亲在旁边也哭得泪流满面，倒搞得人家莫名其妙。

父母一直担心我和妹妹哪天会淹死在河里，所以从不赞成我们学游泳，可我和妹妹偷偷跟着村里的孩子下河，呛了几次水，无师自通，自己就学会“狗爬”了。再泡在河里，想沉都沉不下去，心里便有了自信，自以为有了水性，便猖狂起来，自己怕是淹不死的了。可河里淹死的从来都是会水的人，水哥在水里像泥鳅，那年涨大水，还不是被红鲤精拖走了。

出坪阳村村口是一座木桥，两根盒口粗的长圆木平行架在两岸，然后用马钉将木板钉在圆木上，没有栏杆，从桥面到水面有七八米高。我因为曾从楼上摔下来过，恐高，腿软。刚上学时，每次都是父亲背着我或母亲牵着我的手过去的。有一次，父母都有事，我跟着同学一起上学，他们都过去了，在桥那边等我。我不敢走，霞妹妹在桥那边招手，说：“没事的，别怕！”我犹豫再三，便蹲下身子，用手趴在桥面上，一步一步地挪过去。当我爬到桥中央时，很多侗家孩子就在那边起哄，拍着手笑话我：“快看，快看，狗爬了。”我涨红着脸窘在那里，往前看看，还远，往后瞧瞧，想退回去怕也难……我涨红着脸爬到桥头，长舒了一口气。我拍着两只脏乎乎的手，笑了——这毕竟是我独自一个人第一次过桥呵。到了晚上，父亲问我怎么过的桥，我还骄傲地说："爬过去的！"父亲一愣，然后大笑。母亲也笑着说："瞧咱们的傻儿子，就是不如别人家的孩子呢。"二十世纪九十年代修广梅汕铁路时，我在工地当技术员，第一次从架桥机的机臂上爬过去时，在离地三四十米高的机臂上若无其事阔步行走的工人望着我同样大笑，我同样窘迫，爬过去后我同样感到欣慰。

过了桥，沿坪阳溪上行，约五十米，溪水从北流到此处碰到了坎，突然转了一个近乎九十度的弯，改向东流去，约四五里后汇入普头河。溪水转弯之处，被水冲出一洼地，水洼的中间靠岸处冒出一块滚圆的石头，远看好像一头母猪的白屁股。这堆凸石在水中有根，村里人别致地叫它"猪石"。

水一旦漫过"猪石"那一定是涨大水了。"猪石"有些神奇，是个分界。"猪石"以上，被水淘空，河底满是黄泥，水浅而浊。"猪石"以下，河底是鹅卵石，水深而清。我脱了衣裤，赤条条正准备下水，只听立在水中的水哥大喊一声："快握住鸡鸡！"我说："为什么？"水哥指着上游说："有女的呢！"我看着上游问："为什么有女的就得握住鸡鸡？"水哥连骂笨蛋："哪有问那么多为什么的，你看女的都抚着。"只见供销社的小张姐姐抚着下身跳进水里，接着是霞妹妹也同样。这很奇怪。

男孩子霸道，游泳时把女孩子赶到"猪石"以上，然后却又骂女孩子洗过的脏水流下来不吉利，一手抚着小鸡鸡，一手却冲水、打水仗、撵女孩走，追得女孩子用双手抚着下面哇哇乱跑，男孩子看着女孩子光着身子乱跑哈哈大笑。这是一个奇怪的规矩，不管是在坪阳、陇城，还是通道县城，在河里游泳，女人总是在河的上游，男人总是在河的下游。有一次，我问小张姐姐为什么不到"猪石"下游来玩，她红着脸悄悄告诉我说："娥说，男孩子脏，男孩子屙尿在水里，女孩在下游，就会怀毛毛的。"娥是上水沟村的大女孩，留级在我们班上学，怀毛毛就是怀孕。是吗？我从此甚至不敢往水里屙尿了。

坪阳小学早上开学晚，九点左右。夏日的早晨，红日初上，薄雾淡淡地弥漫在坪阳小溪上，朝辉娇红欲滴醉卧在水面上，"猪石"静默在水中。溪水清澈见底，花花绿绿的卵石簇拥在水底，游鱼肆无忌惮地在水中嬉戏，好像悬浮在透明的空气中。我呆呆地看着，羡慕鱼的自由和快乐，扔一块石子，嗵的一下落在水面上，声音清脆，鱼机敏地闪开，水面上荡起一圈圈幸福的涟漪……忽然，扑通一声，吓了我一大跳，原来是水哥跳下去了。我们经常是早上泡个澡，中午游一次泳，下午放学再戏一会儿水。"猪石"成为我们夏季的乐园。

早晨有时水太凉，我不敢下水，就蹬在"猪石"上，从书包里翻出作业本从后往前毫不吝啬地撕扯下来，叠成一只只精美的小船，满怀期望地起航，"猪石"是我们的港口。中午或下午放学，书包往"猪石"上一堆，衣裤一剥，就从"猪石"上纵身跳进水里。跳时，定要表演一个最富创造性的动作，或鱼跃，或翻筋斗，或反扎，或学着电影里的英雄中弹倒下时的姿势，扑通一声将自己丢向水面，那水却伸着柔软的双手把我们接住，溅起大朵大朵的浪花，把烈日或夕阳下泛白的"猪石"溅湿，变成青色。"猪石"靠岸是用片石垒起坎，坎上是上学必经之路，路面离水面有三四米高，也有跳水技术好的，或水深之时，胆大的，先从坎内的泥口里掬一把黑泥，先将自己抹成个"黑包公"或"黑人"，然后便从坎上跳下去，惊险而刺激。憋在水底，嘭地从水底钻出来，干干净净赢得大家的喝彩。

玩乏了，大家就围着"猪石"听水哥讲鬼故事，也听他讲"猪石"的传说。相传很久很久以前，张果老赶着三头猪路过坪阳这个地方，一头大的是母猪，另外两只是猪仔。张果老是神仙，到此觉得这地方好，就喝了点小酒，在路边打了个盹。谁知道在他睡觉的时候，两头猪仔不听话到溪边玩耍，结果山洪突然暴发，将两头猪仔卷进溪里，猪妈妈见了赶紧去救，也被拖进溪里……等张果老醒来，洪水也退了，却寻不见他的猪，原来就化成这堆石头了。我就好奇地问："这是猪妈妈变的？那猪孩子呢？"水哥指着"猪石"侧边草丛里隐藏的两块石头。我看着就笑了起来，还确实是真的呢。

关于猪化石的传说不是坪阳特有的，通道县城的独岩和桂林奇山秀石都有相似的传说。县城的独岩峰又名表云山，旧志称"独岩挺秀"，位于县城双江镇南郊2.5公里处。这里属典型的丹霞地貌，数十座石山拔地而起，相互争雄斗奇，其中最高的一座石山，就是独岩峰，紧依着的两座小峰是姊妹峰。独岩峰形呈圆柱，傲然屹立，如一撑天玉柱，又似孙猴子的金箍棒，拨开了天和地。我在通道民族中学上学时，走在路上，回头一望，就可见到独岩，这是当地引以为傲的风景。有一次，有个同学笑着问我："你说说独岩像什么？""火箭。"他摇摇头。"手指。"他还是摇头。我又说了几个，他还是摇头。我说我猜不出。他说："你看独岩像不像男人的卵子？后面两座依着的姊妹峰像不像男人的卵蛋？"我骂了一句："你他妈的流氓！"那时我很害羞，立志要做一个好人，从不敢往男女性方面想。但仔细看看独岩，觉得同学说的也不无道理。清朝时，在独岩峰西侧姊妹峰绝壁上的岩洞里建有一座青云寺，香火极盛，女人居多，多来求子，但寺庙建筑毁于"文革"时。母亲退休时，我曾陪她重回双江镇拜会她的老朋友，并陪她登上独岩峰顶。青云寺得以重建，但寺内建筑和神塑都极简练。

村里老人常警告说："少到那水洼里玩，小心猪鬼儿勾你们的魂！"大白天我们在"猪石"上爬上爬下，居然没有一点害怕的感觉，但到了晚上谁也不敢去那儿。据说护林大叔有天夜里喝醉酒，打着松火过此，有人站在"猪石"上跟他打招呼，他没在意，应承了，回到家后怎么也想不起那人是谁，吓了一大跳，酒也醒了，并大病一场。有一次，玩得疯，水哥在水里一低头，头碰了一下“猪石”，却把右眉骨碰裂一条口子，样子很恐怖。但水哥说一点都不痛，自己从容不迫地摘了些鲜蕨叶子，放在口里嚼烂，然后敷在眉骨上，也不上卫生院用酒精消毒换药，几天之后竟然神奇地好了，在眉头上留了一道横疤。这道疤其实没什么，但水哥从此笑起来就像哭，笑里藏刀，“面相学”说这是凶相，不是杀人就是被杀，可水哥一直都不坏。据说淹死的人必须找到替死鬼才能转入轮回。我不知道站在“猪石”上的鬼魂究竟是谁？水哥淹死在普头河后，站在“猪石”上的鬼魂会不会是水哥呢？

“猪石”附近的浅水边，有一种鱼，我叫它“匍匐鱼”，学名我不清楚。喜欢匍匐在水底，身上像穿着迷彩服似的，满是黄底黑斑的美丽花纹，定要静心定睛才能寻见。“匍匐鱼”眼睛近视，嘴大身小，喜静不喜动，一旦发现了它，只需用双手轻轻拢去便能捉住。有时惊动了它，被它发现，它也会敏捷地从指缝里逃开。最让人兴奋雀跃的数水哥在“猪石”坎壁的岩缝里摸鱼，我是不敢摸的，我担心石缝里藏着蛇，或者其他咬人的东西，担心住着鬼魂和猪神。水哥天不怕地不怕，只见他头依石坎，将手小心地伸了进去，岩缝极长。他不作声，我们静静地等候，他手臂上肌肉一股一股地抖动，却久久不见掏出来。姚家老五不禁急迫地问：“抓住了没？抓住了没？”忽见水哥手一抽，一条一尺多长的黑色家伙被水哥抓出了水面，好像一条水蛇咬住了水哥的手指，大家哗地一下四处散开。只见水哥紧紧扼住那家伙的鳃叶，猛力在“猪石”上抽打，然后三步两步从水里走到岸上，将那家伙扔在裸露的鹅卵石上。这时，大家才围了上去，原来是条大鲶鱼。待洗完澡，水哥随便撇下一小树枝杈，穿了鱼鳃，提着裤子，耀武扬威回村去了，俨然一群士兵簇拥着的一位凯旋的大将军。

“猪石”给我们带来快乐，同时也不时警告着我们。母亲一直担心我哪一天会淹死在这坪阳溪里。有一次涨洪水，“猪石”只现一小块顶，水哥在水里游得欢，朋友们一个一个脱了衣裤从坎上跳了下去，很是高兴和热闹。我站在坎上问：“水深吗?”“不深。你快下来吧。”“水冷吗?”“不冷。你也来玩吧。”按捺不住诱惑，我终于也脱了衣裤，从坎上跳了下去。水哪不深？我一个猛子下去，声音消失了，时间停滞了，水好像没有底，我一下子慌了神，手脚乱舞乱动，头突然冒出了水面，我喊救命，却见朋友们都在四周嬉戏玩水，看着我喊救命大笑。我连呛了几口水，又沉了下去。我想喊喊不出，想哭哭不了，我想我一定完了，我再也见不到母亲了……我心稍定，拼命地往外抓、往外划、往外游，游得我筋疲力尽，我想怎么还没游到岸边呀？我一伸头又露出了水面，我声嘶力竭地又喊了一声救命，只听见大家又哄堂大笑。只听水哥大叫一声：“你自己伸腿，站起来试试。”我下意识地站了起来，水仅及膝，原来我早就游到了浅地……这一切都被站在公路上的琛的母亲看在眼里，她喊了我一声，我在哭没听见。一会母亲找了来，是琛的母亲告诉的，我被母亲带回家，暴打了一顿。父亲说：“打！往死里打！棍棒底下出好人。不打，他记不住。”而另一次，是在姚家老五的诱导下，准备游普头河，刚游到一半，却被对岸路过的父亲看见，父亲大骂：“你找死呀？还不上岸去?”我大哭：“你不打我，我就上岸，不然我不!”父亲没法，承诺回家一定不打我，我被父亲好说歹说说上了岸，回到家后等待我的还是一顿暴打。这事，父亲在他的《回忆录》里却也记得，他之所以记下这事，他以为救了我一命，现在他老了，希望我能多孝敬他一点。其实，那次我是有能力游过普头河的，但想游回来肯定是不成的，如果不是父亲，那次我也许真的淹死在普头河里了，就像罗医生的女儿淹死在通道河里一样。

随着岁月的成长，我离水越走越远，母亲不再为我偷着下河游泳而提心吊胆了，可我的记忆也越来越模糊。没有水的威胁，人生同样时刻面临着其他种种死亡的可能和危险。死是必然的，如果都像神仙那样长生不死，世界同样是悲哀的。有了死，人们才更能理解生，才会更加珍惜和审视生命，审视这世界的荒诞。我尝读乔斯·坦贾德的《苏菲的世界》，其实开始我只是把这本书作为一本普通的哲学普及读物来读的，但读完之后我大吃一惊。书中人物苏菲和艾伯特是少校为辅助席德学习创造出来的，苏菲的故事里席德是读者，而席德和少校却是作者乔斯坦·贾德创造出的，我们是读者。这同时衍生出一个不能不自问的问题，我们是谁创造出来的？我们是谁笔下的故事？谁又在读我们？

《金刚经》偈语：“一切有为法，如梦如泡影，如露亦如电，应作如是观。”佛教警告我们，世上一切都是虚幻的。我有时甚至会想象自己是一尾鱼，世界上第一尾被水淹死的鱼。当我独自徜徉在北京的街头，我觉得自己就是另一个站立在“猪石”上的鬼魂。存在还是虚无，现实还是梦幻，我对此充满疑惑，可谁又能告诉我真实的答案呢？

1992 年 2 月 26 日作于湖南怀化坨院

2004 年 6 月 20 日改于北京

第二辑

滇西纪行

蓝色的女儿湖

美丽的泸沽湖迎来朝霞
雄伟的格姆山白云悠悠
善良的老阿妈为何这么高兴？
啊，是因为女儿长大成人
……

船桨轻摇，窄窄的猪槽船伴着歌声，轻柔地荡进湖心，就像一下子滑进了一片蓝色的柔软的梦幻。又如一弯早升的月亮，不小心驶进了湛蓝的天空。坐在这由树干掏空的猪槽船里，浮在这蓝玉般的水面上，伸手从船边舀起一口水，含在口里，顺着喉咙，清凉凉地滑进肚里，顿觉全身了无一点杂质，通灵剔透起来，心也被染成水一般的颜色，近于一种童稚般的透明。

摩梭女人羊卓玛一边努力摇着桨，一边动情地唱着《泸沽湖情歌》，歌声嘹亮而悠远，高亢而不失妩媚，在轻漾着的湖面上平阔地荡开了去……内心不禁怦然，这不正是梦里寻了千百度的地方吗？

这山这岛这村这人这湖，无不恰到好处，让人不能不下决心去相信眼前美景的真实性。什么西湖天堂？不过是一座人为的大公园；什么陶渊明的世外桃源？不过是旧文人笔下的一出白日梦。而泸沽湖的好，是一种说不出的好，是一种亲眼见了才体会得出的好，一种奇异蓝色的好。

住在湖边的摩梭人，至今还保留着原始母系社会的大家庭制和男不娶女不嫁的“阿夏婚”俗，崇母尊女，以女人为主，男人“走婚”，夜宿昼回。关于泸沽湖的形成，无忧无虑的摩梭人也有一个近乎凄美的传说，我极喜欢这个带着悲剧色彩的爱情故事。相传格姆女神和她的“阿夏”瓦如卡那男神相会那晚，因爱得太深，误了归时。当瓦如卡那跨上神马，准备离去时，天哗的一下就亮了。神马一个趔趄，踏下一个深深的马蹄窝。瓦如卡那摔下马来，跌在东边，化成瓦如卡那山。女神伤心的眼泪注满了马蹄窝，变成了泸沽湖，女神也因悲伤过度化成了里格岛背后的格姆山。格姆山雄伟峻拔，一如当地勤劳强壮的摩梭女人，而瓦如卡那山却似是而非，我好多次问过当地摩梭男人，他们摇摇头，也说不出个所以。

回想起来，这次出行，起初似乎有点漫无目的。与友不远千里，从贵阳赶到昆明，世界园艺博览会也不屑一看，才下火车，又立马登上了赶往大理的长途汽车，从大理到丽江，从丽江绕道永胜到宁蒗，一路向西，向西……传说中的香格里拉在哪里呢？风尘仆仆，再从宁蒗乘车，翻山越岭，马不停蹄，一口气，似乎是误打误撞，竟意外地闯进了这神秘的泸沽湖。

到湖边已是晚上 8 点，许是时区的缘由，许是天公独厚的缘故，这里的天暗得迟。黄昏燃烧了一片片红云，从格姆山的山顶一抹而过，像少女腮边一丝桃红，那丝红晕倒映在湖里，就像胭脂融化在湖里。湖水也被反衬着，蓝得骇人，似乎天也躲进了湖里。夜色似乎是从湖底的蓝浸出来的，星星刚从湖里出浴，凑着热闹，手牵着手，擦洗得亮晶晶的，跳着袅娜的舞蹈，一颗颗靓得骇人——一种不近情理的美丽。天空似乎又不高，星星如玉如宝石如白玉兰，一朵朵盛开在头顶上，随手一捞，就是一捧……

这样的夜色和星空，似乎只存留在已遥远了的童年乡村记忆里了。这时，郑智化喑哑的歌儿在脑子里一闪而过："星星在文明的天空里再也看不见。"内中几多苦闷、无奈，以至愤怒。现代文明固然可爱，甚至不可抗拒，但其深藏在繁华外表之后的阴影，对人性的戕害也许是灾难性的。

为了躲避现代，为了探寻原始摩梭人的生活本来，躲避为迎合现代游客心理的造作和献媚，我们固执地在满天灿烂的星斗的陪伴下，满怀着某种希望和信念，徒步十公里，从洛水村赶往里格。沿湖畔公路摸黑走了5小时，一直到第二天的凌晨两点，才在疲惫不堪自以为定将露宿山野近乎绝望的心态下，找到了里格，在一片鸡鸣犬吠声中，住进羊卓玛的家里。摩梭人家果然原汁原味，心便一下子坦然了下来，这是我们所有的付出所得到的回报么？躺在摩梭人家的阁楼上，虽疲惫，却异常兴奋，这才猛然醒悟，此行不辞劳苦，也许命里注定就是要赴这泸沽湖之约的。

云南的山似乎不同于别地的山，极规矩，有时规矩得让人由衷地惊羡。山远远的，如屏障，围了一大圈，陡然直落山脚，内中豁然圈了一大块平地，平坦异常，人就心安理得地躲在这山围住的平地里休养生息了。而宁蒗到泸沽湖，一路山连山，突然地狰狞起来，一副桀骜不驯的样子。正想这是边地，与四川交界，地气将变，固然如此。谁想到，待山翻尽，山又规规矩矩地竖在一旁，一层醉人的绿，像一双手轻拢着，掬起一捧水，捧起了泸沽湖。山倒映在水里，水偎依着山，整个湖区就像一朵盛开的莲花，山是花瓣，湖如一滴露，圆润如珠，而湖心岛是莲心。

这么好的地方为什么要躲在这深山恶谷之后呢？但若没有这险山隔世，道路避远，能护住这也许是最后的一片净地么？能保留住摩梭人几千年持续下来的生存状态吗？能保持住母系社会最后的活化石？难怪二十世纪初游历过泸沽湖的美国人洛克博士也称："泸沽湖是上帝创造的最后一块地方！"

1999 年 7 月 15 日作于贵州凯里局株六黔指办公室

宿在里格

里格是个村，不大，位于马蹄形的泸沽湖的蹄尖上。湖美，村也美。村在岛上，岛是半岛。不知村因岛名，还是岛因村名，岛叫里格岛。村里有十九户人家，五户姓河，其余姓羊，羊是摩梭人的大姓。因岛太小，挤不下，村子便沿着湖的弧岸美丽地伸展出去，一字排开。我们投宿的摩梭女人羊卓玛的家是进村的第一户人家。

摩梭人是神秘的，以至于到底属于哪个民族，至今没有定论。穿过几千年中国男权历史的雾霭，还能保留庄子所说的“民知其母，不知其父”的原始母系氏族文明，简直就是一个奇迹。但对于这个不可思议的奇迹，似乎别的少数民族却以为是怪胎，并不愿接纳。那种揶揄的心态，就像当年基督徒不愿接受人是从猴子进化来的事实一样。从地理位置上看，泸沽湖近小凉山，应属彝族，但彝族从不认同摩梭人。摩梭人信藏传佛教，虽有自己的语言，却无文字，在里格村中垒有两座玛尼堆，一雌一雄，石块堆就，石块上刻的铭文是藏经，据说可以驱邪祈福。从宗教信仰和木楞子房看，摩梭人似乎与藏族有点关系。但又有人考证说是纳西族的旁支，说因为摩梭人的语言中保留着许多纳西语的词汇。当初摩梭人被发现时，有人问他们是什么族的，因语言不通，听不懂，回答说“摩梭，摩梭”，因而被称为摩梭人。“摩梭”在纳西语中是“不知道”的意思。我喜欢这个说法，极有趣。但信东巴教、有着自己独特东巴象形文字的纳西族人对一直保持着母系氏族生活方式的摩梭人也不予认同。

不管究竟属于哪个民族，我都喜欢摩梭人和还处于半开发状态的里格，喜欢里格保存完好的原始生态的美，我以为这种美是稀罕的。由于摩梭人已经开始发现钱的好处和对外面世界无限的向往和渴望，以及对自身历史产生的某种怀疑，加上旅游的开发，与外界接触机会的增多，无不悄悄改变摩梭人固有的观念和信念。我担心里格也会被现代文明一点一点地蚕食掉，我担心要不了多久，里格也许会与落水村一样，似乎经过某些人为刻意的修饰，形成迎合游客想象、预期观点和“胃口”的风景假象，破坏它的天然美。

里格背山面湖，山是格姆山。如果说格姆是摩梭人的女神，那么里格就是女神伸进泸沽湖里濯浴的一只秀足。里格一色的木楞子房，因日久天长的烟熏火燎，裹在一种神秘的近于黑色的深灰中，古朴而典雅，美极。因为美，我们在羊卓玛家的木楞子房里住了两夜。木楞子房独具特色，全木结构，四壁用削皮后的圆木，两端砍上卡口楔垒摞而成，屋顶用木板铺盖，上压石块，整幢房不用一颗钉子。

摩梭人一家一院，由四幢木楞子房围成一个很大的井院，很像汉族的四合院。羊卓玛家的院门斜对着湖，进大门，有一只恶狗，见生人狂吠，却不乱咬人。门右是两层的畜厩，有一土墙将畜厩与院子隔开，留一小矮门。畜厩的上面堆放着草料，下面养牲畜家禽。门左是花楼，住着羊卓玛和她的妹妹。羊卓玛是家里的“达布”，母亲是一家之主，“达布”相当于家里的“总理”，行使母亲的权力。羊卓玛生有一子，五岁，眼大而亮，眼眶稍凹，耳阔垂肩，有佛相，鼻梁高而挺，长大定然极俊美。她妹妹没有姐姐那么黑，许是坐月子的缘由。妹妹生的是女孩，不愿生男愿生女，全家都高兴。孩子尚在襁褓，饿了，妹妹也不避人，当着客人的面把衣服撩起，大大方方把奶子塞在孩子嘴里，还眨巴着眼睛，微笑着，看你在火塘旁喝老阿妈亲手摇的酥油茶，毫无忌讳，反让心存芥蒂的客人们不好意思。

正对大门的是母房，也是摩梭人的正房，家庭议事、炊事和祭祀都在这里。母房的门楣上嵌有一对羊角，卡着一个布袋，袋里装着羊卓玛外婆的骨灰。进门左侧屋子中设有一火塘，火塘的上方是锅庄和祭锅庄时摆放供品的平台，锅庄靠壁是“冉巴拉”，冉巴拉是摩梭人的灶神，家家必备，有的粗糙，有的精致，是木板雕绘，上有日月星辰、火焰、海螺、金元宝等图案。火塘的左侧靠房壁是一方形约半米高的大木柜，柜面是最尊贵的老人的床，羊卓玛的母亲就睡在上面。火塘下方立有两柱，为一树所制，树顶一节立于左，为男柱，树根部一节立于右，为女柱。摩梭男女分别在柱旁行“成丁礼”，“成丁礼”是摩梭人的成年仪式。再往后，靠墙有一立柜，锁着。羊卓玛说，里面放着她外婆及外婆母亲的遗照，不知是谁为她们拍的，因风俗所忌，没让我们看。院的右侧是经楼，用大红大绿的油漆勾绘，多为家里成年男子居住，也做客房，我们一行四人就住在里面。

出院门，十余步即到湖边，湖畔有一小园，羊卓玛家在园里种着几棵苹果树，树上如今挂满青绿的小果子。沿湖一线，水浪一波一波涌来，形成一条美丽的曲线，鸡和小猪仔也不避人，悠闲地在湖边漫步啄食，浅水里努力盛开着一朵朵小白花，是湖里水草开的花，在小波浪里摇摇摆摆，像一些星星在自由自在地游着泳。有小鱼小虾无忧无虑地在水中嬉戏着，最大的不过小手指头般大小，两个摩梭女人拖着三米长的纱窗网在网鱼，只见她们绕着赶着，远远地一围一兜一提就是一网兜，五十米长的岸，走一个来回，就是满满的一小桶……摩梭女人告诉我说，过不了几天，这湖岸又会长出好些鱼来。

里格女人勤劳，似乎没有她们不能干的事。而男人却好逸恶劳，除了在家带外甥，整天里无所事事，所以这儿都是女人持家支撑门户，男人没有地位。

1999 年 8 月 2 日作于贵州凯里

探访小洛水

世间过于美好的事和人，往往会造成某种人为意识上的假象，从心底里生出一种极不真实的虚幻感。住在泸沽湖畔摩梭人的家里，就像做梦一般。以至于回来后很长一段时间里，我还在疑惑：我真的到过那个地方吗？这多少让我领悟到了当年鲁迅为什么会劝说郁达夫不要长住西湖的道理。

住里格的第二天，意外地结识了羊给茸，一个不加修饰极本色的摩梭少年。他骑着一匹棕红色的矮马从湖边驰过，不多时驮回一个老喇嘛，老喇嘛身披酱红色僧衣，头上很怪地戴着一顶酱色旧毡帽，皮肤黑，显得挺苍老，双目如炬，鹰般锐利，语言不多，头上生发。路过里格时，在村里稍息，理了发，干干净净的，才去了小洛水做法事，超度亡灵。这儿的喇嘛怪，在寺的少，在家的多，只有到了大法会或做超度时，才汇集在一起。

羊给茸家在小洛水。小洛水村位于川滇交界，未开发，游客罕至，因而能勾起无穷的想象和兴趣，挑起心底那点男性的冒险和好奇，决心去看看……一个滇西的小村是不是也像沈从文笔下那个湘西边城茶峒一样，充满神秘的诗意呢？而“洛水”这个名字，也容易让人联想起曹植的《洛神赋》。同伴竟然还兴致勃勃地断言：“明天可能是我们此行最大的收获!”

清晨，当柔嫩的太阳从格姆山后狡黠地探出头来，羊给茸如约而至，早早地站在屋外，怯怯地等在泸沽湖的边上，牵着马，候着。阳光软软地撒向对面的青山和山路上，浮在幽蓝如玉的湖面上，微风抚过，皱起一层细碎粼粼的波光，湖面上便轻轻荡起一丝丝似有似无纯净得透明的白，似有仙女在舞。然后光束便缓缓移到摩梭人家羊卓玛的木楞子房顶上，一簇大胆的光线从房壁的孔隙里钻了进去，从老阿妈的卧榻上射进来，神秘而柔和，滚在味道怪怪的酥油茶碗里，滚进嘴里，泸沽湖的美似乎也顺着喉咙滚进肚里，滚到心里……一种极舒坦的感觉便从心底里自自然然地升腾起来。羊给茸这孩子很本分，十六七岁的样子，已行过“成丁礼”，脸被高原的烈日晒得极黑，黑衣蓬头，个子不高，体格强壮，眼睛亮而大，却似乎又因长年无所事事而满怀遗憾，对所有外来的事物和人充满着天然的好奇、胆怯和向往。他话不多，也许因为羞怯，也许因为说汉语不纯正。

跟着羊给茸从里格的玛尼堆后绕过去，沿着泸沽湖畔往神秘的小洛水缓行，约一个半小时，就来到格姆山的山脚，一个山洼子，二十来户人家，都是灰黑色的旧木楞子房。一股子活水从格姆山上流下来，穿村而过，形成一条沟，是条土沟，村里人也未曾去用心维护过。沟边寥寥长着几棵树，树干极粗，枝繁叶茂。水流过村子后，冲积出一片田地，然后淌进泸沽湖。

小洛水村舍的建筑装饰风格突变，较里格不同，更近于藏族。母房的屋顶上设有彩色转轮，插着一面大旗子，门户前牵一细绳，挂着许多白色小布旗，这就是经幡，旗上印着佛图。有的门扉上也贴有两张犹如汉族乡下人家门上贴的门神，在不知不觉中，就让人陷入一种神秘的宗教氛围。

村里有座小学校，在做法事那户人家的对面。小学不大，用土墙围着，围墙里面竟然有一个篮球场，教室是三间土屋。学生有 22 人，年龄参差不齐，个子高高矮矮，大的 9 岁，最小的才 4 岁。老师仅一人，叫曹浓埔，不到 20 岁。上课时，所有的学生都挤在一间教室里，用摩梭语先给小班上课，布置完作业，接着便翻开用汉字编写的大班教程给大班上课。因没有升学的压力，高兴时就多教一点，效果不好时，便带着学生们在操场上晒太阳，或到湖边去翻石头，湖边一箭之地就是四川。

法事是在经楼上做的，一间小阁挤着8个喇嘛，最老的是羊给茸前一天接来的，最具权威，最小的十来岁，天真未泯，一脸稚气。他们分成两组，相向盘腿而坐，地上铺着一层厚厚的地毯，僧鞋脱在屋外，身披酱红色衣裳，4个年纪大的头戴杏黄色鸡冠帽，念经喃喃如歌。小喇嘛因背不得经文，将经书堂堂皇皇地摆在面前，照本宣科，经文如蚯蚓，是藏经。屋内的墙上挂满菩萨像，正面是活佛像。女户主及村中和外村来的女宾，来到屋外，依次双手合十，做三个“五体投地”的拜式，然后心满意足、欢欣鼓舞地下楼去了。在这里，有资格做拜礼的只有女人。

下午，羊给茸兄弟划猪槽船送我们回里格。羊给茸的哥哥长得英俊，留了个分式头，像香港电影里的“古惑仔”，极酷。一打听，吃了一惊，却是个见过世面的，曾下过广州，因语言不甚通，又没甚本事，吃不得大苦，就回来了，但对外面的世界却总是念念不忘。能从泸沽湖走出去，并站稳脚跟的多是女人。

泸沽湖的美丽千百年来似乎没有什么变化，原原本本地保存了下来，而在我的内心却充满着无法解答的悖论，文明的发展真的是由倾轧、阴谋、灾难和战争推动的么？在现实中起着动力作用的难道真的是恶而非善？摩梭人如今已失去它隔世的屏障，还能保存延续下去吗？我深表怀疑，据说世界上已有很多古文明，因为处于先天的弱势，已消亡或正在消亡。

1999年9月5日作于贵州凯里

丽江古城

丽江古城是我国历史文化名城中唯一一座不设防的古城，没有城墙，却保存完好。

远离城市现代的蝇营狗苟，一头闯了进来，因设防而绷紧的心，像皮筋卸了劲，一下子松懈了，轻松无比，仅凭这一点，就由不得你不爱上这座小小古城。难怪四十年代曾旅居丽江十年的俄国人顾彼得，在他那本写得极精致的书《被遗忘的王国》的结尾，仍念念不忘地叙述说："我有一种感觉，即使到现在，这种旅行尚未结束。我一直梦想找到并且生活在那个重重大山使他与外部世界隔绝的美丽地方。"

丽江的美丽不同凡响，充满着神奇和神秘，就像喜马拉雅山和横断山脉娇宠的幺女，深藏在大山的襁褓里，异常柔嫩。令人十分惊奇的是，高原上怎会有江南小镇呢？丽江有 2 万余平方公里，人口 106 万，其中少数民族达61 万，占一大半，因自古的开放性和包容性，除汉族外，聚集了纳西、彝、傈僳、普米、藏等十余个少数民族。古城坐落在丽江坝子的中部，住的多是纳西族人。

古城始建于宋、元，建成后似乎就从没有变化过，令人诧异地完完整整保留了下来，是个奇迹，因而被国务院列为国家级历史文化名城，联合国教科文组织列为世界文化遗产。丽江古城又名大研镇，纳西人称"巩本知"，"巩本"指仓廪，"知"即集市，自古为仓廪集散之地，贸易盛于明清，古城曾是府衙所在地，明称大研府，清为大研里，民国后改称大研镇。所以1981年纳西人宣科重建纳西古乐队时，欣然取名为“丽江中国大研纳西古乐会”，典出于此。

汉族人似乎在潜意识中根深蒂固地有一种“长城”情结，可长城建成后似乎从未发挥过御敌的预期作用……有城墙的阿房宫烧掉了，有城墙的明王朝也垮掉了，如今除了埋在地下的一些文物，地面上究竟还留下一点什么？可没有城墙的丽江，却惊人地“活”了下来。没建城墙，纯属偶然，据说是因为丽江土司姓木，筑城势必如木字加框而成“困”的缘故。

没有围墙，也就没有城门。古城的入口是一座桥，叫玉龙桥。站在桥头，仰头北望，可见北半球最南的大雪山——玉龙雪山。桥下有河，名玉龙河，河水清冽急湍，源于古城北约二里处的黑龙潭。水至玉龙桥，经分流水渠，一分为三，自北向南，分成东、中、西三河，然后再三分为九……细细分去，穿过古城。古城中便随处都是小桥流水人家，昼夜水声潺潺，街头巷尾，足不出户，如至山林，难怪城中人多寿。古城的西面，紧倚狮子山，古为木氏土司私家林园，山上多古柏，参天数围，种于明代，树龄达数百年。山顶有座“万古楼”，登临可览古城全貌。

西河顺着狮子山山脚流向古城集市的中心——四方街。四方街是块方场，场边的河上有桥，一南一北，都是单孔石拱桥，名字怪，一座叫卖鸡豌豆桥，另一座叫卖鸭蛋桥。桥下有闸槽，黄昏市散，便用木板闸住西河水，水溢河岸，将街面冲洗干净，省事省力。城中有不成文的用水俚约，清晨取水以饮，上午10点后方可洗菜、洗衣，无人监督，却家家自觉。

步入城中，顺着几百年来被人踏马踩变得斑痕累累，深浅不匀，凹凸不平的石板路，会被自己脚下踩出的乐律和节奏而惊异。路是用当地山中独有的五花石铺就，越磨越好看，干干净净的，人走在上面极舒坦，不累人。街道两旁是“三坊一照壁”“四合五天井”，均为独具特色的纳西族院落，古朴的家庭气氛极其浓厚，户户门前挂着“重点保护民宅”的牌子。

古城建成后，也许是因为实在太完美，又无战争的灾难，一切对于生活在城里的人来说，似乎都无须改变，古城因而就这样原原本本地保存了下来。而古城的主人却是女人，女人当家，男人赋闲，女人天生的母性和怀旧，也可能是使古城完整地保存下来的内因。

“娶个纳西婆，胜过十头骡。”作为一个男人，我不知道这世上还能找到什么比做一个丽江男人更安逸更幸福的事了。连杀猪这种事都是女人干，我想象不出纳西女人还有什么事是不能干的。女人出了名的勤劳，从她们的传统服饰就可看出端倪，长褂百褶围腰，褂子过膝，宽腰大袖，外加坎肩，披一羊皮披肩，上缀两大圆布圈，代表太阳和月亮，四周缀七个小圆布圈，是七颗星星。服饰朴素大方，并不花俏，俗称为“披星戴月”。

女人把能干的都干了，男人便像被宠坏了的孩子，虽然一个个仪表堂堂，鼻高嘴阔，高大英俊，热情豪爽，却整日里无所事事，养尊处优，遛鸟闲谈。很多人闲出了名，玩得高雅，精通音乐和绘画。画源于古老的宗教画，夹杂着东巴象形文字，亦画亦字，只觉得好，却又说不出好在哪里，似是而非，看不懂。音乐却古，曲子古，乐器古，乐师老。保存了诸如“紫薇八卦舞曲”“浪淘沙”“山坡羊”等唐宋古曲，及道教洞经安魂曲。用的是芦管、苏古笃、十面云锣等能摆进博物馆里的古董乐器演奏。乐师多为七八十岁的老艺人，一个个天庭饱满，长须垂胸，仙风道骨，声音苍老清丽。一见，你便不自觉地坐下，一听，恍若仙乐，可清心明神，所思远矣。

丽江古城不可久留，仅住一夜，就如同回到了雅色雅香的古代。

1999年9月14日作于贵州凯里清平南路40号

宣科先生

好地方出懒人。丽江就是一个难得的好地方，最懒最悠闲的却是一个名叫宣科的纳西人。

男人懒，女人推脱不了责任。俄国人顾彼得在《被遗忘的王国》中这样赞叹纳西女人："高大结实，胸宽大，臂力强。她们自信、果断、勇敢。她们是当家人，是家庭繁荣的唯一基础。娶个潘金妹（纳西姑娘）就获得了人生保险，余生可以过安闲懒散的日子了。"

男人太闲，但总还是要找点事做做的，不然就太没出息了，要懒出病来的。宣科先生别的事不会，会的是毫无实际功利意义的音乐，是一种被称为"中国音乐活化石"的纳西古乐。古乐是丽江古城的灵魂，不去听一场古乐会，等于没到过丽江。而要听纳西古乐，最好最正宗最淳厚的是由宣科任会长主持的"丽江中国大研纳西古乐会"演奏的古乐，那儿夜夜听客爆满，除了内地游人，多是金发碧眼的外国朋友。

古乐会会址不难找，由玉龙桥南行，从东大街中段东折过桥，或从密士巷中段沿河西转，在密士巷 74 号有一座纳西族的传统大院，院门高悬着古色古香的"丽江中国大研纳西古乐会"牌子。黄昏来时，两三个穿着"披星戴月"纳西族传统服饰的少女就会准时坐在门口卖票，少女是宣科的弟子，古乐的传人。门票 35 元一张，是一本巴掌大小精美的小册子，很别致，共有 166 页，由香港现代出版社出版，图文并茂，内容是介绍古乐会的历史及出国演出情况、宣科的家史和个人史，照片多与宣科有关。

买票进门，是一小院，迎面墙上有一玻璃橱窗，内嵌三幅大彩照，是江泽民总书记来此听古乐时的情形，其中有一张是江总书记一时兴起上台吹笛，与民同乐。右墙上是一黑板，用黄漆写着纳西古乐的简介，墙角摆着四个大瓦缸，缸上各浓墨大书一字，合起来为“乐药养生”，强调“乐犹药也”的古乐宗旨。向左一小门可进四合院，院顶搭了篷，古乐会可以风雨无阻地演奏。院内摆满了木椅，椅背后有一孔，演奏时纳西姑娘会送上一杯清茶，杯子可以放置在孔中。

来得早，可选佳座坐定。座位的正前方是由正房改造的演奏堂，近处挂有几盏大红灯笼，楼檐上贴着一排整齐的红纸带，是神符。堂上有两对立柱，贴有对联，前联最好：“乐犹药耶，能活人亦能杀人；礼乃理焉，可治世也可乱世。”堂的正墙上，挂一像，穿古代的官服，不知何方神圣，祭台上烧有香烛。堂顶横拉着两根铁丝，铁丝上悬挂着几十张黑白照片，照片都加过了塑，是已去世的古乐会老艺人的遗像。宣科讲解时，并不忌讳，一手指着堂前坐定的老艺人，老艺人中最小的六十余岁，最大的已八十九岁，然后又指着那有点发黄的照片说：“他们也快上去了……这是他们最好的去处了！”让人听了，不禁陡生悲凉。

古乐会晚上 8 点准时开演，由宣科主持讲解。宣科穿一身蓝布长衫马褂，戴一副金丝眼镜，瓜子脸，瘦长身，显得高挑，七十岁古稀的人了，看起来却以为只有四十岁，一头乌发，不知天生如此，还是着意染过。精神饱满，目光锐利，口齿伶俐，用流利的汉语、纳西语和英语交叉解说，幽默风趣，喜怒笑骂皆成文章，貌似超然，却不尽脱名利，保持一种生活的常态，一副风流倜傥的才子模样，极具名士风度。

古乐会第一任会长是晚清时代的丽江土司木萌，古乐和古城能保存至今，丽江木氏功不可没。宣科有藏族血统，祖母是藏族贵族，母亲是中甸藏族歌手，父亲是第一个会说英语的纳西人，可能是木府的幕僚。宣家与木府有着千丝万缕的联系，因为家境富足，宣科从小就受到极好的教育，他儿时的保姆竟然还是个德国女人。其父还与旅居丽江多年的美国人洛克博士关系甚密，许多宣家中的旧照片就是洛克照的，洛克又是第一个向世界介绍纳西文化的人，这使宣科很早就接触到了西方现代文明。因家庭渊源和遗传，宣科自幼能够接触并一直坚持挚爱着音乐。他早年求学于昆明教会学校，1950年曾作为学生在昆明街头指挥洪流、云青合唱团演出欢迎解放军入城。后来的经历隐而未述，我猜想，也许他因为家境历尽坎坷，饱经忧患，靠着纳西人那种天然的乐观和豁达的生活态度，才顽强地活了下来。又因对古乐的一往情深、念念不忘，宣科于1981年出面召集健在的老艺人们重建古乐队，并带着古乐队先后到昆明，进成都，上北京，飞香港，出国到英国、挪威等地方演出，传播那隔世的余音。

1986年，宣科提出“音乐起源于恐惧”的论点，如一枚炸弹，在国内外音乐界引起轰动。人的渺小，生命的脆弱，对未来的不可预测，对自然的无知，以及生与死带来的恐惧，会不会让人因这种内心的恐慌，大吼几声，以驱赶点什么，逃避点什么，或呼喊某种超意识神的庇护而产生音乐呢？我虽没读过宣科的论文，但听其所奏《紫薇八卦舞曲》《浪淘沙》《山坡羊》等古曲，沉郁拙朴，古色古香，余音缭绕，可以回味，让人内心平静，不浮躁，如听天籁。

音乐是最为纯净、最为抽象的用以表现人类情感的语言，是来自天堂的语言，不可尽述。而纳西古乐又另辟蹊径，别具一格，所以在《被遗忘的王国》中，顾彼得深有所悟：“我有生以来从未听过如此深沉、辉煌却又那么柔和悦耳的锣声啊，随着它的声浪，整个屋宇像是摇晃起来，接着乐师肃然起立，其中一位最长者用天然嗓子唱起一段神圣的咏叹调……音乐是地道的中国古典音乐，它超越时空，似乎在描述这样一块乐土：在这里多么宁静、安谧，有着不灭的和平、大同。”

1999年9月18日作于贵州凯里

香格里拉在何处

香格里拉究竟在哪里呢？她真的就在迪庆吗？我深表怀疑。到迪庆藏族自治州州府中甸旅行，我不敢有大的奢望，我害怕收获的会是一次遗憾。

所以，我一直隐瞒此次滇西之行的真正目的，而更愿意这只是一次漫无目的的远行。我更想把梦想和悬念留给那遥远的拉萨，虽然这次并无去的计划。人难以抗拒的是不是世俗和平庸？日子似乎毫无止境，也毫无生气地重复和克隆着，时间在凶残地扼杀着激情和感动。而远行，是不是心灵的一次出逃？是不是对自我的一次小小惩罚和背叛？而中甸，究竟能给我什么样的启示呢？

1933 年英国作家詹姆斯·希尔顿出版了小说《失去的地平线》，书中描绘了一个堪称“世界彼岸”“人间乐园”的神秘地方。1937 年美国好莱坞耗巨资将小说拍成电影《桃源艳迹》，一曲主题歌《这美丽的香格里拉》一时风靡全球。随之，许多人也开始在印度、尼泊尔、巴基斯坦和中国等靠近喜马拉雅山麓地区进行长达半个世纪寻访“香格里拉”的探险活动，人们找到了很多，但细细一考证，却又不是。

真正的香格里拉究竟在哪里呢？人们开始怀疑，也许香格里拉只是詹姆斯·希尔顿理想中的“乌托邦”，是现实中并不存在的桃花源。直到二十世纪末，丽江纳西人宣科与人合作，依据大量史实，以及对自然和人文景观的考察、比较，认定香格里拉就在迪庆。而“香格里拉”这个让人嚼在嘴里就能生出诗意、产生梦一般想象的名词，是迪庆藏语中独有的方言，意思为“心中的日月坡”。坐在开往中甸的长途汽车上，我怀疑宣科的推断暗藏私心，因为他的母亲是迪庆藏族歌手。而带有情感色彩的论断，往往失之偏颇。

中甸处于青藏高原南缘、横断山脉腹地，在滇、川、藏三省的交界处。从丽江乘车，告别玉龙雪山，绕过哈巴雪山，沿长江江岸溯源继续西进，约五个半小时就可到达中甸县城。车在河的狭谷中行驰，虽是盛夏，河谷里随处可见正在肆意盛开的杜鹃花，“人间四月芳菲尽，山寺桃花始盛开”，却有几丝让人清心的凉意。昨夜一场微雨，今日远远的哈巴雪山山顶覆着雪，雪在阳光下熠熠生辉，哈巴雪山散射着神秘的金光，一笼白色的云雾升腾起来，欲掩还露地裹着雪山顶，让人自然而然从心底生出一种神圣的宗教情感。车过小中甸，已进入藏民区，路边可看见许多挂满经幡的藏式木楞子房和满地盛开的藏红花。

中甸很小，因是地震多发区，房屋低矮，多为平房，最高的建筑也只七层。中甸的街道宽阔，城市干净，黄昏来临时，空中薄云几片，好像夕阳吐血，红得似火。而地面上温差大，白昼骄阳刺人，到了黄昏，温度骤然下降，风大而寒，人站在街道上，只觉得离天很近，整个城市就像浮在空中。中甸原先一直是安分守己、默默无闻的边地小镇，到二十世纪末，突然火爆起来，固然有位于迪庆北部至今仍未被人类征服的梅里雪山的“处女峰”——卡格博峰的缘故，而更多的探险和旅行是来寻访香格里拉的。

到中甸时已是下午，觉得身体有些不适，有点高原反应，带的衣服又少，温差又大，着了些风寒，高原上煮不熟的面条又吃不下，全身乏力。第一天去噶丹·松赞林寺和纳帕海还很勉强坚持着，第二天租车去碧塔海，走在那望不着边际的原始森林里，举步维艰，连抬脚的力气都没有了，内心顿生过一阵悲凉：还没踏进西藏一步，就这熊样，还想去拉萨?

“海”是指湖泊，碧塔海远，距县城35公里，藏在原始森林里，海拔3539米。纳帕海近，距县城8公里，我们是看完云南省最大的藏传佛教圣地噶丹·松赞林寺后，拦了一辆运碴货车去的。司机叫吉布，是个藏族青年，彪悍热忱，主动给我们介绍当地的民俗人情，他问：“你们是不是觉得藏民很脏，很少洗澡?”藏民聚集于高寒地区，不像内地人多汗、不洗浑身难受。吉布见我们不答，接着说：“这有个说法，我们藏族都信轮回，说人死了，都要到阎王爷那儿受终级审判，其中有一项就是要把一生用的所有水一次全部喝完。很多人怕喝不了，所以用水极节省……这也暗合现代环保理论呢!”吉布极骄傲，我们很诧异，现代工业文明往往以牺牲环境为代价，难道藏族的祖先早已知道吗?

谢别吉布，展现在眼前的纳帕海是一片巨大辽阔的草甸，面积有31.25平方公里，且三面环山，山上郁郁葱葱，长满了原始的杉林。每年9月至次年3月，山岭上积雪融化，雪水顺着纳曲河、奶子河等十余条季节性河流注入纳帕海，美丽的黑颈鹤也在这时从遥远的地方飞来，在此栖居。此时正值5月中旬，属当地的旱季，湖泊早已干涸，黑颈鹤已飞走，平阔的湖底袒露了出来，长满了油嫩的牧草，各种叫不出名字的野花竞相开放，一些乌鸦在草原上飞过来又飞过去，像一片黑云在草原上起起落落，成群的牦牛和绵羊在悠闲地吃草。

牛羊都是藏牧民的，他们至今还顽强地过着游牧生活，他们的帐篷稀稀落落地搭在湖中的高地上，大约有五六户，草原上风大，帐篷上挂着的经幡迎风飘扬，为草原平添了几分韵味。帐篷外用木栅栏圈着，入口处拴着一头藏獒，凶猛如狮，见生人就咆哮起来，勇猛地扑过来，让人害怕，不敢近前去。牧民取水是在湖心最后一洼沼泽塘里，巴掌大小，水极浅，但沼泽极深。同伴站在上面拍风光照，不小心陷了进去，邀了三个人才拉了出来，着实虚惊一场。

我不是个浪漫的人，但绝对是个理想主义者。外表的平静，无法掩饰内心的躁动和狂乱，如果不是朋友的邀约，我可能不会到中甸来寻找香格里拉，但一定会远行，因为每一次远行都是一次心灵的突围。出行和流浪，以身体的动谋求内心的静，虽然这种静可能只是相对的、短暂的和虚幻的，但我深信，如果一个人不再向往了，心也一定随之死去。面对太功利的现实社会，人们难以找到心灵的家园。

而中甸真的是我所要找的香格里拉吗？我仍怀疑。

2000 年 1 月 30 日作于湖南怀化

噶丹·松赞林寺

人生一世，有没有什么是值得耗尽所有的时间和精力去固守和追求的？金钱？名誉？地位？这些都是生不带来，死不带去的。如果是，已经拥有的怎么办？在中甸第一次看到喇嘛寺时，我感到一种心灵的强烈冲击和震撼。

剔除荒谬，宗教的本质是爱和善，是信仰，是人对世界的一种终极关怀。有人把宗教等同于迷信，实则是一种深层的误解，声称“我什么也不信!”，坚信自己什么也不信实质上也上一种“信”、一种执迷。没有信仰和理想，等于精神被自我长期流放，无所依托，也无所顾忌，也就不可避免地会做出一些越轨之事。所以我深信，当尼采宣称“上帝死了”时，其内心是极度悲伤和困惑的。年少读书时，怎么也想不通能写“长城外，古道边，芳草碧连天”句子的李叔同，会抛娇妻，别稚子，义无反顾地遁入空门，去当一名和尚。而从苹果落地发现“万有引力”的伟大科学家牛顿，为什么会终其后半身去探研“上帝的存在”？这确实是让人费解的事情。

后来，我陆续读了一些有关宗教的书籍，便对宗教充满了一种神圣的敬意，特别是佛教，诸如“我不下地狱，谁下地狱?”“地狱不空，誓不成佛!”及以身饲虎的大无畏献身精神和悲天悯人、大慈大悲的形而上佛的情怀和境界，时常让我感动得热泪盈眶。我以为人心本来就是这样的，可我们究竟在什么地方迷失了自己呢?

噶丹·松赞林寺位于中甸县城西北郊，约三公里，城内有公共汽车可直达。该寺素有“小布达拉宫”之称，是云南省规模最大的藏传佛教中格鲁教派最负盛名的大寺，是藏民心目中的圣地，远近不辞劳苦徒步前来朝圣的信徒源源不断。寺始建于藏历第十一绕迥阴土羊年（1679 年），距今三百余年了。寺名为五世达赖喇嘛所赐，“噶丹”是佛语中的“喜天足”，表示一种佛法境界，传承于黄教祖师宗格巴首建的噶丹寺，“松赞”是指天界帝释、猛利和娄宿三神的游戏场所，“林”即寺。该寺的汉名叫“归化寺”，是清朝雍正皇帝所赐。内地的寺院过于雷同，显得拘泥，不合佛教教义中“破执”原则。而形如城堡的噶丹·松赞林寺却别具一格，看似杂乱无章，实则自有它内在的秩序，另辟蹊径，给人耳目一新的感觉。

噶丹·松赞林寺是一组庞大的建筑群，参差错落地排满了瑞兆山南坡。瑞兆山位于佛屏山前，就像是佛屏山的心脏。寺门建在山脚，进门正对着是几百级的阶梯，顺沿山势而上，直达最高点的扎仓、吉康两大主寺。吉迪、洋塘、卓、乡城、绒巴等副寺又分布在阶梯的两侧，为寺中之寺。在洋塘康参（寺），一老喇嘛坦然坐在地上，旁若无人地专心整理身旁成堆成捆的藏经。有的寺殿壁上浓墨重彩地画满了菩萨和神话故事里的人物，个个神态夸张，给人视觉上造成强烈的冲击。在乡城康参，学着藏民做个“五体投地”，拜拜菩萨，披红毡的青年喇嘛就会在你的脖子上打个红绳金刚结，意喻广结善缘。如果你还有耐心和足够的兴趣，喇嘛还会教你认真地念六字真言：噢嘛呢叭咪哞。为什么要拜？为什么不能拜？我常想，一个人的膝盖真的就那么珍贵？拜菩萨其实是拜自己，需要的是那久违了的虔敬。现代人太浮躁，太缺少虔敬之心，因而也多烦忧。寺旁是一些土夯墙筑的禅房静室，有的已坍颓，大多还在使用，其房舍极有特色，屋顶是凹形，正中有一槽，可聚取雨水和雪水以日用。

扎仓大殿在山顶，建在最高处，坐北朝南，为五层藏式雕楼建筑，位于全寺的中央，金碧辉煌，在没遮拦的盛夏阳光照耀下，衬在一片湛蓝的天空里，几抹微云，大殿泛着一层神秘的金光。从寺门拾级而上，虽不甚高，因在高原，奋力登去，便觉有些气喘，冥冥中似有神力在牵引着你……这种地方，这种氛围，随时都会从你内心深处生出一种神圣的宗教情感出来。其实，每个人的内心深处都天生有着某种宗教情愫，只是被后天种种原因压抑着、隐忍着，没有表露出来而已。跨门入殿，有 108 根柱楹，最多可同时容 1600 人趺坐念经。殿内光线昏暗，显得庄严、肃穆和诡秘，置身其中，似乎能很容易觉察“神”的存在。时间在这里似乎是停滞的，一切显得安静、平和和遥远。许多喇嘛坐在殿中，分为三路，一起诵经。殿的前座供奉有五世达赖的铜像，其后排列着著名高僧的遗体灵塔，桌上点着酥油灯，周边留有甬道，可供香客和信徒至前添加酥油。主殿右侧是厨房，十余个青壮年喇嘛在里面忙碌，大锅大铲，锅内炖着满满的牦牛肉，热气腾腾，肉香扑鼻。藏传佛教不戒荤腥，跟和尚只吃素不同。

主殿和厨房间有梯可上，上面是些房室，分别为诸神殿、护法殿、堪布室、静室、膳室等，有廊，并设有转经轮，有活佛在此为人摸顶祈福。寺的顶层正楼特设精舍佛堂，供奉五世达赖、七世达赖佛像，以及贝叶经卷、唐卡和传世法器等。我进去时，空无一人，略驻，便觉惶惶，急忙退了出来。

再攀梯而上，至寺顶，可览全寺。寺顶盖有镀金铜的瓦，屋角兽吻飞檐，显得富丽堂皇，具有汉式寺庙建筑风格，但又显得格外张扬，不遮掩，这又与汉人讲求内敛的传统不同。寺顶有巨钟，不敢敲击，恐惊“天上人”。一些乌鸦，黑色的精灵，在寺的上空飞来飞去，时不时栖息于寺顶，发出寓言般的叫声，乌鸦在藏民眼里是神鸟。

寺的西头立有一白塔，形同舍利塔，远远地就能看见，极其醒目，塔下立有许多刻有铭文的石片，铭文是藏文。站在塔下，风很大，那些五颜六色的经幌被鼓吹起来，哗啦啦作响，似乎是在叙说生命的神秘和莫测。据说经幌摆动一次，设置者即可坐享一次祈祷祝颂和念诵经咒一遍的功德。

面对笼罩在一片黄褐色雾霭里的噶丹·松赞林寺，我想，人活一世不一定要信教，但是不是该有点信仰和理想呢？

2000 年 2 月 16 日作于湖南怀化

蝴蝶泉边

大理最没看头的景点要数蝴蝶泉了。虽然没看头，但大家都要去看看，这是件让人费解、很奇怪的事情。并没有谁硬行规定，但好像到了大理，不去蝴蝶泉就不行似的。去看，并非全为旅游，似乎是为了却一桩心愿。

铁路在云南，往西，到大理就是尽头了。我的滇西行是从大理开始，也是在大理结束的。如果说铁路是现代文明的标志，那么大理就是滇西传统与现代文明的传承之地。我的同伴前年曾独自来过大理，故地重游，颇有感慨，再三怂恿我去蝴蝶泉看看。一个景点，能吸引一个人第二次再去，在我看来是极少的。蝴蝶泉一定有什么与众不同的地方，这让我对蝴蝶泉一下子充满了好奇和兴趣。

大理出大理石，但没去过，那地方究竟是什么样？纵然上关风、下关花、苍山雪、洱海月被描述得天花乱坠，想象力被发挥到极致，我心里面还是一片茫然和疑惑。没有近距离感性的触摸，再美的地方也只是一种传说和幻象。在爱读武侠小说的人的心目中，大理就是金庸笔下的刀光剑影，是段誉和王姑娘的恩恩怨怨。虽然金庸在写《天龙八部》时，并没来过大理，但他那奇妙瑰丽的笔法，使大理以另一种虚拟的方式存在并名噪天下，难怪大理市要聘金庸为荣誉市民呢。而对于老一辈子的人来说，大理就是电影《五朵金花》里白族金花姑娘与阿鹏纯美的爱情，是蝴蝶泉边的歌声……这些都属于臆想和猜测，只有真正到了大理，切实到洱海边上走一走，到大理古城三月街上看一看，深吸一口从苍山山顶吹下来的清凉的空气，你才会由衷地说：“哦，原来大理是这样子的哟！”

但蝴蝶泉是什么样子的呢？好在哪里呢？同伴神秘地微笑着说：“去看看，看了你就知道了。”

大理三月好风光，
蝴蝶泉边好梳妆，
蝴蝶飞来采花蜜哟，
阿妹梳头为哪桩？

是呀，阿妹梳头为哪桩？于是决心去看看，不看，心里总觉得欠着点什么。那是一支动人的歌谣，是电影《五朵金花》的插曲。许多人就是哼着这首歌的小调，怀着某种期望，来到蝴蝶泉的。同伴前年去蝴蝶泉时，在泉边逢着一位长得像花蝴蝶一样美丽的彝族姑娘，并为她拍过一张照片。前度刘郎今又来，这次他要把照片送还给那姑娘，可那姑娘还会在泉边等他吗？同伴自信地说：“她说她会一直在这泉边为游客表演民族舞蹈的……”

蝴蝶泉位于下关城郊，乘车需经大理古城、三塔，约半小时可到苍山脚下的蝴蝶泉公园门口。天也凑巧，在大理艳阳多得有点奢侈的天气里，这天竟然恰到好处地飘起了微雨，偏这雨又乖巧得很，沾衣欲湿，润润的，似乎是浮在空气里，轻轻地含在嘴里，还有一丝沁人的清甜。进门，迎面是一条整齐洁净的鹅卵石路，雨蒙在上面，泛着青绿色的光芒。夹道是几垄翠竹，葱葱郁郁的，窈窕婀娜，微风拂来，发出索索的响声，像穿着和服的日本少女躬身欢迎你。绕出竹林，远远见一牌坊，上面依稀刻有“蝴蝶泉”三字，近看才发觉原是郭沫若题写的。我极喜欢郭沫若青年时所写的诗歌《凤凰涅槃》《天狗》，以及话剧《屈原》，喜欢那火山喷发似的激情和那暴风骤雨式的冲动，以及不顾及后果摧毁一切的决心、无畏和坦诚。但对郭沫若喜新厌旧的婚姻状况和多变心态及文人的怯懦造成不能善终的晚景极其惋惜和痛恨。一个天才诗人的结局，好像上天开了个玩笑。所以，人是不能老的，特别是心老，一旦失去了年轻的锐气和刚猛，多了些做人的世故和惰性，难免不干些糊涂事，毁了一世英名。

过牌坊，路的右边陡坡上长满参天古木，遮天蔽日，树后立有一亭，内有一白族小乐队，吹拉弹唱，为游人表演，里面没有我们要找的蝴蝶姑娘。亭下是蝴蝶泉，泉有二十余平方米大小，用栏杆围住，深约二米，如一小塘，泉水清冽，涌水量大，泉外有渠，可将水引出去。泉旁有一大树，虬枝斜依水面，如长颈鹿俯首酣饮。相传蝴蝶泉被发现时，蝴蝶纷飞，蝴蝶首尾相接，一只只连成串，如柳条儿从树上直坠水面，因而得名。也许是因现代工业的污染及游客蜂拥而至的缘故吧，蝴蝶开会的奇境再也难看到了。但在泉水左侧二十米处设有蝴蝶馆，收藏有大量从野外采集的珍稀而美丽的蝴蝶标本。

蝴蝶早已飞走，人们为什么还要这么虔敬地来到这里呢？到底是来寻找什么？难道是为了那不可言说的爱情？为了祭奠已远逝的某种纯美？面对越来越物化的世界，爱情就像一只美丽的蝴蝶越飞越远，我甚至怀疑究竟还有多少人深信爱情的真实性和存在性。人们开始反复传诵罗密欧和朱丽叶的悲剧，倾听如泣如诉的小提琴协奏曲《梁祝》，含泪观看电影《泰坦尼克号》，把爱情供奉在祭坛上，成为一种不可企及的渴望和梦想。一只丑陋的毛毛虫要想变成一只色彩斑斓的蝴蝶，是一定要经过蜕皮羽化的痛苦的。真正的爱情确实是存在的，但实在是太少，犹如美玉，不可多得，因而弥足珍贵，值得忍受各种痛苦和磨难，并用一生去追求和呵护。

美满的姻缘是建立在爱情基础之上的，也需经过化蝶似的阵痛。但普通人的婚姻，就像石子，虽不华美，却有其存在的道理。人终是要死的，不能永生，因而婚姻成为一种必然和必要，通过婚姻生子，用繁衍后代的形式使生命的个体得以延续。而婚姻的“石子”各不相同，有的大如磐石，有的小如砂粒；有的是风化石，经不得风雨；有的美如大理石，不是玉犹似玉，坚硬而华美。

同伴在蝴蝶泉边找了又找，问了又问，最后还把照片拿出来打听，大家都摇头，没有人知道蝴蝶姑娘的下落。“人面不知何处去，桃花依旧笑春风”，人生充满着遗憾。蝴蝶姑娘就像戴望舒在雨巷里逢着的撑着油纸伞的丁香姑娘，擦肩而去，消失在一片雨的迷蒙中。

同伴轻叹了口气，极惆怅，在这蝴蝶泉边少有的雨里……

2000 年 2 月 24 日作于湖南怀化

悲“A”姑娘

“我乐意这岛上的生活，自由而浪漫。”这是此次滇西之行我听到最好最有趣的一句话了。

如果不是亲耳所闻，我不会相信如此文绉绉的话会出自大理洱海金梭岛上的一位白族老爹的口中，他是金花姑娘张美仙的父亲。白族把未出嫁的姑娘叫金花。张美仙是大理一家旅行社的导游，她在家中休假时，我们认识了她。她自愿免费给我们当导游。她个子高挑，大眼睛，黑皮肤，像所有金花姑娘一样热情大方，活泼天然，敢爱敢恨，伶牙俐齿，说话没遮拦，但很有心计。虽小学未毕业，人却极聪明，对外面的世界充满了各种各样稀奇古怪的幻想。她把我们当朋友，并不设防，掏心里话。与我们说话时喜欢用“悲哀”这个词，偏偏发音不准，舌头打转，把“哀”念成“A”。在大理下关古城“洋人街”的茶吧里，她述说内心的苦闷时，总是先描述她的生活怎么怎么样，然后用探寻的目光看着你说：“我感到好悲‘A’哟！”所以，我们暗地里就叫她悲“A”姑娘。

悲“A”姑娘总为我们惋惜，因为我们没照她的建议上苍山。到了大理，没登苍山、观洱海总是一种遗憾。据说，站在苍山顶，可俯瞰洱海，洱海是一个耳朵形状的湖泊，碧蓝如玉。洱海中有一岛，形如织布的梭子，如一粒明珠镶嵌在湖中，那就是著名的金梭岛。

“你们知道洱海水流到哪去？”悲“A”姑娘向我们介绍洱海时，卖了个关子，忽闪着眼睛得意地问。

“不知道……这水会流走么？”我们装作茫然的样子。

“嘻!”为我们的“不知道”，她高兴地拍手跳了起来，天真、灿烂、得意扬扬，“流到越南，它的下游是红河哩!”是吗？那么远？我们不禁笑起来，为了她忘形的高兴。

上金梭岛，并非全为了旅游，主要是为探访十年前在岛上定居的筑路工人刘志贤。二十世纪八十年代末至九十年代初，为改变宾川人民几百年的干旱史，铁五局受命开凿引洱入宾工程，打通老青山引水隧洞。当时刘志贤是参加施工的铁五局五处九队的卫生员，在与地方打交道的过程中，与岛上一名白族姑娘相爱，并在工程完工后毅然入赘当了上门女婿。一个走南闯北流浪了大半辈子的铁路工人终于在岛上安家落户，找到了自己的归宿。如今，刘志贤自己开了一家诊所，他的妻子在岛上开了一家“海味食店”，生意红火，店内至今还挂着当年结婚时铁五局送给他们的恭贺镜匾。

从大理乘船上金梭岛约要两三个小时。金梭岛远远望去，宛如一块礁石，近了才发现岛上林木葱茏，别是一方洞天。岛上仅有一寨，挤在岛中部的低洼处。岛上人传说这岛是观音菩萨背来的，岛中部的低洼地就是观音背岛时绳索留下的勒痕。因此，整个岛子两头大，中间凹，寨子就像被两只巨手拢护着。寨子沿岛势布局，近岛顶是一些土坟，岛中部有一所小学，校门口有一家做烤面饼的店。岛上约有两千来人，年轻的多上了大理或到更远的地方去追寻自己的梦想，岛上留下的多是老人和孩子，过着异常闲散的生活，快乐而无忧。寨子下面，新近发现一溶洞，悲“A”姑娘带我们去看时很自豪，她说这岛最早建有吴三桂的别墅行宫，平民百姓上不来，后来行宫被焚毁才陆续有了居民，所以至今还传说岛上藏有吴三桂的宝贝……她说，到现在还没人找到呢，试试你们有没有这福气。

岛上随处可见白族风格的房子：三房一照壁，四合五天井，走马转角楼。房屋一家一户比较集中，但也有沿岸边一字排开的，院落里种有茶花，一朵一朵盛开着，碗盘子般大。房子与房子之间留有三四尺宽的石头巷子，曲里拐弯，越走越深，越走越静，不知道什么时候就从巷子里蹿出一匹看家狗来，向你狂吠。这狗一叫不要紧，却又引起邻家狗的兴致，也随之凑兴，就这样一传二，二传三，此起彼伏，相互应合，引起一片深巷犬吠。走在这样的巷子里，心底里清凉凉的，由不得你不喜欢。

沿着巷子可以走到水边，碧蓝的水在朝阳的霞光里轻轻荡漾，细细的波浪一层一层，薄薄地来，轻摇着那些停泊着的木船。有些木船还在用，有的已在水边沉没，露出水面的船梆爬满油绿的苔藓，沉没了的和没沉没的构成一幅完美的图画。岸边，一对收渔的夫妇正在整理他们的渔网。洱海特产一种小银鱼，仅筷子般粗细，小指头般长短，除了眼睛是两个黑点之外，通体透明。他们一边说笑，一边一只手理着那种长而细密的网，另一只手拿竹条抽打着渔网，网上的银鱼儿便愉快地抖落在地，然后收集起来卖给岛上的店子，等待午时到来的游客们尝个鲜……

在金梭岛上，我们住了一夜。夜里，悲“A”姑娘邀请我们到她家里喝茶，听岛上的趣闻掌故。她家也在那深巷里，门对面是岛上的“本主庙”。白族人的“本主”相当于汉族的“土地神”，但又不尽然。他们的“本主”很随意，还可以开玩笑，并不“为尊者讳”。据说有一村的“本主”喜偷情，有一次还被尴尬地抓住，所以庙中他的塑像只穿了一只鞋，以示被抓时的狼狈。在悲“A”姑娘的家里，我们认识了她的父亲，他个子不高，精瘦的，爱笑，笑起来一脸皱纹，露出豁了的牙。他生有四个女儿，张美仙是二姑娘，如果不介绍，怎么也难想象眼前这干瘪的老人会养出这样水灵的女儿。我们说话时，他在旁边抽着水烟，时不时也插话说些故事。后来，熟了，他便讲起他自己，他当过六年兵，退役后曾分到一家厂矿企业工作过四年，因实在思念这岛上自由闲散的日子，便辞去公职，回到了岛上。岛上有招赘女婿的风俗习惯，我们不敢久留，却一直纳闷，不管是本地人悲“A”姑娘的父亲，还是异乡人刘志贤为什么都把这岛作为自己人生最后的归宿地呢？

滇西人地处边地，远离儒家文化，少约束，少框框，因而总给人一种天然的达观、快乐、无拘束的感觉，心态上处于一种相对自在的状况，让人羡慕。

2000 年 5 月 13 日作于湖南怀化

第三辑

籍贯：湖南

雨笼怀化

槐化是个什么地方？我不说。这地方是有的，不过很远很远罢了。

——摘自沈从文的《槐化镇》

准确地说，沈从文笔下的槐化镇是位于现在怀化市东南郊的泸阳镇。在二十世纪二三十年代，现在怀化市所处的位置还只是一个叫榆树湾的小村。怀化之所以能一跃而成今日之咽喉重城，今后还可能发展成为联结湘黔鄂桂渝的中心城市，其原因是代表现代工业文明的铁路——湘黔与枝柳两大铁路干线在此交汇。最初设计的两条铁路的交汇点本来应该在离怀化西去几十公里的芷江。芷江是个美丽的地方，但历史却成全了怀化。由于交通的便利，怀化变得不再僻远。

但怀化这地方总给人一种怪怪的说不出来的感觉，有时觉得顶好，有时又觉得顶坏。让人爱，却似乎怎么也爱不彻底；让人恨，却似乎又不能刻骨地恨起来。只是那雨总是莫名地让人牵肠挂肚。

怀化被几座山挤压在一块谷地狭长的平地上，这是由沅水和一条叫太平溪的水流交汇而冲积成的梭形山地平原。这样的地理位置很容易给人造成一种极浪漫的错觉和假象，以为这地方挺平挺开阔的，像个盘子。人站在盘子上，四环皆山，与其走出去，不如固守于此，反正东西南北除了山还是山。这一方面容易滋生一种天然的自足，而另一方面，又因这山的束缚，会激发出一种汉子的血性，要突破这重围，不安分地固执地要去闯闯、去看看外面的世界。这儿的雨，像这儿的人一样，便天然地有了一种让人琢磨不透的魔力和秉性。

怀化的天气也怪癖得让人无法忍受，霸道得不可言说，似乎是有一股子不能理喻的匪气。说是匪，并非说怀化这地方和这地方的人有多坏，蛮横得无理，而是说这地方的雨忽前忽后，忽左忽右，忽急如豆落银盘，忽柔若闺中怨妇的哭泣……百般变化，飘忽不定，不易捉摸，裹着一丝神秘的淡淡的槐花清香，说不清什么时候就来了，又说不清还要多久才离去，时而风风火火的，时而又狡黠无比，如山中神出鬼没又不伤人还带点侠气的土匪。湘西的土匪并不像传说那么可怕，剽悍是实，但人情味也足，不是魔鬼。

到了盛夏，怀化的太阳火辣辣的，让人肝火极旺，没有一丝风，人不发汗，闷躁恼怒得很，却又无从排解，便恨不得从五脏六腑里炸开了去，揭自己几层皮，凉快一下。而就在这时，雨可能就要来了。雨一来，铺天盖地，狂风大作，雷鸣电闪，轰轰烈烈，敲着急促的鼓点，从远远的山巅、树梢、河畔、屋檐的瓦片上……一路奔来。在积贮一层厚厚浮泥的地面，溅起几缕黄色的烟雾，溅起一片盛开怒放的百合花，又如满地的一群嗷嗷待哺的鸟崽，努力伸长着脖子，张大着嘴，此起彼伏，忙得不可开交。

而到了冬季，怀化这地方冷又冷得稀奇，时常又会碰巧下点细如芥末的雨，风里便像藏了无数把尖刀和针子，雪上加霜似的，湿寒地割你裸露的皮肤，扎你的骨头，刺你的心。那雨只要一来了，似乎就得了理，便不饶人，再也收不住，唠唠叨叨，没完没了像一个刹不住嘴的老婆婆，絮叨着她那些陈年烂芝麻的故事。

要是到了春秋两季，那雨下起来，更是没个完，在怀化待久了，你必定得练就一种过人的耐心。如贤妻听夫鼾，睡在一起久了，也就习以为常，若什么时候不听夫鼾，倒浑身不自在了。雨便这样悄无声息地在心中落了根，像盐，像湖南人每餐必备的辣子，自有它的位置。

怀化的雨是没有定格的。时密时疏，时细时粗；时而匆匆如客，时而长驻如友。时而急如重锤击鼓，泼辣如出山怒虎；时而柔若纤指敲琴，腼腆欢喜如待嫁少女；时而动若脱兔，石破天惊；时而静如处子，安身立命而无所求；时而密如群蚕食桑；时而疏若抽丝，哽哽咽咽，滴滴答答，揪着你的心，一缕一丝，一点一滴，落在檐上，跳蹦到水沟里、石阶上。这雨似乎有多重的人格似的，不受约束。猛时，铜板铁琶，如苏东坡的《临江赤壁赋》；弱时，缠绵悱恻，如李商隐的《对月无题诗》。它敲打你的心弦，扰人心绪，不让人安宁，却又百般挑剔，要你心境平和。太多变的雨，使我多年一直想写篇关于怀化的颂文，始终因这不尽的雨而作罢。近日偶读沈从文的散文《槐化镇》，却找到一段极贴切的描述：

槐化还有一个特色，就是落雨。雨之类，像爱哭的女人的眼泪样，长年永是那么落，不断的落，却不见完。尤其是秋天同春来，使脾气极好的人，也常常因这种不合理的雨水落得发愁，生出骂一句娘的心情来了。终日靡靡微微，不成点也不成丝，在很小的风的追逐下，一个市镇，全给埋葬在这种雾霾中。

沈从文是在1926年4月描述了他记忆中的槐化镇的。七十多年过去了，许多人在这雨中渐渐老去，冷过热过的、悲过喜过的都化作了尘埃，许多旧事也随时间的流逝而淡远成传奇或传说，新的生机也应运而生。似乎一切都变了，而唯有这雨不变，照旧不通情理，照旧像爱哭女人的眼泪，照旧长年永是那么落，不断的落，却不见完，照旧终日靡靡微微，照旧不成点也不成丝，照旧在很小的风里，一个市镇全给埋葬在这种雾霾中……这是一种不讲道理的匪气和霸道，保持着不受玷污的原始的灵气和活力。我想，即使再过百年千年，沧海桑田，物是人非，而这雨依旧会像七十多年前和七十多年后的今天一样，极没道理地照旧落下去的。

怀化不下雨的时候也是有的，一场雨雾，好像并非为了晴天，而是在等待，为紧接着的下一场雨做精心的策划和准备。而等待的日子总是孤寂难耐的，天又郁闷异常，日子实在不如雨天来得清爽。所以有雨时便觉得当然，无雨时倒想雨，晴天只是一场雨到另一场雨的过渡——在这种心理定式的作用下，怀化就总笼罩在一种厚重如网或淡如梦境的雨中，挣也挣脱不掉。

一个地域的气候就是这个地域的性格和脾气。如人一样，不是可以轻易能够改变得了的。而脾性的长短好坏又不可定论，只有相处在一起久了，合得来就成了痴友或夫妻。所以，长期定居在怀化，因了这匪性的雨，女人便有了水色，水灵灵的，眼亮而有神，皮肤白滑如脂，好看得很。男人虽直来直去，粗声粗气，心却是水做的，愿意助人。

芙蓉冰心

由怀化往南，坐汽车或乘火车，约一个时辰，就可到黔城，一睹“楚南上游第一胜迹”的芙蓉楼。

四平八稳的黔城，位于沅水与㵲水的交汇处，实在是个不起眼的湘西小城。但世事往往普通里暗含神奇，一般中深藏绝圣。山不在高，水不在深，然山河有幸，在千年以前，这里曾住过史称“诗家天子”“七绝圣手”的盛唐诗人王昌龄。

物质对文化的侵蚀，最容易导致精神虚无感的产生以至对文化的漠然和视而不见。许多朋友只知有芙蓉楼，而不知有王昌龄，知其然而不知其所以然。不知王昌龄，何以能登楼怀古呢？

王昌龄，字少伯，山西太原人，唐开元十一年进士，初任秘书省校书郎，后考中博学宏词科，迁汜水县尉，后贬为江宁丞，再贬为龙标尉。在官本位主义色彩浓厚的中国社会里，后人因故又称他为“王江宁”和“王龙标”。

古龙标就是现今的湘西黔城。李白有传世名篇《闻王昌龄左迁龙标遥有此寄》：“我寄愁心与明月，随君直到夜郎西”，伤之并自伤，聊寄思念之谊。但位卑而名著的王昌龄似乎没有善作帝王师的李白那样的传奇和张扬，李白诗名耀千古，而王昌龄留其诗，人们不大记得住他的名字。因而今人知李白者多，识昌龄者少。

王昌龄在黔城住了七年，干过些什么，现已无从考证。除了几首脍炙人口的七言绝句，他似乎什么也没有留下，甚至这古朴的芙蓉楼也系后人为纪念他而修筑的，非其遗物。但这又有什么关系呢？岳阳楼千古留名的是范仲淹，而非修楼的滕子京。安史之乱，王昌龄离开湖南返乡，途经河南亳州，刺史闾丘晓嫉才，因此被杀。“刘项从来不读书”，诗从来就救不了诗人，才华也成全不了他的仕途。文武双全，能够成就一代功业和文名的，浪里淘沙，古来本稀。位至封侯的诗人，与王昌龄同时代的只有高适，明朝有王阳明，清朝有曾国藩，仅此而已。王昌龄只是也只能是一代“诗家天子”。

登楼赋诗，自然要吟《芙蓉楼送辛渐》：

寒雨连江夜入吴，平明送客楚山孤。
洛阳亲友如相问，一片冰心在玉壶。

其实，诗中的芙蓉楼是诗人官江宁时，江浙润州的芙蓉楼，并非眼前的黔城芙蓉楼。黔城芙蓉楼肇始于清，乾隆年间始建芙蓉亭。嘉庆年间才在香炉岩的位置创建了芙蓉楼。道光十九年知县龙光甸增其旧制，刻《王昌龄宦楚诗》于楼壁，方成一隅名胜。

整个芙蓉楼的古典园林建筑群，现有主楼、龙标门、耸翠楼、玉壶亭、半月亭、送客亭、三角亭及碑廊等景。碑廊中刊颜真卿、黄庭坚、米芾、岳飞等书法铭刻百余块。玉壶亭中一碑，碑上刻有由“一片冰心在玉壶”七字合篆而成的“壶”形字，字中寓诗，妙而奇趣，出于知县龙光甸的儿子龙启瑞之手，其子系清道光二十年的状元，曾任江西布政使。可见湘西人才辈出，难说不是受王昌龄的千古润泽。

其主楼为二层全木结构，画栋飞檐，颇为壮观，敢与“江南三大名楼”争胜。有“芙蓉楼”三个金字嵌其上，有树庞然侧立，枝梢繁茂，横斜遮拦，意境深远。第一层为一阁，门开其后，一帧王昌龄的画像，迎面高悬于壁。乌纱帽，红官服，清瘦端庄，温目而视。像前设一案，案上摆香炉，案前置蒲团，不知者以为神，以为是可保一方平安的“土地爷”，烧香磕头以祈福。回转，可沿一窄木梯嘶咯而上，至二楼，嘶嘶咯咯转廊可入一厅，壁间张挂着一大块木刻行草《芙蓉楼送辛渐》。

登斯楼，读其诗，思其事，想其人，俱往矣。抚栏可见沅水浩荡北去，诗意叫生，豪情便起。楼在，诗在，一片冰心还在。王昌龄何在？

明王世贞曾评："七言绝句，王江宁与太白争胜毫厘，俱是神品。"王昌龄、李太白的绝句代表了盛唐绝句的最高成就。但家喻户晓的是诗仙李白，记得王昌龄的，只有那"秦时明月汉时关""烽火城西百尺楼""青海长云暗雪山""大漠风尘日色昏"的几首绝句罢了。

即便这样，作为一名诗人，也应知足了。

天后宫的门坊

到了古称“黔滇孔道”“西楚咽喉”的湘西芷江，除了看看城东郊七里桥的“受降纪念坊”外，是一定要进城，去河边看看天后宫，看看那座奇妙而精美的石门坊。

芷江坐落于沅水上游，是湘西古镇。抗日战争作为日寇没能突破的最后一道防线，有过它辉煌的历史，并因中方曾在此与日方洽降而名噪海内外，有“受降名城”之称。但最早让芷江出名的，却是春秋战国时那个楚国的逐臣三吕大夫屈原。据说屈原被迫流放湘西时，曾坐一只桃源筏子似的小船溯沅江而上，到过这盛产香草香花的芷江。天后宫，又称妈祖庙，为福建旅湘同乡会会馆。闽人多信妈祖娘娘，这种庙内陆本不多见。芷江天后宫始建于清乾隆十三年，是内陆最大的一所。善做生意的闽人，如何要从遥远的海港，把他们装满食盐和绸缎的商船开到僻远的这里，已难以考证了。只能说明，那时的芷江正经历着某个繁盛时期，而这些不辞辛苦的福建人留下了这座大部分为木结构的建筑群，留下了天后宫正门这座雕刻精美的石门坊。

沿河而行，绕过青石雕花栏杆围成的石台，可见门坊。门坊前有17级石阶，门坊左右各置一对青石石鼓和石狮。石狮子一雄一雌，雄的玩着一枚石球，雌的脚下和背上各有两只小狮子，都憨态可掬，活泼可爱的样子，给人一种祥和安定感。门坊高10.38米，宽6.3米，用大青石雕砌而成，斗拱庑殿的顶部，有十二金鲤伏首翘尾于屋脊。门坊的正面满是繁复的浮雕：孤桐劲竹、琴棋书画、狮子滚绣球、八仙过海等，或一幅一典，或多幅一典，紧紧凑凑，共95幅，精雕细凿，巧夺天工，令人叹为观止，系省重点文物。

出钱修建天后宫的是闽人，可是谁雕刻了这门坊呢？是谁赋予这冰冷静止的石头那么多人为的热忱和激情呢？风风雨雨，朝朝暮暮，两百多年过去了，石坊完好如初。

门坊前坐着位老人，佝偻着背脊，满是茧疤的如枯藤的手拿着刻刀，悠闲地刻着根雕。也许是因我由衷地多赞扬了石坊几句的缘故，这不起眼的老人打开话匣子，讲出了这门坊的一段几近被忘却的旧事：

那是在清朝，不晓得从哪里请来两个石匠，是亲父子，为修这石坊，他们从那山中采来石料，没日没夜地雕凿。父亲在雕这石坊时，年幼的儿子悄无声息地长大了，并继承父亲的手艺。就在这时，父亲因为太投入，突然咯血而死，倒在才雕了一半的石坊上。儿子默默埋葬了父亲，又接着干。几年后，石坊雕成了，但儿子却因这石坊耗尽了心力，未老先衰，看着这漂亮的石坊落成了，他痛哭三声，又狂笑了三声，扑地而死。

那石匠父子若活在现在，一定是大艺术家了，我想。“他们姓什么？”我不无遗憾地问老人。

“鬼才管他们姓什么，反正这石坊美是美，但它要了两条人命呢！”老人望着我笑了。

“石匠有后吗？”我仍不死心，怀着一点天真的希望。“婆娘都没讨，哪弄来的崽娃？”老人笑得更开心，眼睛里亮晶晶的。

“那他们埋在哪儿？”他们不至于死无葬身之地吧，趁着这雨蒙蒙的天气，我想去祭拜一下他们。“在这些山里吧。”老人信手朝石坊外一指。

如今天后宫的大殿已空荡荡的，若干年后木结构的殿宇也许会朽烂掉，或彻底毁于一场不慎的大火。可这石坊，赋予了生命色彩和历史积淀的石坊，也许会幸免于难，留了下来，至少可以保留得长久一些。既没有留下姓名，也无骨血传宗的石匠，只是把他们的灵魂和精神雕刻在这精致的石坊上了。

作别天后宫，我走了。我们总是来去匆匆，都是些过客。可我们又会、又能留下点什么呢?

辰溪丹山寺

金秋吃橘，甘甜滋润，是美事。记得沈从文未完的长篇小说《长河》里劈头第一段话：“记称‘洞庭多橘柚’，橘柚生产地方，实在洞庭西南，沅水流域上游各支流，尤以辰河中部最多最好。”

辰溪县城位于麻阳河与沅水交汇的河口滩脚崖壁上，也是个产橘柚的好地方。站在古旧的河街上，隔江一望，河水浩荡，就可见对岸的丹山寺。传说张果老曾在此炼丹，故名。从这岸看去，整个丹山的中前部，为一白色石矶，如一块壁立的白屏，从水底里探出头来，扁圆形，惟妙惟肖地如一只巨大的神龟，努力伸出头来透气似的。丹山寺就在这神龟的眼睛里——“点睛”之笔，实在绝妙。

沈从文是这样深情地描述丹山寺的：“对河与小山城（辰溪）成犄角，上游是一个三角形小阜，阜上有修船造船的干坞与宽坪。位于下游一点，则为一个三角形黑色山嘴，濒河拔峰，山脚一矶接受了沅水激流的冲刷，一面被麻阳河长流的淘洗，岩石玲珑透空。半山有个壮丽辉煌的庙宇，名‘丹山寺’，庙宇外岩石间有成千大小不一的浮雕石佛。”

于是便来了游兴，乘着渡船就要过河去看看，河面宽约百米，河风鹤唳，看似平静的水，湍急异常。辰溪的朋友告诉我，丹山寺已不复当初了，焚过几次，砸过几次，“文革”期间便彻底毁了。现在看见的是民间重建的，精细之处不复从前。

到了寺门，修筑得粗劣和仓促，着实让人惊讶。山门前的一对小狮子，竟是用水泥沙浆糊成，粗粗糙糙，麻麻点点，不精致。门前一副对联工整，是篆书，认不全。迈过槛，十几步台阶又是一门，门左的白墙上用黑墨题有一首词，是楷体字，却还认得，便卖弄似的朗朗高声读去。

也许是声音太大，中有一两句又艰涩，因解释不通便相互争论起来，便惊动了寺门内一个五十多岁的老妇，她身着藏青色衣裤，手握扫帚，走来给我们讲解词意，说是这寺主的舅舅赠给寺主的，惋叹其一生悲凉，晚年竟遁入佛门，誓以余生孤守青灯，以求来生之福。说完，她便侧身请我们进寺："外面风大，里面烤火。"我发现她偷偷擦拭了一下眼睛，难道她被自己口诉寺主的故事又一次情不自禁地感动？我有点纳闷。

寺为两层，依岩壁而建，悬空欲飞。寺的后面有一天然石洞，邃然。洞口有几尊粗陋的泥菩萨，借着火机点燃的微火往里去，躬身而行，越行越窄，越窄越下，隐隐有水声，不能入而返。那妇人介绍说，这洞直通河底龙宫，神灵得很哩，有求必应，烧炷香吧？我说我不信这个，她便笑着摇了摇头，并不强求。再往楼上去，凭栏可望江，可见坑坑洼洼的岩壁，"成千大小不一的浮雕石佛"已杳无踪迹。

"太平无事的日子，每逢佳节良辰，当地驻防长官、县知事、小乡绅及商会主席、税局头目，便乘小船过渡到那个庙宇里，饮酒赋诗或玩牌下棋。在那个悬岩半空的庙里，可以眺望上行船的白帆，听下行船摇橹人唱歌。"沈从文的记忆中那个如诗的丹山寺已被时间吹进了江里，许多人已淡忘了去。我们来寻找的，却已无迹可求了。

重回楼下，坐在火边向那妇人询问这寺的故事。却说现在的寺主的父亲，是黄埔军校人，与共和国第一任铁道部部长滕代远同期同班，打过仗，负过伤，后因秉性耿介，为世俗不容，解甲乡里后病逝。寺主是一妇人，年轻时因病不愿婚嫁，三十岁被逼成婚，生有一女，后屡遭夫毒打，不堪而离婚，后悟人生苦短，遁入空门，并捐一生积蓄，按童年记忆中的样子修复此庙。那妇人说："人总是要死的，这庙可能还会留下来……"我想笑，但怎么也笑不出来，这是人的一点信念，一点不可嘲笑的理想性的寄托。

一个孤身的老妇人，经历了一辈子人生的风雨，到了这时，还能奢望点什么呢？我不敢告诉她，这庙也是会毁的，因为它不是曾经毁过又被修复的么？我断定眼前这妇人就是寺主，她的故事多半是自述。我从那妇人含泪的眼睛里证实了我的猜测，而为什么要证实呢？我甚至有点后悔，不该上丹山寺来，这世上许多事情就是这样，只可远观不可近玩，只可登临不可细究。

沅陵的寺

沅陵是个好地方。好山，好水，好一座偌大的龙兴讲寺。

通公路、铁路之前，很漫长的一段时间里，湘西的商贸、货物、人员进出依凭的全都是水运，靠的是这条浩浩汤汤的沅水。所以作为沅水中上游最大的天然码头，沅陵自自然然成为湘西重要的政治、经济、文化中心，历来是黔中郡和辰州府的衙门所在地，最繁华时仅运输船就达818艘。但昔日的辉煌终是昔日的，衰落的直接原因，我以为是不通火车。本来沅陵是最有希望通铁路的，远在孙中山先生的《建国方略》中就曾有规划。但最有望的却终究被遗忘了，倒成全了怀化市。怀化市现辖十余个县市，唯一没通火车的倒是沅陵。

宗教不能简单地等同于迷信，宗教给予人的更多是心灵的慰藉。“南朝四百八十寺，多少楼台烟雨中？”沅陵县内佛教盛行时，寺庙就达285处，现如今在县城内仍旧保存着的并且最有名的是两座：龙兴讲寺和凤凰寺。凤凰寺矗立在南岸的凤凰山上，山不高，山上古木参天，葱翠欲滴，有好风水，所以寺内仍有香火，住有僧尼，据说寺中签还很灵验。而凤凰寺真正出名并非因其古老，而是因为抗战期间囚禁过张学良将军。登凤凰山顶，俯视沅江，可发“逝者如斯夫”之感慨。江心有一岛，叫河涨洲，据说是驮在龟背之上，能随潮水涨落。岛上有座白塔，叫龙吟塔，塔下原有人家，仍活在沈从文《沅陵的人》里的裁缝的女儿夭夭与土匪的浪漫爱情故事就发生在那里。岛上人家现因五强溪水库的储水，已陆续移民迁走了。

江北城西，“临沅对酉，二川之交汇”处是虎溪山，“酉”指酉水，即沈从文笔下的白河。虎溪山比凤凰山矮，名气却大，临水依山，就势建着一座红墙寺院，是龙兴讲寺。龙兴讲寺敕建于唐贞观二年，距今1370年，比南岳衡山祝融寺还早97年，但一枯一荣自不同，祝融寺香火依旧兴盛，而这儿已没了僧尼，空荡荡的显得格外清静。

寺门临江，庄严壁立，墙头长有蓑草，上嵌“龙兴讲寺”四字。严格说作为一个建筑群体，它由三部分组成。第一部分是紧依寺门左侧的黔王宫，是旧时商人的会馆，内设戏台，戏台前面是台阶式的看台，当年一定是热闹的所在。第二部分才是寺庙，沿寺院中轴线而上，依次为头山门、过殿、天王殿、二山门、弥勒殿、大雄宝殿、观音阁。逐殿高出，气势磅礴，雄伟壮观。大雄宝殿两侧，对称地建了旃檀阁和弥陀阁。因水患火灾，二山门以下已多颓废，唯留门墙衰瓦，供人叹抚。寺内已无佛像供奉。

值得一提的是大雄宝殿檐前挂着的是明崇祯年间礼部尚书董其昌亲笔所书“眼前佛国”四字匾额，字体清瘦，笔锋飘逸，柔里藏刚。站在殿前，仰头望去，猛地一下见了，让人凿然惊讶：佛国怎能是眼前的呢？佛国又怎能不是眼前的呢？回头西望，酉水西来，沅江北去，夕阳尽染，水天一色，渔舟唱晚……目光被这眼前一片水扯得远远的，便莫名地从心底生出一些感叹和幽思。

第三部分是寺后紧连着的虎溪书院。事实上书院与寺庙已连为整体，不能严格划清界限了。第一次去沅陵时，第一感觉就是龙兴讲寺的寺名极怪，让人费解。“龙兴寺”不挺好的？中间何必插一个“讲”字，给人以唐突感。对此，因手头无确切资料，我也只能进行推测。在明正德五年，距今五百年前，浙江余姚人，著名唯心先验哲学家王阳明自贵州龙场驿（今修文）量移江西庐陵知县，途经沅陵，寓居此间数月，并乘机开堂讲课，广收门徒，以传他创的“心学”。今遗《辰州虎溪龙兴寺》诗一首为证：

杖藜一过虎头溪，何处僧房问惠休？
云起峰间沉阁形，林疏地底见江流。
烟花日暖犹含雨，鸥鹭春闲自满州；
好景同游不同赏，诗篇还为故人留。

诗题中就没有“讲”字，可见当时这寺还叫龙兴寺。那为什么到后来又改名了呢？

王阳明，名守仁，字伯安，号阳明。后因平乱立功，封新建伯，官至南京兵部尚书，卒谥文成。王阳明文功武略，是历史上为数不多的文武双全的著名学者，这是历代文人所企及但总难以达到的人生境界和人格理想。可以与他相比拟的仅唐代的高适、清代的曾国藩等廖廖可数的几个人而已。明朝是个理学泛滥的时代，为对抗“程朱”理学，把人们从沉闷的理学桎梏中解救出来，王阳明另辟蹊径，开创“心外无理无事无物”的“心学”，在日益僵化的明代思潮里吹进一股清新的风。史载在沅陵期间，王阳明曾与武陵学者蒋信、沅陵道士唐愈贤等在此授“良知、良能”之学。嘉靖二十三年（1544 年），他的门人辰州郡丞徐珊于寺后建虎溪精舍，内供阳明先生像，后更名为书院，并与寺院建筑融合为一体。我一直以为，中国文化的博大不在于创造了什么，重要的在于它的兼收并蓄，在于它强大的兼容性和亲合力。儒、佛两家本持入世出世两端，如水火异物，却经王阳明一糅合，便巧妙地融合一体，另成一派，达到殊途同归的效果。就像这座寺院，巧妙地将俗闹的戏院、雅致的书院与避世的寺院悄无声息地融合在一起。而寺院终于改为了“龙兴讲寺”，可以说这是社会和历史对王阳明个人和他苦心悟出的那套反传统的“心学”体系的某种提升性的认可。

到过怀化的很多地方，却总觉得沅陵是最有文化底蕴的，所以我反反复复去过好几次，神龙见尾难见首，沅陵却总让我捉摸不透，得不出一个整体的很确切的认识。这种感觉，就像对周佛海这个有争议的人的认识一样，意识中总有那么一点漂移感和游离感。沅陵近代最有名的人物首数周佛海，可惜是个大汉奸，沅陵人讳莫如深，难以启齿，好像“家丑”毕竟不好拿出来炫耀似的。但我关注周佛海，不为其他，而是把他作为特殊的奇怪的一个人来研究和思考的。他的名字，我以为和沅陵昔年佛教盛行有着某种内在隐秘的联系。性受于所生之气，习成于幼弱之时，周佛海生于福建省莆田市，十岁时因父病逝，随母迁回老家沅陵。如果把周佛海作为一个反面角色来定位的话，周佛海生在福建，长在湖南，沅陵似乎也可以因此减一半的责任。周佛海的人生大转折出现在二十岁时，并不安分的他因闹学潮，被沅陵第八联合中学开除。也许是迫于无奈，也许是因为其他原因，他愤然东渡日本留学，为他传奇的一生埋下了伏笔。三年后因结识陈独秀在上海参加共产主义小组，并因此作为留日中共党员代表出席中国共产党第一次全国代表大会。

1924 年从日本京都帝国大学经济系毕业归国后，他做出了一个奇怪的选择，退出共产党，加入了国民党，欣然担任国民党中央宣传部秘书、国民党政府训练总监部政治训练处处长和江苏省教育厅厅长等要职。这很能体现周佛海身上文人无行及强烈的功利主义思想，缺乏某种坚定的信念和意志。这似乎还可以原谅，毕竟是那个时候个人对道路的选择问题。但到了 1938 年，他跟随汪精卫叛国投敌，卖身求荣，充当日本的走狗和汉奸，历任汪伪政府的警政部队长、行政院副院长兼财政部部长和上海市市长等职，这毕竟丧失民族气节，贬低自身人格，让人不齿。但奇怪的是在日本投降后，蒋介石却敢冒天下之大不韪，立即任命周佛海为军事委员会别动队上海行动总队指挥，后终因抵不住民众舆论压力，周佛海被捕入狱，于 1948 年 2 月病死在南京老虎桥监狱里。

四易其志的周佛海并不能代表沅陵人，他是个特例，每个地方都可能出这样那样的“另类”，有英才也有败类，有顶天立地的汉子也有奴颜婢膝的懦夫。总的说来，沅陵自古浸润在神秘的楚巫鬼文化雾障里，民性纯朴浪漫而又特别重实际，不怕事，喜闯荡天下，愿立功业。为什么传说中的“辰州符”和“赶尸帮”在沅陵最盛行呢？我以为，多因旧时“叶落归根”的想法及沅陵人多在外创建事业常客死他乡的缘故吧。

辰州符其实是陈列在有道之士神案上的一碗水。我曾亲耳听沅陵人谈过辰州符的灵验，说屋檐下挂一片新鲜猪肉，巫者含一口水喷在上面，念了咒，三年不腐，色泽如初。可某一天，被某个好奇的点了一手指，看着肉块在眼前不一会就腐烂发臭了。这辰州符据说还有很多妙用，但“赶尸”是少不了的，现在“赶尸”多在香港拍的鬼片里看到，可那毕竟是电影，其中奥妙是无从知晓的。但“赶尸”作法时的口诀却不稀奇，也并不保密，不过是文天祥的《正气歌》罢了。这其中的道理，不是我一个旁观的好奇者能说得清楚的，只有待民俗学家能解开那里面的奥秘，做一个科学的解释。

1997 年 11 月 3 日作于湖南怀化萤夜屋

凤滩黄昏

到凤滩，纯属偶然。

那感觉犹如一个美丽少女，不期巧遇上了，莞尔一笑便擦身而去，也许一生再也见不着，但那惊人的回眸和浅笑，就深深地留在记忆里了，时不时像火花儿，从梦里溅了出来。

携友从怀化乘汽车到湘西古镇沅陵，游玩龙兴讲寺后，因不想走回头路，翻看地图，寻见一条蓝线，连着猛洞河的王村。蓝线是沈从文笔下热情讴歌过的酉水。酉水的半途，有一小镇，就是凤滩，我们决定闯闯这条水路。

乘船逆溯而上，约 17 公里，可达乌宿。沈从文在《白河流域几个码头》中叙述说："由沅陵沿白河上行三十里名‘乌宿’，地方风景清奇秀美，古木丛竹，滨水极多。"如果我没记错的话，沈从文的表侄，当代著名画家黄永玉先生幼时曾小住乌宿。这地也是个不起眼，但能藏龙卧虎的小镇，位于酉水和酉溪河交汇处。沈从文有一个妹妹，行九，叫九妹，曾跟着沈从文在北京住了好几年，耳濡目染，据说也很有才气，却不知何故患上精神分裂症，就像沈从文笔下湘西的"落洞女子"。后来，没法，只好返送回湘西，嫁在乌宿，跟一个破了产改行烧瓦的划船汉住在一起，生了儿子。现如今，儿子应该也已长大，不知道是个什么样的人。

站在船头，向河岸望去，有峭壁临空，如刀削斧劈，船家轻指一点，那就是你们要找的二酉洞吧。《史记》记载的典故"书通二酉"出自于此。相传秦焚书坑儒，咸阳两书生负简藏此，秦亡汉兴，书简复出。清光绪年间湖南督学张亨嘉题“古藏书处”四字，至今立于洞口。洞口被荆棘绿草遮挡，站在水面船头无法发觉，实为藏书佳地。

至乌宿，弃舟乘车，再行约30公里，近黄昏时，就到了凤滩。凤滩是个水电站，而且是我国第一座空心坝水电站，风光旖丽，别是一番桃源洞天。但也因这水坝的缘故，沈从文笔下“浅而急，河床窄，滩流多，滩流极险”的酉水也彻底变了样，变得温文尔雅了，失去了原有的险峻和彪悍。几百里的水库一直要延绵到上游的里耶、保靖、王村一带，青山簇拥，水平如镜。险滩没了，“尾部如臀，大而圆”，经得起磕碰的“白河船”也退隐了。这多少让人感到有点遗憾。

但凤滩的黄昏却美极了，似乎可以弥补天下任何的缺憾。夕阳灿烂如火，奢华地将大把大把金黄色的颜料泼洒在坝上和大坝下的峡谷里，作着一幅激情四溢的现代油画。河水荡漾，浮泛起一层袅袅淡淡明黄色的雾霭。因为地方好，天又要黑了，就决定随遇而安地住一晚，就在房价极低廉的招待所安顿下来，十元一个铺位，设施又还齐备，干净整洁，让人舒心畅意。

招待所的门外，隔着一条小街，斜斜地通往酉水河边。对面是一排参差的木屋店铺，炒的多为湘味地道的小菜，又有新网的鲜嫩鳜鱼和猎来的山麂子、野鸡等山珍，多少要刺激人的食欲。而老板热忱厚道，菜的分量又足，价钱较上游猛洞河要便宜一大半，不算贵。与一两个朋友坐在乌木桌子旁，斟着啤酒，就可以浅酌低唱，别是一番韵致。

酒足饭饱后，沐着残阳，沿街漫步，过一香喷喷的芝麻油榨坊，下几级台阶，可到一简易小码头。码头上有三个小女孩，穿得素素的，十四五岁的样子，清纯可爱。其中一个个子略高，梳一条麻花长辫，辫梢长长的，一直拖到了膝窝子里。这山里的水养人哩，仨个个都是红唇白齿，皮肤白嫩透红，又爱笑，不害羞，也不避生人，见人来到还热情邀着帮忙喊渡。野野的便用双手拢着嘴，踮着脚跟，站在岸沿上，朝着河心，尖着嗓子嚷嚷："哟哦——渡啰！渡啰！"峡谷里空空旷旷，回音袅袅，暮色里惊起几只山鸟，展翅于河上，划出几道美丽的弧线后，又安然落回到岩穴的草丛中。便见对河岸远远地驶来一艘乌篷船，幽幽地冲开河面上的那层水雾，恍如从梦中飘来。

乘着等船的间隙，我们就向她们打听电站的情况，开玩笑扯淡学说湘话。竟也把那女孩子说急了，她便跺着脚，咬着唇，轻声骂道："剁脑壳的外乡人。活腻了没事干，跑到这来？小心掉在河里喂鱼。不，喂王八——"你便一愣，以为她要恼了。谁知她说着便笑弯了腰，边笑还边昂起头来眯着眼看你，气你。声音软软柔柔，甜甜脆脆的，地道的湘西口音，没有一点恶意，出口便化，润心润肺，骂人竟然比唱歌还听好。

待渡船靠了岸，三个小姑娘像三只快乐的小鸟，迫不及待地蹦蹦跳跳落了船，身子还没站稳，却没忘反身邀你："走，跟我们过河耍去？"船便乘着渐浓的暮色远去，越走越远，终于消散在目力难及的水面。我轻道："风萧萧兮酉水寒，美人一去兮不复还。"莫名地生出无限惆怅，朋友便轻笑起来："好一个不要脸的风流诗人！女孩还那么小……你也太那个了？"我说："你不懂，我也不至于狼到那个地步，我想得远呢！"

突然一个寒战，才发觉夜晚在不觉中已来了，山雾渐浓，寒意已起，心想该回招待所了，便恋恋不舍顺着原路返回。

在这里，远离城市，远离喧嚣，远离你所能和所要远的人和事，心儿便格外地明净起来。

1997 年 11 月 22 日作于湖南怀化萤夜屋

寻找雷锋

到石长铁路出差，路过雷锋镇，因带着行李，未得下车，就直奔工地了。

这天大清早，雾蒙蒙的，微寒的空气里夹杂着几丝雨，沾在身上，极轻巧，一钻就没了影。滋滋润润的，深秋已过，受洞庭湖的影响，这儿虽一贯是阴雨缠绵，因要去雷锋镇，又特邀了两个朋友同行，心情格外的平实而兴奋，景随心定，所以并不觉得天气多坏。

下了中巴车。远远望去，就可见雷锋的雕像，昂首挺胸，身着军装，头戴棉帽，背着一支冲锋枪，极英俊威武。雕像很高，下面踩着一个三米高的石台。远远的，还可平视。走近了，才发现雕像处在一块水泥大坪的中央，只能仰视。

雕像的后面，不到20米，迎面是雷锋纪念馆，有围墙，墙上有瓦，瓦是绿色的。馆名嵌金，江泽民总书记题的字。门左侧有一个卖旅游纪念品的小店。

进门是院，中间一条长廊笔直，院的两侧有碑廊。左侧由一些书法名人题写，右侧是新中国历届国家领导人题的字。字都嵌金，碑面有玻璃隔护着。

穿过长廊，又是一堵墙，一门设在正中，迎面敞开，门楣也置一匾，也有金字，也写着“雷锋纪念馆”，但字却是规规矩矩的标准仿宋。这是馆堂扩建前的原址。

进门，又是一尊雷锋的石像。坐着，侧身读《毛选》。像的身后有一墙屏，红底金字“向雷锋同志学习”，是毛主席的题词。

往左转，接连四个展厅。厅墙上挂满了有关雷锋身世和成长历程的图片，图片下配有文字说明。每隔一段墙，有用毛笔正楷正正整整抄录的一些《雷锋日记》的段落。挨着墙，摆着些玻璃橱柜，收留保存着一些雷锋用过的旧物以及他写的日记本和入党申请书。

参观完纪念馆，心情异常平静，乘车回去时大家都很沉默，不说话。在望城县城郊，雷高铁路立交桥下车，沿铁路走，约半里路可到望城作业场。正要上路堤，从身后蹿出一白发老者，向我们问路。这么冷的天，他头上却戴着顶太阳帽，帽上有字，写着“海南××”，帽檐脏。身子单薄显瘦，大冷天的，我们穿着棉大衣，他却只着两件运动单衣，背上背着个包，鼓囊囊的，挺沉。手上戴着双白手套，已有些发黑。

这人挺怪的。细问，大吃一惊，原来是个徒步旅行者。我掏出随身带的采访本请他签字，他爽快地写下“欲跑步跑遍全国者——沈阳刘万达。”请他留影，也挺合作，背景是写有“铁五局新运外架设”的雷高铁路立交桥。

我们祝他一路顺风。他说谢了，套上手套，又不紧不慢地往县城跑去。天气这么冷，又临年关，要过中国人比较看重的春节。他又那么老，那么瘦，身子骨又那么单薄，目标又那般远大而宏伟，能成么？不禁为老人暗暗捏了把汗，有点疑惑还不曾问时，老人却迈着坚定而自信的步伐远去了。

回到住地，一面想着在沈阳当过兵的雷锋，一面想着壮心不老的沈阳人刘万达。怎么会这般巧呢？心里便有点怅怅的，怪怪的，又似乎心底里什么也没有，空荡荡的，只是这样不着边际无目的地想着。

“人生难的是一辈子都做好事”。跑步算不了什么，难的是一路上都这样不紧不慢地孤独地跑下去，没人监督，自己监督自己，没有陪伴，只有那些没有情感的风风雨雨和星子，一路上车来车往一定不少，但不能拦下一辆……这是人与自我意志的一场抗争。

雷锋如此，刘万达也如此。人与自然的对抗所取得的成绩是伟大的，但与人和自我的抗争作比较，总显得有点微不足道。“我”是谁?人最大的敌人是自己。人与自我的对抗与生俱来。

1997年12月20日作于湖南望城

小镇浦市

浦市不大，是个“经过昔日的繁荣而衰败了的码头”。说是“市”，其实有点虚张声势，吓唬人。走去一看，实际是个不起眼的丁点大的小镇，隶属于湘西泸溪县。

从怀化到浦市，走公路要绕道沅陵和泸溪，多费两三个小时的行程。若乘车至辰溪，再改乘船沿水路下行，却极便捷，仅二十里可到浦市，乘水上快艇，十分钟左右就到了。从浦市到泸溪，陆路三十五公里，水路却是六十里，再下行六十里就到沅陵。但现在的浦市人下泸溪和沅陵，走的多是陆路，贪图汽车的快捷。似乎大城市里的浮躁病也被风吹到了这里，没人愿意再乘咿咿呀呀的乌篷船，都嫌太慢，失了以往的耐心和雅兴。船没人搭乘，水失了财路，下行的船就此停了下来。

我是大年初三因公事到浦市的。中国人很看重的春节，镇里却少有过年的喜庆。整个小镇灰扑扑的，似乎掩埋在一层薄薄的却显得格外厚重的尘埃下面，给人一种破败不堪的感觉。开始时我还以为是镇上几个污染小厂高耸的烟囱干的好事，一场雨下来，必定会冲洗个干净。可雨过天晴，太阳出来，将水分吸干，小镇照样是灰冷的。徜徉在那些古旧的巷子，就像误入一部二十世纪二三十年代拍摄的黑白无声电影。一打听，镇上那些小厂因效益不好，早已停产大半年了。原因并不在此，这让我暗自有点困惑和吃惊。

虽是如此，我还是满腔热情地向同行的朋友介绍浦市非凡的过去："别看它现在这样子，历史上可是与洪江、茶洞、里耶齐名的湘西四大名镇之一！"朋友先是一惊，重新审视了一下眼前的小镇后，眨着眼睛轻笑了。我看出他眼里的暧昧，心底里是一千个的不信。我叹了口气，连申辩和解释的兴致都没有了。我并不想责怪朋友，现代人多半是极现实的，对事物的分析和判断难免有些近视，他们无可厚非地关注眼前的浮华和热闹。可历史上浦市的名气颇大，是沅水中上游地区出了名的商贸集散地，是地处边地的湘西传统水路文明的见证。沅水流至浦市，因山阻隔扭了个弯，绕成一个近乎直角的美丽圆弧，河面宽阔，形成水深流缓得天独厚的天然港口。浦市位于沅水西岸，为水之阳，古称"巫阳"或"武阳"，后经千年语言语音变化而成"浦阳"，至明代，因商贾云集，经济繁荣，改称"浦市"。

浦市的繁荣在历史上应该是两次。一次是在清朝乾隆至咸丰百余年间，为其鼎盛期："沅陵西南境有浦市，两岸之间，烟火万家，商贾辐辘，舟楫络绎，故一大都会也……上而滇黔，下而常岳……骚人墨客，工农商贾，莫不以时云集于此。"这是1739年沅陵知事赵治会在《重修浦峰寺佛殿寿殿碑记》中记载的。

直到1861年，以太平天国翼王石达开率部途经此地入川为标志，浦市的繁荣开始走下坡路了。在浦市，石达开停驻了四天，此时已是太平天国运动的后期，他率部从太平天国分裂出来，四处流窜，沿途受清兵围追堵截。在浦市，他的一位妃子病死，葬于浦市近郊姚家湾的和尚坪。此时的石达开内忧外患，百感交集，登浦市水星阁，眼前美景无心欣赏，在阁壁上奋笔题诗一首，颇具文采，可知其并非仅一介草莽，而诗中已呈现日薄西山的颓势，预兆着一名悲剧英雄不可避免的宿命结局。其诗如下：

西来凭栏此停骖，烽火冲霄破晓岚。
旅居苗蛮倚仡佬，地邻黔蜀势岈嵯。
深怜百姓家何托，转战频年乱未勘。
只为浮云遮蔽日，哪堪回首望江南。

此后，由于战争的介入，军阀在此拉锯，土匪反复洗劫，浦市便日渐衰落。但我以为这还是表面现象，浦市的衰败更深层次的原因应该是水路文明的衰退及以公路、铁路为代表的陆路文明的崛起，只不过战争加快了这一历史进程。

沈从文先生叙述了浦市繁华的尾声。他说："三十年前是这个地方繁荣的顶点，原因之一是每三个月下省请领凤凰厅镇筸和辰沅水靖兵备道守兵那十四万两饷银，省中船只多到此为止，再由旱路驿站将银子运去。请饷官和押运兵在当时是个阔差事，有钱花，会花钱。那时节沿河长街的油坊常有三两千新油篓晒在太阳下。沿河七个用青石铺成的码头，有一半常停泊了结实高大的四橹五舱运油船。此外船只多从下游运来淮盐、布匹、花纱，以及川黔所需的洋广杂货。川黔边境由旱路来的朱砂、水银、苎麻、五倍子、生熟药材，也莫不在此交货转载。木材浮江而下时，常常半个河面都是那种木筏。"如今因下游五强溪水库储水发电的原因，七个青石码头和一些铁匠铺子已被淹没。

战争终结了一个地方的繁荣，同样是战争却又成全了浦市的第二次回光返照式的繁荣。直到抗日战争时期，沦陷区军民及机构纷纷迁来，浦市收容了一批战争的难民，同时也成为一些"只把杭州作汴州"的国民党腐败官僚走卒的临时栖身之所。沿河街向东，踩着青石板，我曾独自在雨中漫步。在街的尽头，我发现一座孤宅大院，院门紧锁，院的高墙上朱笔写着"农业学校"几个大字，当时我苦于无人问询，百思不得其解，还误以为是"农业学大寨"期间留下的遗迹。但细想去，很不合逻辑，心存疑惑。查资料后，才认定是抗战时期迁来的"省立高等农业学校”的旧址。除此之外，还有湖南省中央银行、国民党中央陆军军人监狱、战时“国立”第九中学、江苏失学青年工读服务团、国民党通信兵第一团、陆军二十二医院、四十三后方医院等单位都一窝蜂挤进了小小的浦市。浦市人口激增，几近败落的工商业得以复苏，各行各业的商家猛增，其中南杂货业 160 余家，鞭炮业 125 家，绸布、油行、造纸、印刷等行业 187 家，各种加工作坊 50 多家，专门加工船钉的小铁匠铺有 300 多处，仅难民开办的茶馆、酒楼就有 40 多家，此外还有剧院、澡堂、旅社、客栈等 30 余家……吃喝玩乐，声色犬马，应有尽有，样样齐全。从而营造出浦市历史上一次虚拟的、短暂的、甚至有点畸形的繁盛。战争就是这样一个奇怪的东西，让一些人哭，让一些人笑，一会儿让这个地方莫名其妙地枯，一会儿又让这个地方莫名其妙地荣。

与浦市隔河相望的是隶属怀化的辰溪县方田乡，河边有小小的舴艋渡船，一人也渡，三个五个也渡，五角钱一渡，极便宜。对岸有一庙，名江东寺。本地传说天下共有三个半转轮藏，而这儿就有一个，转动起来，声如龙鸣，半夜十里外也听得清清楚楚。这是当地人引以为豪的器物，可惜毁于“文革”期间，我去时未能见到。

要说浦市的人文掌故，近代最出名的要数国民党“五虎上将”之一的刘峙。虽然他本人并非湖湘人，但他的继父却是地道的浦市人，幼时的刘峙因此而得以旅居于此。性受于所生之气，习成于幼弱之时，我一直以为童年是成就一个人日后事业的前兆和引线，但我猜想不出浦市曾给幼儿时的刘峙以什么样的启示。可有一点是明确的，浦市就是这样一个地方，埋的人里有点来头的却是个流匪头目的妃子，山水中那点儿灵气难得成就一名人，却是一个边边角角、遮遮掩掩的外乡人。

可我仍旧坚信浦市的第三次繁荣即将到来。繁荣的理由不再是商贸，而是旅游。在我看来，浦市的风物实在比猛洞河的王村有趣得多，沈从文是这样描述的："一切光景静美而略带忧郁。随意割切一段勾勒在纸上，就可成一绝好宋人画本。满眼是诗，一种纯粹的诗。生命另一形式的表现，即人与自然契合，彼此不分的表现，在这里可以和感官接触。一个人若沉得住气，在这种情境里，会觉得自己即或不能将全人格融化，至少乐于暂时忘了一切浮世的萦扰。"可浦市究竟缺点什么呢？缺少的也许是张艺谋的一部电影，刘晓庆的一碗米豆腐吧？

人是喜欢怀旧的动物，看惯都市里的高楼大厦，这些破旧的深宅房舍和油绿的青石板路就像苦瓜，可以清清火、开开胃。浮华总难长久，浦市是寂寞的，寂寞其实是另一种完整的存在。美丽总会等待人来发现和欣赏的，时间并非不可逾越的阻碍。

2000 年 7 月 16 日作于湖南怀化萤夜屋

走进濂溪书院

因机缘凑巧，匆匆闯进国家贫困县，湖南省边地汝城，无意中走进濂溪书院，也意外地走近了周敦颐。

我虽是湖南人，但主要还是在湘西一带游历，所以几十年来还是第一次涉足神秘的湘南。站在空旷无人的濂溪文化广场，望着桂枝岭麓的石砌挡墙上嵌着的“出淤泥而不染，濯清涟而不妖”几个大字，我不禁惊喜，这不是中学时期反复背咏过的《爱莲说》里的名句吗？难道作者周敦颐也是汝城人？我不禁暗自激动起来，在心里默吟《爱莲说》：

“水陆草木之花，可爱者甚蕃。晋陶渊明独爱菊；自李唐来，世人盛爱牡丹；予独爱莲之出淤泥而不染，濯清涟而不妖，中通外直，不蔓不枝，香远益清，亭亭净植，可远观而不可亵玩焉。予谓菊，花之隐逸者也；牡丹，花之富贵者也；莲，花之君子者也。噫！菊之爱，陶后鲜有闻；莲之爱，同予者何人？牡丹之爱，宜乎众矣。”

文章好坏不在长短。以浅白的文字表述深远的道理，既要让人看得懂，又要有嚼头和可以回味的余地，文字干净而富有意趣，而思想内涵不失精深，实在难得。《爱莲说》全篇，仅仅119个字，字字珠玑，百读不厌，有论有叙，有音韵有节奏，有意境有情趣，又有文字“气场”，并寄寓中国文人的一种千古人生理想，不能不说是古文中难得的名篇。

濂溪文化广场前确有一条小溪潺潺流过，但并不叫濂溪，而名秀溪。

真正的濂溪在湖南道县，离汝城远着呢。由广场绕上几米高的石砌挡墙，就是濂溪书院，依山而建，是座砖木结构的四合院式建筑，两层，占地面积三千余平方米，有大小房屋30余间。进入濂溪书院，迎面就是周敦颐的一座铜像，铜像立于书院庭院正中。绕过铜像，上几级台阶，是希濂堂。堂中正墙挂着一幅人物画，画中人物正是周敦颐。画顶有额“道学正宗”，画旁衬有一联“百王道统新吾宋，一代儒宗首此贤”，评价不能说不高。希濂堂左厅挂着一些由现代书法名家题写的周敦颐诗文，右厅是一些历代文人评价周敦颐的摘章。

这座濂溪书院始建于清嘉庆九年，就是为了纪念北宋文人周敦颐而建的，当时是1804年，离周敦颐去世已有730余年。周敦颐何许人也？为什么在七百年后，还有人为他修这么一座书院呢？其实，周敦颐是古代名人，但普通的现代人并不容易记住这个名字和这个人物。走进汝城濂溪书院之前，我对周敦颐的了解也仅限于《爱莲说》，并不知道其他。看了书院中的相关陈列和介绍，我对周敦颐不禁肃然起敬。

北宋是中国历史上比较特别的一段时期，出文人，而且出的尽是些大文人。周敦颐就是北宋人，但他似乎没有苏东坡、王安石、欧阳修等人有名。据潘兴嗣《濂溪先生墓志铭》、黄庭坚《濂溪祠并序》等古文介绍，可以粗略勾勒出周敦颐的生平和个性。周敦颐，字茂叔，原名敦实，因避宋英宗旧讳改名敦颐。道州营道人，也就是今天的湖南道县。周敦颐生于宋真宗天禧元年（1017年），卒于宋神宗熙宁六年（1073年），享年57岁，用现代人的眼光看，不算长寿，谥号元，称元公。周敦颐曾经在庐山之麓建有书堂，因堂前有一溪，周敦颐也是有家乡情结的人，恋旧，于是就用他家乡的濂溪为它命名，又将书堂取名为濂溪书堂，晚年定居在这里，所以后人又称周敦颐为濂溪先生，把他创立的学派称为“濂学”。

周敦颐的父亲叫周辅成，赐进士出身，官至贺州县令，在周敦颐

15 岁时去世。宋仁宗天圣九年（1031 年），年少的周敦颐随母亲从营道到京师开封，投靠舅父龙图阁直学士郑向，在舅父的抚育下成长。周敦颐并没有参加科考进入仕途，而是在 24 岁时，因舅父郑向的关系，被朝廷任命为洪州分宁县主簿，可以说官职不大，而且靠的是“关系”。庆历四年（1044 年）周敦颐调南安军司理参军。是年冬，移郴州郴县县令，宋仁宗皇佑二年（1050 年）改任桂州桂阳令，即现在的汝城。因周敦颐在郴州和桂阳都有治绩，得到上方的赏识和推荐，于仁宗至和元年（1054 年）改授大理寺丞，知洪州南昌县。仁宗嘉祐元年（1056 年）改太子中舍，签书署合州判官，共计五年。嘉祐六年（1061 年），迁国子监博士，通判虔州。宋英宗治平元年（1064 年）移任永州通判。宋神宗熙宁元年（1068 年），转虞部郎中，擢提点广南西路刑狱，次年移知南康军。熙宁五年（1072 年）定居于庐山濂溪书堂，次年六月病死于此。

这份简历中有几个要点可以特别注意一下。一是周敦颐年少丧父，投奔京师舅父，京师阅历，耳濡目染，对其成长是有深远影响的。二是他并没考取功名，而是因为舅父郑向是龙图阁直学士的原因走上仕途。三是周敦颐做了 30 年官，但政治生涯并不十分显达，始终是地方基层官吏，如主簿、县令、州判官、知州军等，并侧重于司法工作。官阶较小，在“官本位”思想比较严重的世人心目中，可能也是他不容易让普通的现代人记住的原因之一吧。

周敦颐是一位清官，黄庭坚称颂他“人品甚高，胸怀洒落，如光风霁月，廉于取名而锐于求志，薄于徽福而厚于得民，菲于奉身而燕及茕嫠，陋于希世而尚友千古”。我读周敦颐的《拙赋》，感到很惊奇：

“或谓予曰：‘人谓子拙’。予曰：‘巧，窃所耻也。且患在多巧也’。喜而赋之：‘巧者言，拙者默；巧者劳，拙者逸；巧者贼，拙者德；巧者凶，拙者吉。呜呼！天下拙，刑政彻，上安下顺，风清弊绝。'"

《拙赋》全篇仅有65个字，同样短小精悍，耐人寻味。抱残守拙，是老子的思想；甘当“傻子”，却是周敦颐的志向。现代社会人人争当聪明人，谁要骂自己是傻子，都会跳起来，恨不得找人拼命。谁愿意当“傻瓜”？周敦颐愿意。但周敦颐这种“守拙”思想，与中国传统文化中“温良恭俭让”的做人要求和思想渊源可谓一脉相承。我想，心存这样思想和境界并克己奉行的人，世间难得，不做清官也难。

四是周敦颐在汝城当县令大概四年，没有证据证明周敦颐的几篇传世之作完成于汝城，所以现在汝城打周敦颐这张牌，相对于出生地道县和作《爱莲说》的九江，总有点底气不足。五是历史对周敦颐的定位是理学开山宗祖，应该是思想家、哲学家之类。但他留下的《爱莲说》《拙赋》却脍炙人口，在文学史上占有一席地位，古人似乎文史不分，没有当今那么严格的界限。六是周敦颐留下的著作不多，包括他主要的著作《太极图说》《易通》，总共才6248个字，但在中国哲学史上影响深远，开宋明理学之先河，被尊为“宋五子”之首。古人惜墨如金，像老子的《道德经》也不过5000字左右，不像现在网络大行其道，每天盛产大量文字垃圾。

周敦颐的宋明理学的思想基础主要集中在《太极图说》和《易通》两部著作之中，可以说为后来影响700年之久的宋明理学的建立提供了核心的思想骨架。现在一般的看法认为周敦颐的思想广泛吸收和融汇了中国传统的儒、道、释三方面的思想，对儒家思想进行了充实和再造。可以说，周敦颐的新儒学思想，就是将佛、道思想中可为儒学兼容的东西融会贯通于儒家学说的产物。所以有人总结说，周敦颐对理学的最大贡献，就是首次为儒学创建了一个宇宙论体系，使儒家伦理的“人道”纳入宇宙论体系的“天道”之中。他提出的“无极而太极”的命题与“人和达天地”的思想，以及他构造的“无极－太极－阴阳五行－万物化生”的宇宙哲学模式，把中国传统的宇宙本原学说和天人合一学说推向了一个新的阶段。所以，清代学者黄宗羲在《宋元学案·濂溪学案》这样评述说：“孔孟而后，汉儒止有传经之学。性善微言，绝之久矣。元公（周敦颐）崛起，二程嗣之，又复横渠（张载）诸大儒辈出，圣学大昌……若论阐发心性义理之精微，端数元公之破暗也。”认为周敦颐是儒家承上启下的人物，充分肯定周敦颐的价值和地位。

而《宋明理学史》对周敦颐的评价是：“周敦颐的理学思想，对尔后七八年的学术发生了广泛而深刻的影响。《太极图·易说》《易通》成了理学的不刊经典，甚至被比作《论语》《孟子》。周敦颐在宇宙论、性论、道德论、教育论、政治论中所提出的问题和哲学范畴，如无极、太极、阴阳、五行、动静、性命、善恶、主静、鬼神、生死、礼乐、诚、无思、无为、无欲、几、中、和、公、明、顺化等等，为尔后理学家所反复讨论和发挥。周敦颐作为理学开山的地位，早已成为定论，其历史影响非常深远。”我认为此说还是比较客观和中肯的。但现代人对周敦颐不熟悉，除了现代人浮躁、实用、急功近利之外，我认为这与“五四”时期进步人士对中国传统文化中糟粕的批判，特别是对儒家理学的批判和嘲讽是不无关系的。

事实上，周敦颐的思想在他生前影响是有限的，一方面与他与世无争的人生态度可能有关，另一方面与他当时的地位卑微不无关系。而其思想后来大行其道，原因有多方面，不得不提的一个原因是，后来声名远播的理学大师程颢、程颐两兄弟是他的入室弟子。宋仁宗庆历六年，即1046年，程氏兄弟的父亲，大理寺臣程响在南安认识了周敦颐，见他“气貌非常人”，与他交谈后，更知周敦颐“为学知道”，有真才实学，便与他结为朋友，并随即将两个儿子程颢、程颐送至南安拜周敦颐为师受业。其实，二程在周敦颐门下受业时间不长，仅一年左右。《宋史·道学传》记载，程颢“自十五六时，与弟颐闻汝南周敦颐论学，遂厌科举之习，慨然有求道之志。”《宋元学案·明道学案》中，也有程颢自述云：“昔受学于周茂叔，令寻颜学仲尼乐处，所乐何事”的记载。后来，周敦颐又把自己著的《太极图说》传给二程。虽然二程所学和思想体系不完全出自周敦颐，但可以说受周敦颐的启蒙作用还是非常关键的。《千家诗》开卷第一首诗《春日偶成》：“云淡风轻近午天，傍花随柳过前川。时人不识余心乐，将谓偷闲学少年。”据说是程颢到汝城拜会老师周敦颐后作的，不知是真是假。

二程后来并不完全承认自己的思想秉承周敦颐。真正确立周敦颐地位的倒是二程之后的朱熹和张栻，朱熹誉周敦颐为“先觉”，并认真为《太极图·易说》《易通》作注。张栻则干脆尊称周敦颐为“道学宗主”。朱熹、张栻都是南宋时期数一数二的文人，朱熹是二程后理学的领袖，张栻是湖湘学派的主要传人。因这两个人的极力推崇，周敦颐名声渐起，滴水成河，终于形成气候，各地纷纷建濂溪祠纪念周敦颐，从而确立周敦颐的理学开山地位。

周敦颐另一项不易让人记住的功绩是他创建的濂溪书院的办学模式在后来中国教育史上发挥过重大作用，濂溪书院曾经遍布大江南北和岭南的广东、广西，他的学术思想还远播越南。很多朋友到长沙，去岳麓书院，对“惟楚有才，于斯为盛”的话耿耿于怀。其实是对“惟”字的误读，“惟”是语气词，不是“唯”的意思。我到岳麓书院，见文庙中王闿运题写的“吾道南来，原是濂溪一脉；大江东去，无非湘水余波”的对联，一直不明就里。直到汝城访濂溪书院时，我才恍然，王闿运真湖湘狂狷之士，此言也真正狂言。但由此可见周敦颐对后世文化影响的深远。

由于近年来中国经济的快速发展促成“中国崛起”势态的形成，客观增强了民族自信和文化自信，让人们开始重新审视传统文化，特别是儒家文化。在这种审视下，我相信，会有更多人重新认识和研究周敦颐其人其事。

我虽是湖南人，但对湖南人的思想渊源总不知其所以然，知道有个王夫之，有个魏源，而今又知道了周敦颐。

2007 年 11 月 13 日作于北京

纪念龚由青先生

其实，我与龚由青先生并不熟，也许并不适合写怀念之类的文章。我既不是他的学生，也不是他圈子里的旧友，更不是沅陵老乡，虽然我也是湖南人。

但这世上，不管是过去、现在，还是将来，绝大多数人都是不熟悉龚由青的，绝大多数人都是不认识龚由青的，绝大多数人甚至都不知道龚由青其人的存在。活着其实不易，让人知道曾经活着或正在活着更不易。城市里人挤人，似乎都挨得很近，事实上心与心隔得老远，人与人隔着河、隔着山、隔着一重重厚厚的钢筋混凝土……因而身在北京的我，常莫名地产生咫尺天涯的茫然和困惑。而我却因龚由青儿子龚老二的缘故，见过龚先生本人的面，跟他说过几句话，读过他写的书，在他家住过两次，所以虽然不熟，却比他人来说要近得多，不免也生感慨。

据《跳香》扉页的作者简介，龚由青先生生于1951年，但据龚老二讲，所载有误，其实际出生的确切时间应该是1949年5月23日，阴历闰四月二十六日，属牛，是共和国的同龄人。龚由青先生是个遗腹子，身世坎坷，人却豁达、开朗、乐观。独子，由母亲带大，而他却育有三个儿子。其二儿子龚昂，曾与我共事，相识于铁路施工工地。那时我们先后从学校毕业没几年，都很年轻，没结婚，似乎有无限的时间和精力可以大把大把地挥霍和浪费，都是“文青”和“愤青”，无所事事，内心满是古典怀才不遇似的愤恨，因谈得来，所以也算是朋友。而今，我与龚老二相隔两地，已多年没见面，仅偶尔通过电话或手机短信联系，都结婚生子，都远离文字，都远离书籍和阅读，都远离梦想，逃避文学。我常开玩笑调侃我夫人："为什么自从与你结婚后就越活越没有理想和追求了呢?"当然，这也算春秋笔法，古代昏君亡了国，往女人身上一推了事，红颜祸水。

2012年的4月3日不同于以往，北京的天气似乎一夜之间明朗起来，彻底甩开了冬季，花儿被一朵朵唤醒，喧闹起来，柳枝鹅黄嫩绿，婀娜在微风里。北京的春天很特别，不像南方，似乎少有乍暖还寒的扭扭捏捏，并不含蓄，一个健步就跨到了夏天。南方的春季"清明时节雨纷纷，路上行人欲断魂""沾衣欲湿杏花雨，吹面不寒杨柳风"，一路沟沟壑壑，山山水水，既美丽又充满诱惑和危险；北方的春季干旱少雨，一目了然，似乎又少了点神秘，特别是北京春季的空气里似乎总有一股子挥之不去的沙尘和柳絮味道，让人不知所措。记得周作人先生也曾在一篇小品文里抱怨，北京没有春天，或者说北京的春天并不明显。

因清明节休假，按幼儿园老师的安排，我们带着5岁多的女儿到南郊青龙湖去踏青，参加野外的亲子活动。晚上在家看电视，突然接到龚老二的电话。我的手机里存有他的手机号码，但我与他已久没联系，我的第一反应："你到北京了?"

"没。我还在江西的项目上呢。"许是很久不联系，龚老二在电话那头嗫嚅，声音有点奇怪。

"怎么想到给我打电话?"我很诧异。我感觉到龚老二的犹豫，或在调整心态和口气。

龚老二停顿了一下后告诉我说："我父亲于3月3日车祸走了，距现在已一个月整……"

"呵，呵。呵?"有这事。这是一个愚人节刚过，清明节在即的日子。听到这个消息，我首先是惊愕，随后是不信或者说不愿意相信，冷静下来，才发现其子通报之事，应不虚妄，不禁暗生扼腕之痛，双眼热泪。按我与龚由青先生那点可怜的交道，我本不应有过分的激动和悲痛。毕竟人到中年，已明显不像年少时那样容易感动和动情。挂了电话，我内心仍久久不能平复，想了想还是给龚老二回了一条手机短信："事出突然，望节哀顺变。"我觉得我似乎应该干点什么，但我能干点什么呢？写点东西？而我几年来为生活工作所挤榨，几乎没有动笔写成什么像样的东西了，没有半点舞文弄墨的兴致和激情。

几天后，我收到从沅陵凤滩水电站寄来的一个邮包，邮包里是龚老二让他弟弟寄给我的龚由青先生写的两本书。一本是中国戏剧出版社结集出版的中篇小说集《跳香》，另一本是珠海出版社 2010 年出版的剧本《二酉藏书传奇》。《二酉藏书传奇》是龚由青先生业已出版的最后一本书。龚由青先生的书有一个共同的特点，很奇怪，我所见过的都没有序和后记。抚书而叹，书在而人非，时光在意念间迅速倒流，沅陵那个地方又突兀地直奔眼前，遥远的湘西似乎又近了，触手可及。

我与龚先生接触，最开始还是因为书。二十世纪九十年代初，我大学还未毕业，在我的中学文学启蒙老师龙开柏先生的书架上看到一本书，是由中国文史出版社出版的《通敌内幕——大汉奸周佛海浮沉录》，从书的包装和装帧看，很市场化，很俗，似乎走的是通俗文学，或市井文学的路子，实际其内容是比较严谨的人物传记。当时市场上，林彪、戴笠、李宗仁等人物传记和相关书籍热销，龚由青这本书的出版想必也应是书商顺势而为的结果。周佛海祖籍沅陵，且在沅陵上过学，乱世之奸雄，是个非常有争议也非常传奇的一个人物。那个年代虽然改革开放多年，但内地要为反面人物立传写书，脱离"高大全"的路子，还是需要一定勇气和开创精神的。除此之外，龚由青写周佛海，很可能沉陵人写沅陵人的因素、责任和历史使命占了很大的成分，如司马氏写《史记》，猎奇心强，学术研究和史料分析可能相对弱些，应该不脱演义小说类的人物传记。

龙开柏先生是个诗人，怀化通道人，反复下过几次“海”，做生意都不太成功，他是《通敌内幕——大汉奸周佛海浮沉录》这本书的责任编辑之一。当时从他那儿将这本书借去翻了翻，也不觉得这本书写得有多好，也不觉得有多坏。也许是没静下心来认真阅读的缘故，所以还书时，也没记住作者的名字。后来，当我在龚先生家里再次见到这本书时，我高兴地对龚老二说：“龙开柏是我中学班主任、语文老师，与家父认识?”龚老二马上进书房询问龚由青，回来很失望，告诉我说他父亲并不认识龙开柏。我有点吃惊。后来，找机会就这问题又请教过龙开柏，先生想了想，说也不认识龚由青。我不禁哑然。应该说龚由青、龙开柏都是怀化人，且都是怀化文学圈子里的人，尚且都无缘认识，何况其他更不相干的人呢？人生有时很奇怪，有的人同在一座城市住了很多年，甚至在这座城市的街道上无数次擦肩而过，却就是不认识，“无缘对面不相逢”，可是过了若干年，经过若干事，却在另一个地点、另一座城市，因某个机缘，却相知相识了，甚至惺惺相惜，相见恨晚。

如今回想去，不像现在，当时出书不易，一般的作者并不考虑版税和稿酬，自费出书，书印出来不贴钱并能由出版社送一部分赠书以抵扣版税和稿酬，就是皆大欢喜的结果。龚先生 1982 年开始文学创作，时年 31 岁。《通敌内幕——大汉奸周佛海浮沉录》出版于 1991 年左右，那时龚由青先生已 41 岁，而这大概也是龚由青先生正式出版的第一本书。以标题和包装吸引受众，在地摊和火车上进行批量兜售，这多半是书商所为和所愿，难脱媚俗之嫌疑。虽未进行证实，但我斗胆猜测这本书的出版大概也属此类，所以我个人对这本书的质量和境界终究是不怎么完全认同的。

但我想这本书大概如同是沅陵出来的作家向本贵先生1994年由春风文艺出版社出版的《金客》一样，都是他们进入文坛后的初结成果之作，这些早期作品在我看来还略显粗糙和简陋，写作风格尚未完全定形，不能与其后期出版和现今的新作比肩，不可同日而语，还是两个层次的东西。但那个时代不像现在，出书很难，出书是件了不得的大事。出了书的人，社会上，特别是在怀化这个地方，都是要让人高看一眼的。这种氛围和社会环境也存在于其他地方，给予这批有文学信仰和文学追求的人前所未有的自信和鼓励，再加上这些人对文学近乎宗教似的坚守情结和自身持之以恒的努力，最终造就了一大批作家，龚由青、向本贵也是其中之一。我以为，龚由青、向本贵都是讲故事、编故事的高手，但都受限于自身的家庭背景、成长经历、生存环境，都不是那种天才型作家，但他们也都有天分和灵性，但其天分和灵性更依赖于其后天的勤奋、努力和坚守并得以激发，结出硕果。而他们这一代的作家，既不像二十世纪二三十年代的作家从容、睿智和思辨，也不像现在充斥网络的以码字为乐、寻找心理和生理快感的文字“流氓”和文字“嬉皮士”。龚由青他们这一代作家多是路遥式的愿意献身文学事业的斗士和猛士，很投入，很“拼命”，很理想，恨不得点燃自己，照亮一小片地方，有时却因过于努力不免失于功利，因功利有时不免失之精致。当然，这些也许只是我一个文学门外汉的胡说瞎论。

也因为龚由青的缘故，我认识了向本贵。用龚老二的话说，他父亲与向本贵熟得很。但究竟熟到什么程度，我不太清楚，也不好深问。但从龚老二的肢体语言和神色来看，好像是拜过把子式的兄弟。但是否真的拜过把子，没有实际的证据，只知道向本贵、龚由青都是沅陵籍作家，都写小说，起步阶段都注重传奇和故事，都是很会讲故事的人，现实生活中也确有交往和交情。事实上，我到怀化市文联文化山拜见向本贵之前，我曾随龙开柏先生去过两次，记得有一次是龙开柏先生在舞水河边接办了一家酱油厂，春节期间，我陪他到怀化市文联给谭士珍、桯子厚等先生送过自酿的酱油，但没有见向本贵。

还记得那次是冬季，向本贵在家里请龚老二吃腊肉火锅，龚老二邀我作陪。当时很多场景都已忘记，只有三点记忆犹新：一是向本贵先生亲手做的腊肉火锅，不知道用了什么祖传秘方，好吃得很，至今回忆起来还常流口水。后来我自己在家，用腊肉也做过几次火锅，但都没有在向本贵家吃的那次好。腊肉可以有火锅吃法，在我的人生中还是第一次。后来因工作原因，从东走到西，由南吃到北，发现一般火锅都不用腊肉，腊肉吃法很多，也很少做火锅；二是那天天气很冷，怀化的冬天不像北京有暖气，这里冻得透骨头，当时我酒量还没锻炼出来，不胜酒力，龚老二喝了不少酒，向本贵不知何故似乎滴酒未沾，但大家在一起喝得很热闹；三是向本贵席间说过一句话，他说："若能干其他工作，最好别选择文学。文学道路充满艰险……"那时，我和龚老二都不是学中文出身，但怀有一个文学梦想，我们当时没说什么，心理却是"少年不识愁滋味，为赋新词强说愁"的年龄，我们不怕累，也不怕吃苦，向先生的话无疑在给我们泼冷水。后来，有事没事时，我常独自玩味向本贵这句话，甚为感叹。饭后，我从龚老二那里找了一本向本贵的小说《金客》，认真读完，感觉写得并不怎么好，没有超出我内心的预期。但我自此后倒特别关注报纸杂志上向本贵的文章和动向，包括他的《苍山如海》出版获奖，龚老二拿来一本向本贵亲笔签名的书炫耀，我还羡慕不已。此后，我没再见到过向本贵本人，不知将来是否还有缘再亲临拜访。

湘西出土匪，也出文人。当时沈从文还没有像后来那么热，我已经就是一个比较狂热的沈从文迷，是沈从文的铁杆"粉丝"，不仅自己在读沈从文的文章，还到处推荐别人读沈从文。虽如此仍不过瘾，后来干脆从怀化一家小店里淘了一套十二卷本的《沈从文文集》，又买了两套20册本的《沈从文别集》，自己留了一套《沈从文别集》，另外两套送给贵州的两位朋友，我对贵阳的朋友介绍说沈从文的祖父可是做过贵州提督的。沈从文小学没毕业就过上了军旅生活，游荡在沅水流域，没当成军人，却成就了一个文人，很传奇。读万卷书行万里路，读沈从文的书还不过瘾，就有意识有计划地邀友沿沈从文年轻时的足迹游历，陆续到过凤凰、吉首、王村（芙蓉镇）、矮寨、芷江、黔城、辰溪、凤滩、乌宿、泸溪浦市、沅陵等地，乘船或坐车，全都是最原始的自助游，回来后也试着写过一些游记散文发表，其中有两篇是关于沅陵的，一篇是《沅陵的寺》，另一篇是《凤滩黄昏》。

我去过沅陵三次，一次是携友而至，吃凤滩的鱼，真天下美味。另两次，是闲着没事，受龚老二的邀请，到他家住了两天。龚由青的家在县府大院的里面，楼房，位于虎溪山头，好风水，站在他家的阳台，远望南方，正对酉水入口，东西而去是沅江，正好是“临沅对酉，二川之交汇”的地方。近看，一墙之隔，有一座翻修过的千年古寺，名龙兴讲寺，该寺敕建于唐贞观二年，但早已废弃，没有和尚，也没有香火，仅存一可供游玩的人文景观。同时，也是虎溪书院所在地，明朝在贵州悟道的王阳明出山时，途经沅陵，曾在该寺住了几个月，并开堂讲课，所以这座寺庙更像一座书院，人文气足。后来，又增设为沅陵博物馆，除了放置许多有关沅陵的文物外，比较著名的是展出一具元代沅陵知州黄澄存的干尸。我常想，龚由青先生住在这里，有事没事，或创作疲乏了，是否常进寺转转，换一下思路，寻找一点创作的灵感，或发一点古人的幽思。

沅陵县城其实不大，龚由青的家往东，有桥，江心有一岛，不大，名河涨洲，也名“和尚洲”“合掌洲”，每一个名字都有一个掌故或传奇。望着这座岛和岛上的龙吟塔，我向龚老二复述沈从文《沅陵的人》里写这岛上菜园主的小女儿夭夭与土匪团长纯美的爱情故事，龚老二当时好像有点茫然，没细读过沈从文书的沅陵人大有人在，一般也并不知道那些故事和传说，故事和传说的流传是有一定范围的。而湘西的一切神话和传说，正如沈从文的叙述一样古艳动人。河涨洲隔河相望就是凤凰山，山上有座岩洞，据说囚禁过张学良将军。此外，可以逛的是沅陵城内的马路巷，这条街拥挤着天主教天主堂、基督教永生堂、伊斯兰教清真寺、佛教自圆寺等宗教的四座庙堂，很是古朴，让人颇生感慨。

第一次住龚由青家，大概是1997年的冬季，临江的沅陵冷得出奇，记得当时龚由青先生的小说《狃花》刊发于《中国故事》第一期，刊样刚寄到家里，他非常高兴。沅陵这个城市不大，这消息很快传遍整个沅陵文学圈的朋友。文章刊发了，龚先生脸上有光，沅陵人似乎都能沾光，所以龚先生高兴大家也都很高兴。龚老二也很兴奋，带着我到沅陵街面上游荡，介绍我认识沅陵诗人戴小雨，到戴小雨开的一家店面里，大家围着炭火坐着喝茶，谈文学，谈诗歌。戴小雨的名字很好记，很容易让人联想到戴望舒先生的《雨巷》。那时的我并不善言谈，也不习惯朗诵，内心自认为文学是一项孤独的事业，很内向，因而也不太习惯争辩。但我喜欢倾听，好在戴小雨很健谈，记得当时戴小雨用略带沅陵口音的普通话当众朗诵他刚完成的两首小诗，并向我解释诗里引用的一个方言典故，我不置可否，没有发表意见。

第二次住龚由青家，是夏天，我陪龚老二从怀化乘中巴赴沅陵，天热坐在车上犯困，中途上来三个烂崽，将乘客洗劫一空，龚老二人长得胖，睡着了，衣袋被割破，钱包被偷走。烂崽下车后，我叫醒他，所幸钱包里的钱不多。回到家，龚老二跟父母一说，龚由青也仅问了一下情况，感慨了一下，没有过多指责，然后匆匆吃完晚饭，躲进书房写书去了。龚老二悄悄地告诉我说，他父亲在创作剧本。我们在家里蹑手蹑脚，像两个贼娃子，生怕打扰了龚先生的创作思路。现在回想，我估计是龚先生刚开始着手《二酉藏书传奇》的创作，正是文思泉涌的时候。所以，我们吃完饭，就穿过龙兴讲寺，跑到寺前的河滩上漫步。残阳似血，泼洒在江面上，青山如黛，倒映于江水中，如诗如画，景色美得让人心跳，让人激动，让人忧愁，恨自己怎么不是一个货真价实的诗人。沈从文在文章里曾说“美丽总是愁人的。”这话记忆深刻，却难以理解。面对眼前风景，我对龚老二说，我懂了。

在河滩上我们看见正在用传统方式建造的木船，在一片被推土机新推开的建筑工地上，我们发现了一块方方正正的大石头，上面用繁体中文和英文标注着“贞德女子中学”奠基石。“呵？沅陵有教会学校？不得了！一般超过50年的东西就是文物。这东西应该进沅陵博物馆，或者怀化博物馆。只是这东西太大太重，非有机械才搬得动。”我有点激动地对龚老二说。后来，我又查了一下资料，发现私立贞德女子中学创办于1923年，由光绪三十二年美国基督教会在沅陵设立的中西女学堂改名而成。而在此之前的1902年，震惊中外的“辰州教案”就发生在沅陵。回到龚家，龚老二又找机会向他父亲报告了我们在河滩上的发现。多年来，我一直还惦记着那块奠基石，不知现在流落何处，或者被重新埋入地下，或者真的被收入博物馆，或者被丢进沅江，又或者被彻底毁灭消失。很难说，石头尚且如此，何况由血肉组成的人呢？

事实上，我发现，沈从文笔下的沅陵、我现实感受的沅陵和沅陵人眼里的沅陵很不一样。我调到北京工作后，曾将我写的散文《沅陵的寺》发表在网上，并因此结识了沅陵女诗人魅力兰朵，她当时在长沙，她说：“沅陵那个地方有什么好的，居然有人写关于沅陵的文章，还写得这么好？”魅力兰朵当时正策划到北京考学，想考电影学院编剧类的研究生。不久后，她便从长沙搬到“荒芜”的北京，成了一名“北漂”，当时她在北京西三环边上法律出版社的一家杂志社里任编辑，与人合租六里桥东的一座24层高塔楼的顶楼一套两居室房子。我对她说，我认识沅陵龚由青和戴小雨。“呵呵，我也认识。”她欣喜地说，以为我并非妄人，无形增添我在她心目中的信任度，当时我并不太喜欢会见网友。“但他们都算不了什么，截至目前，沅陵只有一个真正的诗人——那就是我！”魅力兰朵含笑对我说，眼里满是狡黠和自信。这话让我有点不知所措，不知道是开玩笑，还是当真。因她这句话，很受刺激，我回家后从网上搜索了大量她的诗歌，认真拜读，却也叹服，确实是一真诗人。其诗其人其事，处处闪现沅陵人那种自信和传奇的色彩。但我终非文学圈的人，后与魅力兰朵也少了来往，也不知道她后来是否真的顺利考上了电影编剧的研究生。

其实我内心很佩服和赏识魅力兰朵闯荡的胆识和勇气，也常惊羡1922年沈从文独自离开湘西到北京闯荡的坚定和毅力。虽年仅20岁出头，沈从文也应算年少轻狂，但已明确自己的人生目标和人生追求。当时沈从文的决定很明确：“尽管向更远处走去，向一个生疏世界走去，把自己生命押上去，赌一注看看，看看我自己来支配一下自己，比让命运来处置得更合理一点呢，还是更糟糕一点？”不像我们大多数人仅为了养家糊口，浑浑噩噩混迹人世。沈从文初到北京与沅陵似乎也有些关系，当时他身上仅十来块大洋，寄住在前门外杨梅竹斜街六十一号的湖南酉西会馆，受惠于那时的会馆制度，租金可以不交、拖欠或少交，但钱很快用完。据说当年郁达夫到酉西会馆来看望这位文学青年时，沈从文非常窘迫——北京的大冬天，屋里没有火炉，沈从文只穿着两件夹衣，用被子裹着腿坐在桌旁写小说。沈从文也真算是吉人天助，他乡遇贵人，郁达夫把他戴的围巾送给了沈从文，掏出五元的票子请沈从文吃饭，花掉一元七角，剩余的三元多全给了沈从文。一回到住处，沈从文禁不住趴在桌上痛哭。这餐饭，犹如韩信困厄受漂母一饭，让沈从文记了一辈子。而郁达夫走后，连夜写成了著名的《给一位文学青年的公开状》，郁达夫在文章中，称沈从文性格“简单愚直”。“简单愚直”是比较文绉绉的说法，我认为在湖湘方言中就是“霸蛮”，湘西人或湖南人性格里普遍存在“霸蛮”的个性和气质。“霸蛮”是个中性词，既有褒义，如坚韧和执着，认定方向永不回头，明知不可为而为之；也有贬义，固执，横蛮，认死理，或不讲理。湖南人说：“这个人好霸蛮。”要具体看语境，有可能是赞许，也有可能是批评，还有可能是调侃玩笑。客观地分析，沈从文后来的文学成就，与郁达夫等将其适时引入“京派”文人圈不无关联。

沈从文就是在这样的环境条件下，作为北京这座都市里最后一个“乡下人”，遥望湘西，书写湘西，成就其文学梦想。我曾不止一次用沈从文进京这个案例，与友人调侃说，其实文学事业不全是个人奋斗的结果，有时是环境逼出来的，像你我这种养尊处优惯了的，将来很可能一事无成。而沈从文笔下湘西最美的两个地方，一个是他的故乡凤凰，另一个就是沅陵。新中国成立前，沅陵因临沅江的独特地理位置，以及水运在多山的湘西在运输方面绝对的优势，自古一直是湘西的政治、经济、文化中心；新中国成立以来，沅陵因远离铁路，而逐步被怀化所取代。若当年不离开湘西，沈从文后来也曾设想其命运——“假若命运不给我一些折磨，允许我那么把岁月送走，我想像这时节我应当在那地方做了一个小绅士，我的太太一定是个略有财产商人的女儿，我一定做了两任知事，还一定做了四个以上孩子的父亲；而且必然还学会了吸鸦片烟。”那么，湘西可能多了一个开明的乡绅，中国少了一个有着世界影响的文学家。

但世事留与走，得与失，成与败，也很难说。龚由青生在沅陵，长在沅陵，死也死在沅陵，对沅陵的执着，对文学的执着，对人生的执着，造就了龚由青先生今生对文学的成就和对人生的理解。龚由青的作品也无不围绕着沅陵这片土地的历史、人物和风景展开，扎实而不失浪漫，传奇而不失沉稳，不离不弃，不浮不坠，身在其中却能跳出三界之外，自成一格。其实，目前社会上最缺少的是对龚由青先生作品及其人的系统研究、论证和准确定位。正如他大儿子在追悼会悼词里叙述那样：“实际上，年龄越大，我对他的了解却越来越少，不了解他的作品，不了解他的追求，不了解他的快乐，不了解他的悲伤，也不了解他的志向。我甚至没有认真地读完过他的一部著作。”其子尚且如此，何况他人。

虎父犬子，知子莫如父，知父莫如子。所以龚由青培养的三个儿子也非常有意思，不知道是巧合，还是命运，选择了不同的人生道路和志向。大儿子远离沅陵，执意“游历巴蜀荆楚”，似乎相信“熟悉地方没有风景”，现定居重庆；二儿子因就职于一家国有工程施工企业，常年东奔西走，走南闯北，日夜奔波在祖国建设工地上，却在沅陵娶妻生子，不忌长年夫妻分居思念之苦。龚老二的夫人我见过，是名中学老师，皮肤略黑，让人联想起沈从文笔下《边城》翠翠的模样。这个婚姻可能与龚由青早年在沅陵当过老师有些关联；而三儿子落地生根，固守沅陵……

生于水而死于水，自土中来还归于土，生死是人生大事。不死，那是神仙、机器人或超人，不是食人间烟火的凡人。正因为存在死，人对生才倍加珍惜和留恋。2012 年 3 月 3 日，沅陵大雨，龚由青先生一行四人连车带人翻进深溪口河里，三人遇难，仅一人生还。我本是局外人，与龚由青先生非亲非故，又不熟，又远离文字，好几年没写成一篇像样的文章，本不能写这篇怀念的文章。只因认识龚老二，又知龚由青先生确已离世，不免心生戚戚，左思右想，总得干点什么，所以还是提笔记一些人和事，写下一点我记忆里有关沅陵和有关沅陵人、事的点点滴滴，拼接在一起，以寄托我对逝者的哀思，对生者的感慨。

沉陵，春天，2012，魂兮归来。

2012 年 4 月 20 日作于北京海淀复兴路 69 号

永远的边城

沈从文是一座城，边城，永远伫立在那里，不倒。

我一直想不自量力写篇有关沈从文的文章，却又总在犹豫。一是担心能力有限，怕写不好；二是研究沈从文的专家和专著论文太多，怕不能道他人之未道，拾人牙慧，“炒剩饭”，写不出新意；三是想说想写的东西不少，怕下笔万言，却无关痛痒，不得要领，写不到重点。

我最早接触沈从文的文章，是在初中语文老师的书架上看到湖南人民出版社 1981 年版的《沈从文小说选》，厚厚的一本，标价才 1.60 元。当时我在湘西怀化读高中，淡淡地读去，也不觉得沈从文的文章有多好。因为故事情节远没有《三国演义》《水浒》《福尔摩斯探案》和金庸武侠小说热闹，因而并不怎么吸引我。但后来终因要就近到怀化周边的芷江、洪江、辰溪、沅陵、浦市、凤滩、王村、凤凰、麻阳、溆浦等地游荡和玩耍，不知是出于好奇，还是爱好，读了不少沈从文的书，渐渐读进去，迷上了沈从文。曾购过两套岳麓书社出版的《沈从文别集》(20 卷)、一套花城出版社出版的《沈从文文集》(12 卷)，其中两套分别送人，自留一套别集。后来，凡与沈从文有关的，似乎要多看一眼，多留意一些。便又陆续购阅了夏志清的《中国现代小说史》、金介甫的《沈从文传》、凌宇的《沈从文正传》、李扬的《沈从文的最后 40 年》、黄永玉的《比我老的老头》《无愁河上的浪荡汉子》、金安平的《合肥四姊妹》、张允和的《最后的闺秀》、钱钟书的《写在人生边上》《人·鬼·兽》《林徽因文集》《凤凰文史资料——怀念沈从文专辑》，以及汪曾祺写的有关沈从文的文章和《丁玲文选》。有些认真读完，有些也只是随便翻翻。前些时候又在网上购得北岳文艺出版社 32 卷本精装版的《沈从文全集》，作为镇宅之宝，准备等将来孩子长大，孩子若也喜欢，作为她的“嫁妆”。

我从不经意地开始读沈从文的书，进而关心其人，了解他的生平事迹，爱屋及乌，开始关注与他有关的人和事，从而彻底升级为“沈迷”。因为是铁杆“粉丝”，有时不免“走火入魔”，如到北京、上海、昆明、青岛、武汉、苏州等地出差或游玩，不禁想沈从文也曾来过这里，似乎要循其足迹和心灵轨迹，感受和打捞沈从文已飘逝在时间流水中的心境和感受……总有些莫名其妙的联想和无关紧要的想入非非。

沈从文的自信和自谦

沈从文不光对外，对自己夫人张兆和及家人，都一直坚称自己是“乡下人”。1986 年，沈从文去世前两年，他在《自我评述》中仍然说：“我人来到城市五六十年，始终还是个乡下人，不习惯城市生活，苦苦怀念我家乡那条沅水和水边的人们，我感情同他们不可分。”到城里，一直坚称自己是“乡下人”，一方面可能是自谦，另一方面可能是自嘲，也可能还有戏谑的成分。而对于沈从文来说，可能更多的是自信，骨子里“我本楚狂人，凤歌笑孔丘”，嘲讽那些养尊处优的“城里人”，不愿意站到“城里人”的阵列里去。夏志清曾评说：“为表示他与其他作家的不同，沈从文很喜欢强调自己的农村背景（以别于在大都市受教育出身的作家）”“他既自称‘乡下人’，自有一番深意。这固然是要非难那班在思想上贪时髦，一下子就为新兴的主义理想冲昏了头脑，把自己的传统忘记得一干二净的作家。”我以为，沈从文自称“乡下人”，另一个目的可能是在内心深处有意将自己和自己的作品“边缘化”，以“边缘化”来拒绝“媚俗”，找寻和创建一种“永恒”。沈从文认为，“生命本身不能凝固，凝固即近于死亡或真正死亡。惟转化为文字为形象，为音符，为节奏，可望将生命某一种形式，某一种状态，凝固下来，形成生命另外一种存在和延续”。

二十世纪九十年代末，我携友同游湘西凤凰，拜谒沈从文墓，见那块犹如《红楼梦》大荒山无稽崖青埂峰的石头上刻着“照我思索，能理解‘我’；照我思索，可认识‘人’”的墓志铭，着实让我大吃一惊。愕然于墓地间，久久徘徊，不肯离去。一是困惑，不明就里；二是深感其人“狂妄”，竟然以这样的两句话做墓志铭。这不光是需要一些胆量，而且是需要格外的自信。后来，我翻阅了很多书籍，寻找出处，才发现这句话源于沈从文的遗作《抽象的抒情》。《抽象的抒情》应该作于1961年，文章写得很好，有些观点在当时可能显得过于“敏感”而不合时宜，或因其他种种原因，一直到沈从文去世后才公开发表。

据一些专家分析，钱钟书曾在《猫》《魔鬼夜访钱钟书先生》两篇文章中影射过沈从文。其中中篇小说《猫》中的曹世昌，钱钟书是这样写的：“举动斯文的曹世昌，讲话细声细气，柔软悦耳，隔壁听来，足使人误会心醉。但是当了面听一个男人那样软绵绵地讲话，好多人不耐烦，恨不得把他像无线电收音机似的拨一下，放大他的声音。这位温文尔雅的书生爱在作品里给读者以野蛮的印象，仿佛自己兼有原人的率真和超人的凶猛。他过去的生活笼罩着神秘气氛。假使他说的是老实话，那么他什么事都干过。他在本乡落草做过土匪，后来又吃粮当兵……论理有那么多奇趣横生的回忆，他该写本自传，一股脑收进去。可是他只东鳞西爪，写了些带自传性的小说；也许因为真写起自传来，三十多岁的生命里，安插不下他形形色色的经历，也许因为自传写成之后，一了百了，不便随时对往事作新补充。他现在名满文坛，可是还忘不掉小时候没好好进过学校，老觉得那些‘正途出身’的人瞧不起自己，随时随地提防人家损伤自己的尊严。蜜里调油的声音掩盖着剑拔弩张的态度……”《从文自传》写于1931年，沈从文时年仅29岁，对于一个希望靠稿酬和版税养活自己的人，不到30岁就写自传，并能把自传卖出去，有人买有人读，非有点自信不可。两相比较，我以为钱钟书更学者，沈从文更文学。

另一篇是《魔鬼夜访钱钟书先生》，钱钟书借魔鬼的嘴，自说自话，其中有关“乡下人”的论述肯定是指向沈从文的。“乡下人”可能是沈从文当时面对城里人和文化人，常挂在嘴边的“口头禅”。我常想，沈从文后来在二十世纪三十年代挑起“京派”“海派”之争，其本意“京派”可能是指其一向标榜的“乡下人”，追求生命的独立，摆脱人身依附，强调文学自身的独立性；而“海派”是指常以“城里人”自居，一向瞧不起“江北人”和“外乡人”的“上海人”做派，并不完全是鲁迅后来各打五十大板那样，说“京派”是官的帮闲，“海派”是商的帮忙。沈从文对加入门派和组织，一直心存很深的疑虑、戒备和警惕。也正因为不愿意依附任何流派，甘当蝙蝠，非禽非兽，左右不讨好。新中国成立以后，沈从文的作品在台湾地区、香港地区和大陆三地都同时被查禁或不允许印刷出版，这是很有趣的现象。

沈从文在文章《习题》中写道：“我实在是个乡下人。说乡下人我毫无骄傲，也不在自贬，乡下人照例有根深蒂固永远是乡巴佬的性情，爱憎和哀乐自有它独特的式样，与城市中人截然不同！他保守，顽固，爱土地，也不缺少机警，却不甚懂诡诈。他对一切事照例十分认真，似乎太认真了，这认真处某一时就不免成为‘傻头傻脑’。”对于“乡下人”这一概念，沈从文在他的很多文章里曾反复提及。如在《从文自传》里他写怀化镇时说：“这地方给我的印象，影响我的一生感情极其深切。”当时他是军队里的上士司书，在怀化亲眼看过杀过七百人，“这一分经验在我心上有了一个分量，使是我活下来永远不能同城市中人爱憎感觉一致了。从那里以及其他一些地方，我看了些平常人没看过的蠢事，听了些平常人没听过的喊声，且嗅了些平常人没嗅过的气味，使我对城市中人在狭窄庸懦生活里产生的做人善恶观念，不能引起多少兴味，一到城市中来生活，弄得犹豫孤僻不像一个正常‘人’的感情了。”我认为这段话是沈从文对“乡下人”一条很好的自注。

钱钟书对沈从文的影射，不过是借题发挥的善意幽默，他本人与沈从文并没有什么过节和恩怨。而郁达夫在《给一位文学青年的公开状》对沈从文这样评价：“我真佩服你的坚忍不拔的雄心。不过佩服虽可佩服，但是你的思想的简单愚直，也却是一样的可惊可异。”黄永玉在1988年写的《这些忧郁的碎屑——回忆沈从文表叔》中，说钱钟书有次对他谈起沈从文，说“从文这个人，你不要以为他温文典雅。他骨子里很硬。不想干的事，你强迫他试试！”我总觉得钱钟书这个说法和郁达夫的评价相得益彰，都非常准确，符合沈从文的实际。钱钟书似乎也是有意要告诉身为沈从文侄子的黄永玉，是否另有深意，不得而知。

沈从文对其二十世纪三十年代后的作品是充满自信的。1934年沈从文在回湘西途中给张兆和的书信里谈道：“我想印个选集了，因为我看了一下自己的文章，说句公平话，我实在是比某些时下所谓作家高一筹的。我的工作行将超越一切而上。我的作品会比这些人的作品更传得久，播得远。”1942年沈从文在写给沈云麓的信中说道：“我总若预感到我这工作，在另外一时，是不会为历史所忽略遗忘的，我的作品，在百年内会对于中国文学运动有影响的，我的读者，会从我作品中取得一点教育。”面对沈从文文章的新奇、诗意、哀愁和自说自话，我常想，沈从文的自信和自负究竟源于哪里。虽然现在阅读沈从文，感觉其作品似乎非常“乡土”，事实上处于二十世纪“白话文运动”开展方兴未艾之时，沈从文的作品在当时是非常“先锋”和“前卫”的。

人活在世上，是很复杂的，并非说好就是一边倒的好，说坏便一无是处。人活在世上，往往毁誉参半，甚至盖棺也难有定论。对沈从文其人，有人喜欢，也有人不喜欢。对其文章，同样有人喜欢，也有人不喜欢。据说像鲁迅、郭沫若、孙犁就不怎么喜欢沈从文的文章。因另外的一些过节，郭沫若曾痛下“杀手”，说沈从文是“桃红色”的“反动”作家，这是逼迫和导致沈从文自杀的诱因之一。孙犁曾说沈从文的文字“蹩脚”。范曾曾说沈从文那一套“过时”了。萧乾作为沈从文的学生，后来与沈从文也产生过很深的误会。曾为好友、后来却积怨很深的丁玲对沈从文的评价却是：“贪生怕死的胆小鬼，斤斤计较个人得失的市侩，站在高峰上品评在汹涌波涛中奋战的英雄们的绅士。”丁玲在《一个真实人的一生——记胡也频》中说：“沈从文是一个常处于动摇的人，又反对统治者（沈从文在青年时代的确也有过一些这样情绪），又希望自己也能够在上流社会有些地位……沈从文因为一贯与新月社、现代评论派有些友谊，所以他始终有些羡慕绅士阶级，他已经不甘于一个清苦的作家的生活，也不大满足于一个作家的地位，他很想能当一位教授。”这些都说明沈从文个性还是很强的，别想随便什么人都想把他当软柿子捏。与此同时，对沈从文也有特别推崇的，如夏志清。夏志清在《中国现代小说史》中着重讲了四个人——张爱玲、沈从文、钱钟书、张天翼。夏志清常感叹：“沈从文从不改造自己。”瑞典文学院院士，诺贝尔文学奖评委马悦然曾评价沈从文说：“他的价值是，包括鲁迅在内，没有一个中国作家比得上他。沈从文是二十世纪中国最伟大的作家。越是知道他的伟大，我越为他一生的寂寞伤心。”对于夏志清、马悦然等人的推崇，也有很多人并不买账。

倒是沈从文自己比较清醒和自谦，在 1981 年湖南人民出版社出版的《沈从文小说选》“题记”里他写道：“我自知是个资质平凡的人，从事文学创作，一半近于偶然。一半是正当生命成熟时，和当时新的报刊反映的新思潮的接触中，激发了我一种追求独立自由的童心和幻想。”

沈从文的学习和运气

沈从文没有任何文凭，仅小学学历，却历任近代几所著名大学的老师，真是一个传奇。1929 年 8 月，沈从文 27 岁，经徐志摩推荐，校长胡适破格聘任他为中国公学的讲师。1930 年 9 月，沈从文任武汉大学助教。1931 年 8 月，沈从文任青岛大学讲师。1939 年 6 月，沈从文被聘为国立西南联大副教授。1946 年 5 月西南联大宣告解散，沈从文被聘为北京大学教授。直到 1949 年 8 月到历史博物馆工作，他有长达 20 年的大学教学经历。

我常与朋友探讨，像沈从文这种仅高小毕业的文化程度，因无学历根本无从考取大学的沈从文，几年后居然跑到大学讲坛，给大学生们授课，真是中国近代教育史的奇迹。1923 年 8 月沈从文离开湘西到达北京，可以说是最早的“北漂”。沈从文后来回忆，不无感慨地说：“刚到北京，我连标点符号都不知道”，当时他想“考燕京大学二年制国文班学生，一问三不知，得个零分，连两元报名费也退还。”而按汪曾祺的说法，沈从文讲的课相比其他教授，并不能算精彩。而在当时的大学讲坛，像沈从文这种现象并非特例，如陈寅恪、梁漱溟、钱穆，甚至数学家华罗庚等都没什么大学学历和文凭，都被时任校长的胡适、蔡元培破格聘任。倒是“怪才”辜鸿铭精通 9 种语言，有 13 个博士学位，也在同所大学任过教。这可能与那个时代大学办学强调“教育独立”，把“独立之精神，自由之思想”作为学术精神追求与价值取向不无关系。朋友常唏嘘，像那种情况和境遇，在当前越来越强调文凭和学历出身的中国，是不可复制和重现的。文凭和学历固然是一个人能力的某种证明，但过分强调文凭和学历，把文凭和学历作为衡量人能力的唯一标准往往有失偏颇，也可能是造成假学历和假文凭“滥觞”的缘由。我常与朋友交流，文凭和学历也许只是给人提供初始步入社会的平台，但人生的路还很长，起步高并不能推导出成就一定就高的结论。所以大学教育更为重要的是培养一个人的思维方式和思维习惯，培养一个人的学习能力和学习习惯，并非大学一毕业，万事大吉，就掌握了人生的全部秘密、生活的全部知识和生存的全部能力。人生更为重要的是离开校园后的自我提高和继续学习。

按《从文自传》的说法，沈从文两岁开始有明确的记忆，不能说不早慧。6 岁入私塾，但对所学课程没有兴趣，开始狂热地逃学和说谎。沈从文逃学干什么？上山爬树，下河游泳，捉蟋蟀，捞鲫鱼，看木傀儡戏，看铁匠打铁，看屠户杀牛，看榨油，看修船，看鞭炮制作，琢磨织布机器，偷李子枇杷，采山果野莓，热衷于玩耍打架，河滩上数死人，甚至学会扔骰子赌博，学粗话野话。用沈从文的话说："我读一本小书同时又读一本大书""我上许多课仍然不放下那本大书"。在沈从文看来，书本是死的，人生的大书是活的。

在《在私塾》中，沈从文不无得意地回忆："我是在八岁上学以后，学会逃学起，一直到快从小学毕业，顶精于逃学，为那长辈所称为败家子的那种人，整天到山上去玩的。"在《从文自传》他还解释说："我从不用心念书，但我从不在应当背诵时节无法对付……家中不了解我为什么不想上进，不好好地利用自己的聪明用功，我不了解家中为什么只要我读书，不让我玩。我自己总以为读书太容易了点，把认得的字记记那不算什么稀奇。"看书识字，对于沈从文来说，不在话下。"总而言之，这样玩一次，就只一次，也似乎比读半年书还有益处。若把一本好书同这种好地方尽我拣选一种，直到如今我还觉得不必看这本弄虚作伪千篇一律用文字写成的小书，却应当去读那本色香具备内容充实用人事写成的大书。"沈从文以为人生和社会才是"大书"，比书本那本"小书"更重要。对教育，沈从文在散文《泸溪·浦市·箱子岩》中颇有微词："新的普通教育，造成一种无个性无特性带点世故与诈气的庸碌人生观。这种人生观，一部分人自然还以为教育成功，因此为多数人所扶持。”但沈从文对自己的次子沈虎雏没有上大学，而是去读中专，学机械，虽然充分尊重儿子的选择，却颇存保留意见。

用现在的眼光看14岁之前的沈从文，无疑是一个调皮捣蛋的乡村“小地痞”，家里人也担心他“堕入下流”。现在大城市里的家长群体陷入一种误区，因为独生子女的缘故，或者成龙成凤的某种期许，生怕自己孩子输在“人生的起跑线上”，让孩子参加这种培训那种启蒙，进行“填鸭式”的教育，拼命往孩子的小小脑瓜里灌输某些陈腐的概念和应试知识。“不要输在人生起跑线”其实是伪命题或陷阱，殊不知，人生其实是一场漫长的长跑，比马拉松还要长得多的长跑，不是百米冲刺，没见过长跑最后夺冠的是起跑就跑在最前面的那几个人，而最后夺冠的往往不是开始就冲在最前面的人。据说像爱因斯坦、爱迪生等小学成绩都并不好，好些功课都不及格，但并不妨碍他们最后成为让世人瞩目的伟人。

沈从文原名沈岳焕，出生在一个军人世家，其祖父沈宏富是湘军中“镇箪军”将领，因跟随曾国藩的湘军平定太平天国有功，任功行赏，曾任贵州提督。凤凰本地乡绅和“土豪”都与曾国藩的湘军存在着千丝万缕的关系和渊源，而且尚武，《从文自传》中说：“本地的光荣原本是从过去无数男子的勇敢流血搏来的。谁都希望当兵，因为这是年轻人一条出路，也正是年轻人唯一的出路。”而沈从文的亲弟弟沈荃是一名真正的军人，黄埔军校四期的毕业生，应该与林彪同期，曾在抗日战场立下战功，官至国民党中将，终因非蒋介石亲信等缘故，被边缘化，得不到重用。蒋介石当时的潜在目的之一，是要通过抗日和内战，把一些杂牌军消耗干净。沈荃虽系黄浦系，但其所在军队是湘西军人组成的杂牌，并非蒋嫡系的中央军。湘西人文景观，比较奇特的是出军人和画家，这可能与这片土地上人的禀赋和人脉渊源有关，沈从文就曾想过去学画，而像沈从文这样特别出名的作家却不多。按最初的个人理想和家人规划，沈荃的人生经历，当将军或许是沈从文入预备兵的技术班习武和当兵的初衷。我奇怪的是，沈从文除了体质体格方面稍逊于其弟之外，他是如何从一介武夫转变为一位文人的呢？

已 14 岁而无人管束的沈从文，因加入在家乡举办的一期技术班，学得军人的礼仪，死马当活马医，家人也乐得顺水推舟。第二年，沈从文家道中落，正式加入地方部队。《从文自传》他不无觉悟地写道："我就生长在这样的一个小城里，将近十五岁时方离开……但那地方我是熟悉的。现在还有许多人生活在那个城里，我却常常生活在那个小城过去给我的印象里。"直到 1923 年离开湘西北上北京，沈从文共在湘西游历生活 5 年。这些游历给沈从文今后的文学创作，提供了永不枯竭的源泉和素材，他一直生活在对湘西这片土地的印象里。

很多人盛赞俄国作家伊萨克·巴别尔的短篇小说集《骑兵军》。我读《骑兵军》，总体感受是巴别尔用诗意的文字和语言，不动声色地描述残酷的战争和残忍的屠戮行为，宣扬隐秘的人文关怀。其实沈从文在描述湘西民国时期的情况时，与巴别尔异曲同工。如沈从文不露声色地冷静叙述着砍头和杀人："……认定他是土匪方面派来的探事奸细时，即刻就牵出营门，到那些乡下人往来最多桥头上，把头砍下来，在地面流一滩腥血。人杀过后，大家欣赏一会儿，或用脚踢那死尸两下，踹踹他的肚子，仿佛做完了一件正经工作，有别的事情的，便散开做事去了""白日里出到街市尽头处去玩时，常常还可以看见一幅动人的图画：前面几个兵士，中间一个十二三岁的小孩子，挑了两个人头，这人头便常常是这小孩子的父亲或叔伯"。写把犯错的女人沉潭时，"船停了，大家一句话也不说就把那女的掀下水去。这期间自然不免有一番小小挣扎，把小船弄得摇摇晃晃，人一下水，随即也就平定了……船上几个人，于是俨然完成了一件庄严重大工作。"像这类描写，在沈从文的文章里还有很多，写的人似乎不动声色，完全“客观”叙述，读的人却触目惊心，感到惊奇。

人是要点运气的，而沈从文的运气似乎特别好，好得有点像传奇。人生往往会遇到几个关乎命运转折的节点。1920年，沈从文所在的张学济部队在鄂西遭伏击，全军覆没。沈从文因人小，和二十多个老弱病残官兵留守在沅陵，幸免于难。1921年，沈从文到芷江任屠宰税收员，不想他的“靠山”，任警察所所长的舅父得肺病去世，他自己在恋爱方面又干了点“蠢”事，芷江待不下去，只好只身跑到常德，并差点与表哥黄玉书一道参加贺龙的部队，阴差阳错没有去成。若加入贺龙的部队，我想，沈从文的人生轨迹也许又会是另一副模样。

1922年年初，沈从文到达保靖，想在陈渠珍部队谋一个护兵的职位，却一直没有结果，几个月来就在部队书记处里帮忙。每当书记处事情较多，忙不过来时，沈从文就去帮助他们抄写一些不重要的训令、告示之类的东西。一天，沈从文正伏案抄写一封信札，来了一个高级参谋，看沈从文的字写得好，行文款式一丝不苟，于是询问沈从文的姓名、籍贯，随后将其开报上去，当天就批准沈从文做四块钱一月的司书。沈从文的字好到什么程度？1921年，熊希龄为他一位殉职的年轻部属立碑，那碑文也是特请那年19岁的沈从文写的。1987年，怀化博物馆拿了一份这碑的拓片给大画家黄永玉，黄永玉拿给著名书法家黄苗子看，黄苗子的评价是：“这真不可思议；要说天才，这就是天才，这才叫天才！”从1922年冬天到1923年夏天，沈从文任陈渠珍的秘书，负责为其管理书籍、字画等，这为沈从文后来转行搞文物研究埋下伏笔。

1923年8月，沈从文经过4天的深思熟虑，决定离开湘西，经陈渠珍同意，沈从文到军需处领了27块大洋，经19天长途旅行到达北京，从此进入了一生“永远无从毕业的学校，来学那课永远学不尽的人生”。沈从文到北京之前的经历，与获诺贝尔文学奖的莫言颇有几分可以类比的地方，如莫言小学五年级时就辍学，没怎么读书，只是到处借和偷看“闲书”，或“用耳朵阅读”。1976 年莫言 21 岁当兵离开家乡，开始进行文学创作时都是很功利地为了“吃饭”。后来莫言围绕着家乡山东高密进行文学创作，创造出异于现实的“莫言的高密世界”。

在北京，因学历等原因，沈从文无从考取大学，却到北大旁听。1924 年 12 月 22 日沈从文在《晨报副刊》发表处女作《一封未曾付邮的信》，从此走上文坛。这个“乡下人”靠发表文章和求助信，却意外地逐步得到英美派胡适、徐志摩、陈源等人的注意，并得到这些人以及郁达夫、林宰平、梁启超、杨振声等人的欣赏、扶持和帮助。至于为什么没有任何留学经历和大学学历的沈从文，能够跟这些教授作家建立友谊？夏志清并不认同丁玲的说法，他认为主要还是意气相投的原因，“他们对沈从文感兴趣的原因，不但因为他文笔流畅，最重要的还是他那种天生的保守性和对旧中国不移的信心……他们觉得，这种保守主义跟他们倡导的批评的自由主义一样，对当时激进的革命气氛，会发生拨乱反正的作用。”也就是说，沈从文借重于新月社、现代评论派这些人的友谊和力量进行个人人生理想的实现，而新月社、现代评论派也利用沈从文实现他们的艺术追求和人格追求。

沈从文的文风很奇特。他的文章既不同于同时代北方文人所写的文章，也不同于江浙文人的文风，更没有上海文人的半点习气，也区别于近现及当代湖南作家的文章。借用王国维《人间词话》里的表述，就是沈从文的文章“不隔”，而其他作家写的文章多多少少总显得有些“隔”或匠气。我总觉得这与沈从文没正规上过什么学，学院气少，直接师法自然和生活的缘故有关，其瑰丽、诗意和想象可以直追屈原的《离骚》和《楚辞》，是巫鬼文化的近现代表述。楚文化是巫鬼文化，是鸟文化，楚人是鸟人，虽同为中华文化，但与中原的龙文化还是存在着一定区别的。对于文字的重要，黄永玉晚年受沈从文的影响，有点猛然“醒悟”的感觉，开始写书，成绩斐然，是大画家中的大作家。沈从文笔下的湘西基本可以说是“实录”，沈从文没有按某种“需要”，刻意去营造和虚构“苦难”和“阶级对立”，他只是把他所见所闻所想用湘西方言“记录”下来。沈从文认为湘西日常用语本身就有天然的诗意美。所以黄永玉后来并没进行多少专门的写作培训，直接写下来，就是好文章。

沈从文最后一个关键转折点是：1949 年，47 岁，放弃写作，转入历史博物馆工作。“塞翁失马，焉知非福”。“失之东隅，收之桑榆”。沈从文并不抱怨，非常投入地从事文物研究。甚至于 1958 年中央宣传部副部长周扬当众宣布：“老舍同志工作很忙，准备请他多管一点全国文联工作，北京主席的工作，我们想请沈从文同志担任。”沈从文一听急了，立即站起来说：“这不行。我还是做我的文物研究工作，我是个上不得台面的人……”此事便就此搁浅。后来，“文化大革命”中老舍自杀于北京太平湖。而二十世纪八十年代出版的《中国古代服饰研究》，是沈从文进行文物研究的最终成果，填补了中国文物研究的一项空白，让世界为之震惊。每想世事的得失，我常唏嘘和感慨，想周作人一世英名，却因迷信算命先生“老而为吏”的谶语，晚年出任日伪官员，成为汉奸。相比较，沈从文对人生的洞察似乎更为深刻、冷静和长远，但也可能是个人机缘和性格所致。

“凡事都若偶然的凑巧，结果却又若宿命的必然。”沈从文的好运气究竟源于何处，是我常思考的一个问题。一是沈从文性格纯厚，所谓“不折不从，亦慈亦让；星斗其文，赤子其人。”大概就是这个意思；二是沈从文秉性“愚直”，敢闯敢干，能“折腾”。虽然不能说沈从文善于“折腾”，但得道多助，失道寡助。吉人天相，有时天助、地助、人助，往往逢凶化吉，得贵人相助，绝处逢生；三是沈从文写得一手好字，又写得一手好文章，特别是信写得好。中国人潜意识都相信“字如其人”“文如其人”。字和文是一个人的“门面”，没有电脑打印的时代，一笔好字和一手好文章，往往是好的“敲门砖”；四是沈从文人长得帅，丁玲就是听胡也频说沈从文“长得好看”，特意跑来看看，从而认识沈从文的。孔子曾感叹：“以貌取人，失之子羽”。与诸葛亮齐名的凤雏庞统因长得丑，差点得不到刘备的重用。长相和风度，对一个人的成长经历也是一个很重要的因素；五是沈从文刻苦好学，办事认真，勤勉努力。“尽人事，听天命”。时刻向身边的作家、学者学习，向生活学习。沈从文在湘西当秘书时，认真整理陈渠珍的私人收藏；到北京住酉西会馆，就近到前门琉璃厂学习，是他后来转而研究文物的基础；六是沈从文干事能够持之以恒，认定的事，非干出点成果不可。害怕浪费时间，拼命想做点有意义的事情，执着地寻找生命的意义。“在任何情形下，从不因对于自己工作的停顿或更改而灰心丧气，对于人的愚行和偏执狂就感到绝望”“我其实是个能力极低的人，若说有点好处，那就是揪住什么东西就不轻易放过。”

沈从文的情感和爱情

沈从文不善言辞，湘西口音重，但情感丰富，写文章绝对是一流的高手，写信、写情书更是高手中的高手。北岳文艺出版社出版的《沈从文全集》，其中书信就有 9 卷之多。

（一）沈从文的初恋

沈从文的第一段情感经历是在 1921 年，时年 19 岁，当时他在芷江任屠宰税收员，认为“事业开始有些头绪”。我很诧异，想不通屠宰税收员会有什么事业呢？但我想，当时的沈从文对其前段时期在地方杂牌军队里的那段生活，多少有些心灰意冷，才到芷江投奔舅父和七姨父。大概芷江的生活比较安定，母亲决定把凤凰最后的房产卖掉，家产仅剩约三千块钱。沈从文将母亲同姊妹接到芷江同住。这说明，沈从文家道中落，当时可能决定在芷江这个地方长住下去，娶妻生子，安身立命。

但没想到，时任芷江警察所所长的舅父得肺病，突然意外去世了，沈从文的七姨父熊捷三要求他在四个女孩当中尽快挑选一个做老婆。四个女孩，一个是熊捷三的女儿，两个是芷江著名大族龙家的女儿，还有一个是李姓的芷江名望人家的女儿，但都被沈从文拒绝了。

沈从文后来回忆说："我当时也还明白，四个女孩生得皆很体面，比另外那一个强得多，全是在平时不敢奢望得到的女孩子。可是上帝的意思与魔鬼的意思两者必居其一，我以为我爱另外那个白脸女孩子，且相信那白脸男孩子的谎话，以为那白脸女孩子也正爱我。"那个白脸女孩子是马泽淮的姐姐。人世间的婚姻、恋爱往往充满阴差阳错，充满戏剧性，当时的沈从文魂不守舍地爱上家境、教养、相貌全比不上那四个女孩的马家女子，并没日没夜为她作旧体情诗。把诗作成，马泽淮来时便让他捎去给他姐姐。"我以为我这些诗必成为不朽作品，他说过，他姐姐便最喜欢看我的诗。"

就在给沈从文传递诗笺的期间，马泽淮开始向沈从文借钱。他似乎很讲信用，今天借钱，明天还钱；后天借走，大后天还回。在经过无数次借还之后，沈从文终于发现，家里卖房子得来，由自己经管的那笔钱，有一千块钱左右不对数。任凭沈从文算来算去，种种方法用尽，也算不出这笔钱究竟到哪里去了。这事的蹊跷之处，沈从文直到晚年也没有弄明白是怎么回事。钱不对数，马泽淮也不再来找他了。沈从文这时终于明白自己吃了大亏，哑巴吃黄连，那一千块钱连同自己的"爱情"，全进了乌有之乡。他心里十分害怕，每天做事都心不在焉，只想寻找出一种不失体面的解救办法，可是想来想去想不出。他感到在芷江再也无脸见人，最后决定还是三十六计，走为上计。

沈从文就这样离开了芷江，也终结了他人生的第一段"爱情"。十几年后，沈从文在北京这样回忆这段往事：“假若命运不给我一些磨难，允许我那么把岁月带走，我想像这时节我应当在那地方做了一个小绅士，我的太太一定是个有财产商人的女儿，我一定做了两任县知事，还一定做了四个以上孩子的父亲；而且必然还学会了吸鸦片烟。照情形看来，我的生活是应当在那么一个公式里发展的。这点打算不是现在的想象，当时那亲戚就说到了的。”事实上，我在湘西出生和长大，对湘西女子还是有点了解的，湘西女子敢作敢为、敢爱敢恨，多数倒像《从文自传》里的夭夭，并不爱唯唯诺诺、胆小怕事的白面书生。而研究沈从文的凌宇教授对沈从文这段感情的断语是：“它意味着沈从文命运中紧接而来的一场磨难。然而，它又正是一件幸事，它最终将沈从文从那份预约的庸俗生活发展里攫出，去承担较之一个乡村绅士远为重要的人生责任。”沈从文若是在芷江成功结婚，可能也就没有与张兆和后来的事了，中国将少了一名有世界影响力的著名作家。

马家姐姐后来的命运也很传奇，《从文自传》里叙述说，在沈从文离开芷江不久，马家姐姐出发到外面读书时，在船上被土匪抢去做了压寨夫人。后来，那女人被一位黔军团长花重金赎去。团长不久又被枪毙。或是因看破了红尘的缘故，或是走投无路，这女人最后进芷江洋教堂做了一名修女。对马家姐姐始终不能释怀，说明沈从文对这段初恋感情还是刻骨铭心的。

毕竟年轻，沈从文似乎因马家姐姐这次恋情，有点将世事和女人看淡，既无意读书，也无兴趣练字了。离家出走，准备远远地跑到北京去，结果跑到常德，被表哥黄玉书留下。这段经历，沈从文在《一个传奇的本事》中有较为详细的记叙。当时，沈从文的七舅娘正在常德一所小学校里教书，表兄弟二人一道去看望她时，经她介绍，认识了在同一学校任教员的杨光蕙小姐。这位杨小姐也是凤凰县人。见面不久，黄玉书和杨光蕙两人就相互钟情，心里燃起爱情之火。那所小学校离沈从文所住的小客栈有三里路远。从此，黄玉书几乎每天都要拉沈从文作陪，到学校去见杨小姐。回到客栈，黄玉书便忙不迭地给沈从文作揖，要他代笔给杨小姐写信，信写好后，沈从文从头念给他听。黄玉书听他念完，一面跷起大拇指，一面连声夸奖："老弟，妙！妙！措辞得体，合适，有分寸，不卑不亢，真可以登报!"

接着，黄玉书叫来茶房，要他将信给杨小姐送去。茶房却借口有事走不开，婉言推辞了。无奈，只好再由沈从文代劳，替两人传书送柬。就这样，沈从文替黄玉书前后写了30多次信，跑了30多个来回。有几次，杨小姐还和沈从文谈起，这信写得如何如何好，看不出黄玉书还真有点文才。沈从文听了，心里好笑却不敢笑，又不知如何作答，只得含含糊糊敷衍过去。

此事说明沈从文是真正的情书高手，最终造就黄玉书和杨光蕙的婚姻，黄玉书和杨光蕙的第一个孩子就是后来成为大画家的黄永玉。这种渊源和传奇，也成就了现世因果。因为帮助表哥写情书追女朋友，沈从文表兄弟俩放弃了加入贺龙部队的机会。

（二）沈从文的婚姻

沈从文的第二段恋爱经历是对张兆和长达四年的马拉松式追求。张兆和出身江南名门，家世显赫，曾祖父张树声是李鸿章淮军中的著名将领。这点上颇似张爱玲，张爱玲的祖父张佩纶是李鸿章的女婿，张爱玲是李鸿章的曾外孙女。美国耶鲁大学历史学家金安平的《合肥四姊妹》，讲述张家了不得的四才女。其中大姐张元和，嫁的是昆曲名伶顾传玠，门不当户不对，富家小姐下嫁戏子，在当时也是轰动一时的传奇；二姐张允和，嫁的是著名的语言学家、文字学家、经济学家周有光；四姐张充和，据说是四姊妹中长得最漂亮也最有才华的一个，是诗人卞之琳一生苦恋的对象。1947年张充和通过沈从文，认识德裔美国籍犹太人，著名汉学家、耶鲁大学东亚语言文学系教授傅汉思，次年结婚。张充和结婚时已经35岁，按现在的标准来看，是个“剩女”。比较奇怪的是，在沈从文的家书中，沈从文一直让自己的孩子称卞之琳为舅舅，说明嫁给卞之琳，在沈从文看来，仍然是张充和不错的选择。但张充和最终没这样选择；张兆和是三姐。沈从文追求张兆和时，张兆和是中国公学的学生，沈从文是学校的讲师，典型的师生恋。当时，张兆和因皮肤稍黑，活泼俏丽，外号“黑牡丹”。沈从文文章中的“三三”“黑凤”“主妇”多有张兆和的影子。四姊妹有个共同的爱好就是昆曲。

因为张兆和人长得漂亮，身后有大批追求者。张兆和曾把追求者进行编号——青蛙一号、青蛙二号、青蛙三号……在当时众多追求者中，沈从文并无优势，小学没毕业，又没留过洋，也不是教授，性格又很木讷，用二姐张允和《最后的闺秀》中的话说，沈从文只能算是“癞蛤蟆第十三号”。但是，“癞蛤蟆”偏偏对“白天鹅”一见钟情，沈从文没有勇气当面表白，就开始写情书。张兆和收到沈老师的第一封情书，上面只写了一句话：“我不知道为什么忽然爱上了你？”张兆和没有回信，以为沉默是最好的拒绝。然而沈从文的来信越来越多，也越来越厚，让她不胜其烦。她在日记中写道：“又接到一封没有署名的S. 先生（沈的代号）的来信，没头没脑的，真叫人难受！”得不到张兆和的回应，沈从文开始软硬兼施，寻死觅活了。1930年7月，张兆和在日记中记录有沈从文对她的室友说的一番话：“如果得到使他失败的消息，他只有两条路可走，一条是刻苦自己，使自己向上，这是一条积极的路，但多半是不走这条的；另一条有两条分支，一是自杀，一是，他说得含含糊糊，‘我不是说恐吓话……我总是会出一口气的！’出什么气呢？要闹得我和他同归于尽吗？那简直是小孩子的气量了！我想了想，我不怕！”

很快，学校里谣言四起，这让声名清白的张兆和不堪重负，她决定找校长胡适理论，去“揭发”沈老师的不当行为。1930年7月的一个下午，略显腼腆的女学生张兆和出现在校长胡适的客厅。刚见面时，胡校长就夸沈从文是天才，是中国小说家中最有希望的。张兆和可不管，她与胡适的经典对话是："沈老师给我写这些可不好！""有什么不好！我和你爸爸是安徽同乡，是不是让我跟你爸爸谈谈你们的事？""不要讲！""我知道沈从文顽固地爱你！""我顽固地不爱他！"待得知了张兆和的态度后，胡适才"不再唠叨"了，只是为沈叹了一口气，说："社会上有了这样的天才，人人应该帮助他，使他有发展的机会！"最后张兆和气冲冲地走了。胡适在随后写给沈从文的信中劝说："这个女子不能了解你，更不能了解你的爱，你错用情了……不要让一个小女子夸口说她曾碎了沈从文的心……此人太年轻，生活经验太少……故能拒人自喜。"

从 1929 年到 1933 年，沈从文为张兆和写了整整四年的情书。好女怕缠郎，在沈从文马拉松式的爱情攻势下，张兆和还是动摇了。正如她后来的回忆："我什么时候开始对这个'乡下人'的看法逐渐改变了，真是一点儿也想不起来了。"1933 年暑假，张兆和毕业后回到苏州，沈从文追随而来。为了给张兆和留下好印象，他卖掉了一本书的版权，买了一套英译精装本的"俄国"小说作为见面礼。这份礼在当时是很重的。据张充和回忆，沈从文造访那天，张兆和到图书馆看书去了，沈从文以为她故意不见，站在门口进退无策。后来二姐张允和出来，便请他到家中坐，沈从文怎么也不肯，坚持回旅馆去了。张允和"从小见义勇为，更爱成人之美"，等三妹回家，便劝她去看沈从文。张兆和不去，张允和说："你去就说，我家兄弟姐妹多，很好玩，请你来玩。"张兆和来到旅馆，一见到沈从文，就像小学生背书似的，把二姐的话一字不改地说完，就再也不说话了。

沈从文到张家做客很受欢迎。当时张兆和的父亲和继母住在上海，沈从文没有见到，他回青岛后写信托张允和询问张父对婚事的态度：

“如爸爸同意，就早点让我知道，让我这个乡下人喝杯甜酒吧。”张父很开明，主张儿女婚事由他们自主，张允和得到父亲的答复后，跑到邮局给沈从文发了一个字的电报：“允”。这既表示婚事得到允许，又代表了打电报之人的姓名。而张兆和怕沈从文看不懂，回来后放心不下，又悄悄去了趟邮局，重拍了一封电报：“乡下人，喝杯甜酒吧。”

1933 年 9 月 9 日，有情人终成眷属，沈从文在北平中央公园终于与张兆和结婚。沈从文时年 31 岁，他与张兆和年龄相差 8 岁。我也是三十几岁才结婚，我与我夫人相差也将近 9 岁，结婚时间是 9 月 8 日，有些巧，这也可能是我成为沈从文“粉丝”另一个潜在原因吧。沈从文曾对张兆和表白说：“我行过许多地方的桥，看过许多次的云，喝过许多种类的酒，却只爱过一个正当最好年龄的人”“我不仅爱你的灵魂，我也要你的肉体”，而张兆和后来在沈从文作品的书写、整理、修改等方面，发挥着重要的作用。新中国成立后，有段时间张兆和曾任《人民文学》杂志的编辑，并著有短篇小说集《湖畔》，但在所取得的文学成就和文学影响等方面却远不如沈从文。张兆和之于沈从文，很有点像杨绛之于钱钟书，富家女嫁了个有才的穷小子，多少有点“男才女貌”的古典意味。

（三）沈从文的婚外情

我读金介甫写的《沈从文传》时看到一句话：“我们能找到直接与沈从文婚外恋情有关的作品《水云：我怎样创造故事，故事怎样创作我》，是 1942 年写的一份辩解书。”书中跳出的这句话吓了我一跳。怎么可能，连沈从文也有婚外情？

据台湾地区的学者分析，与沈从文发生婚外恋情的对象，是后来出过小说集的女作家高韵秀，笔名高青子。后来身在台湾地区已高龄 95 岁的同时代女诗人徐芳回忆说，高青子是福建人，高中毕业，喜好文学，后来她的写作和沈从文的鼓励和极力引荐有极大的关系。据学者刘洪涛考证，很难推断确认沈、高两人结识的具体时间，大概在 1933 年 8 月以后，最迟不会晚于 1935 年 8 月。因为 1933 年 8 月是沈从文离开青岛，重新回到北京发展的时间，当年 9 月与张兆和结婚，而《边城》是沈从文婚后的作品，大概在 1933 年年底前已完成。刘洪涛认为《边城》是沈从文在现实中受到婚外感情引诱而又逃避的结果，这个说法也很让我吃惊。若按沈从文《水云》那篇文章对号入座，高青子应该是熊希龄的家庭教师，沈从文有事去熊希龄在香山的别墅，主人不在，迎客的是高青子，双方初次见面。一个月后，他们又一次相见，高青子身着“绿地小黄花绸子夹衫，衣角袖口缘了一点紫”，沈从文发现高青子的装束其实是有意模仿他小说的女主人公的装扮。当沈从文把这点秘密看破，而高青子亦察觉自己的秘密被看破时，双方形成某种心灵上的“默契”，并随后开始他们正式的交往。这是恋爱过程中让人怦然心动的一点“小聪明”，只可意会，不可言传。

有人分析认为，高青子发表在 1935 年年末的《国闻周报》上的小说《紫》，与沈从文当时的处境是符合的。故事是通过八妹（可能是沈从文的九妹沈岳萌）的视角，叙述主人公与两个女子之间的感情纠葛，在已有未婚妻珊（非常容易让人联想到张兆和，沈从文常称张兆和“三三”“三姐”）的情况下，又“偶然”遇到并爱上穿紫衣的美丽女子璇青（沈从文常用笔名“璇若”，“璇青”很容易联想为璇若 + 高青子），主人公在珊和璇青两个女子之间徘徊。《水云》中曾提到帮这个“偶然”修改过文字，可能就是高青子的这篇《紫》，而《国闻周报》副刊当时的主编就是沈从文。高青子后来《灰》《毕业与就业》《黄》的发表，都和沈从文有极大的关系。高青子后来出了本小说集叫《虹霓集》。

1936 年春节刚过，沈从文将自己与高韵秀的婚外恋的经历和感受告诉了张兆和，在平静的家庭中掀起了令人不安的波澜，张兆和感到意外、震惊和不解，一气之下回了苏州娘家。敢于向妻袒露此事，可能还仅限于“精神出轨”。为此，沈从文找到了林徽因，沈从文在林徽因面前为自己辩护，他不能想象这种对其他女子的好感，同他对妻子的爱有什么冲突，他并没有不忠的实质行为。林徽因表示：“你希望抓住自己的理性，也许找个聪明的人帮忙你整理一下你的苦恼或是‘横溢的情感’，设法把它安排妥帖一点。”并建议沈从文去找金岳霖谈谈。这是一个很有趣的建议，林徽因与徐志摩、金岳霖之间的“精神恋爱”，本就浪漫得说不清道不明。当时，徐志摩因飞机失事早已去世，而金岳霖一直是梁思成、林徽因夫妇的邻居，金岳霖是“过来人”，对处理这方面的事情有切身的经验和感受。林徽因毕竟是女人，很多事可能还不好对沈从文直说和说透。

1937 年 8 月 12 日，沈从文因中日战争全面爆发，离开北平，南下武汉、长沙。当时张兆和刚产下次子虎雏，身体虚弱，并没有与沈从文同行。1938 年 4 月沈从文经贵阳到达昆明。张兆和大概于 1938 年年底才带着两个儿子，辗转到达昆明，与沈从文团聚。为躲避日本的空袭炸弹，一家人住在呈贡乡下。沈从文每周往来于昆明和呈贡之间。据也是 1938 年到昆明，并住在昆明市玉龙堆四号的诗人徐芳回忆，她和张敬小姐住一间房，而高青子和熊瑜（熊希龄的侄女）住一间房，四人共享一间客厅。1939 年 6 月 27 日，西南联大常务委员会第 111 次会议通过决议：“聘沈从文先生为本校师范学院国文学系副教授，月薪二百八十元，自下学年起聘。”而高青子因沈从文的推荐，任职于西南联大图书馆，据教职员名录记载：“图书馆员高韵秀，到职时间为 1939 年 6 月，离职时间为 1941 年 2 月。”徐芳回忆说当时外界对沈从文、高青子两人的交往，流言颇多。

《水云》有这样一段话：“什么人能在我生命中如一条虹，一粒星子，在记忆中永远忘不了？应当有那么一个人。”这很容易让人联想到沈从文的《看虹录》和《摘星录》。这两篇小说很特别，沈从文很重视，经多次重新改写才发表。小说插入大量抽象的抒情与议论，并进行多种文本的实验，既有隐喻的语言模式，又有转喻式的多种故事结构方式，再加上弗洛伊德的心理分析，似乎作者刻意要把小说写得隐晦和难懂。这两篇小说风格完全不同于沈从文以往有关湘西的作品。而左翼批评家则交相指责沈从文这些作品写色情，后来郭沫若甚至因为这些文章直接给他贴上“桃红色”作家的标签。有研究者认为，《看虹录》《摘星录》与高青子的《虹霓集》有着某种隐秘的联系，反正我觉得两篇小说里的女主角长得白嫩，怎么看也没有张兆和的影子。《看虹录》结尾写得也耐人寻味：“我在写青凤，《聊斋》上那个青凤，要她在我笔下复活。”若黑凤是指张兆和，那么青凤是不是指高青子呢？沈从文是有意做某种类比吗？也就是在这时候，沈从文、高青子对这段情感进行了理性的了断。据说高青子后来跟一位工程师结婚了，随即飘隐，似乎消逝了一样。在《水云》中，沈从文不无深情地说“自从‘偶然’离开了我后，云南就只有云可看了。”学者刘洪涛在1997年时曾就高青子之事访问过张兆和，张兆和是见过高青子的，并承认高青子长得很美。

我曾与朋友探讨，婚姻其实没有恋爱时期的浪漫和美好，可能更多是理性的容忍、责任和凑合。我不知道沈从文的这段婚外情，是否真的发展到“肉体出轨”。但沈从文思维根子上的保守性，让我对此总保持怀疑。沈从文与丁玲是不同的，他没有丁玲的胆气和魄力，没有善于“自我经营”的能力，丁玲与胡也频、冯雪峰、冯达有过实质性的同居，陈明是丁玲的第四任男人，丁玲是众所周知的现代女性。当然，沈从文对张兆和也不无抱怨，他曾对张兆和说：“你爱我，与其说爱我为人，还不如说是爱我写信”。张兆和也许更愿意面对沈从文的情书，而非面对沈从文本人。1933年沈从文到苏州见张兆和及她的家人，本意是若再得不到张兆和认可，就将终结这段长达四年的感情。若没有结婚，沈从文会与高青子有结果吗？很难说。所以这段婚外情，多少给沈从文和张兆和的婚姻生活留下阴影和裂纹。

难怪张兆和在1999年编辑整理出版《从文家书》时，在后记里表述："从文同我相处，这一生，究竟是幸福还是不幸？得不到回答。我不理解他，不完全理解他。后来逐渐有了些理解，但是，真正懂得他的为人，懂得他一生承受的重压，是在整理编选他遗稿的现在。过去不知道的，现在知道了；过去不明白的，现在明白了。他不是完人，却是个稀有的善良的人。""……太晚了！为什么在他有生之年，不能发掘他，理解他，从各方面去帮助他，反而有那么多的矛盾得不到解决！悔之晚矣。"

对张兆和这段话，让人总产生别样的猜想或"误读"，其所指究竟是什么，其所指能是什么，也许只有张兆和本人能说得清。我常想，夫妻尚且如此，何况一般的人事交往？真正懂得，或理解一个人实在太难。

2014年4月21日作于北京

长沙的雨

除了静夜，我更喜欢雨，特别是长沙的雨。

长沙城依傍湘江伴洞庭，好像雨季也特别地长，格外地久，似乎总能从去年的秋天，一直洋洋洒洒到今年的夏天。我常想，有这延绵不绝的雨，长沙还能缺什么呢？在我看来，长沙最佳的赏雨之地有三处：月亮岛、岳麓山和天心阁。

月亮岛位于湘江西岸，有一丛翠绿的林子，密密扎扎，被朦胧的黛雾轻笼着，远远看去如一幅古典水墨国画。夜傍，我们在林子里点起篝火。这时，有微雨夹着轻柔的江风，细细沙沙地飘来，没有带雨具，也无处可避，索性就让这雨落在发梢，没进衣缝，润在脸颊手臂上，就如乐曲，水一般地流进心田。不远处，江潮一遍又一遍吮吻着江岸，一两盏渔火躲迷藏似的，跳跃闪烁，偶尔还能听见近乎天籁的江笛……月亮岛的雨，清秀得可爱，恬静而柔美，富有生命的活力。

若到了秋天，桔子洲头硕果累累，金光灿烂，正是“看万山红遍，层林尽染”的绝佳时节，而碰巧有时间爬上岳麓山山顶赏雨，更是绝佳的佳境。红枫从山脚，层层叠叠地直漫上山顶，像湘江起了洪峰，秋风秋雨中，火暴暴地燃烧起来，整个岳麓山就好似一座火焰山，怎么扑也扑不灭。这时候，你还可以回味古昔“风声、雨声、读书声、声声入耳”，岳麓书院里的书境；或静禅于岳麓山山腰的爱晚亭里，临近黄昏，听雨打枫叶，倾诉的情话；或潜入香火颇盛的古岳麓山寺中，听木鱼和钟鼓在雨中的缭绕古韵。冷不丁，从佛像背后转出一个容貌、姿态都绝佳的美貌尼姑，不知道何故，突然出家……让你对人生莫名多出一份惆怅；或登临绝顶，其实岳麓山并不高，但山顶却设有一座道家圣殿——岳麓宫，可以在楼上，俯瞰雨中的长沙城和滔滔北去的湘水。一日之间，一山之中，潇潇冷雨竟然可以把道、释、儒三家，就这样简简单单神秘地和谐统一在一处，定然会让你不由自主地又生出无限感慨。

长沙这座城市，只要有雨，无论何时去都是极佳的地方，就是天心阁了。古人常炫耀，“中隐隐于市”，位于长沙市中的天心阁就好像一个隐者。天心阁屹立于一座矮山上，山脚是一段保存相对完好的古城墙，城砖大而厚，布满青苔，浓缩对古往的一种证明和象征，却也为长沙的雨增添了一缕别致的古意和忧伤。离天心阁城墙百十步远，是南门口，尚保留着一片完好的长沙旧胡同和小巷。胡同里曲里拐弯，藏着各式各样的小人物，有卖麻花、炸臭豆腐的小吃摊点，还有小作坊和演花鼓戏的小剧院，古朴而雅致。没雨时，巷子也晦暗暧昧，有雨时，更加阴暗潮湿，打伞或不打伞，都能品味到戴望舒《雨巷》里的诗境。

这令人魂牵梦绕的长沙雨呵，我一支拙笔如何能记述得下，我又怎样才能将你守住？

湖南人吃辣

“喝香吃辣”，是老辈人对过好日子钦羡和期许的老话。而“湖南吃辣多革命”的说法，似乎出于某位湖南籍伟人的一句戏言，为湖南人做了一次没有酬劳的千年广告。是不是真的说过这话，似乎又查无实据。只是湖南人总会因一些似是而非的传说，缅怀和感谢这些历史人物。

吃辣椒，多革命。其实并没有什么严密的逻辑关系，但江西、湖南、湖北、四川、贵州、云南、广西、陕西等地都是吃辣的地方，在近代历史进程中也是闹革命比较厉害的区域，北方大多被传统“儒”化了。但即便都是吃辣，却也是有区别的，大抵四川、重庆喜欢麻辣，寻求花椒、辣椒的调和关系；贵州人喜欢酸辣；云南人喜欢煳辣；湖南的辣是鲜辣、香辣，纯粹的辣、简单的辣、本真的辣，寻求辣椒天然的味道。有俗话说：“湖南人不怕辣，贵州人辣不怕，四川人怕不辣，湖北人不辣怕。”本意是想比较哪里人更能吃辣，其实都是噱头。

但不大会吃辣子的湖南人却是有的。这犹如一座山里开的花儿，总有不是红色的，长的树儿，总有不是绿色的，有着不同的性情。所以，不大吃辣的湖南人结交朋友时，对方若问起籍贯来，不能不慎重回答。

朋友新识，话很投机，时间不早了，留下吃便饭。刚开吃，朋友二话没说，夹一大筷子红辣子到碗里，直接置你于进退维谷之境，杀你的马，将你的军。你怎么办？吃呢？实在不能胜任，恨爹妈没遗传好，把“吃辣”的基因吝啬在娘肚子里了。不吃呢？朋友面子上过不去。朋友的思维定式是：吃辣子的不一定是湖南人，可湖南人一定嗜辣成癖。就像电影里的毛主席似的，长筷夹，大口咬，满嘴咽，若无其事，很过瘾的样子。北方人总以为夸张，其实很多湖南人是生活习惯，一餐无辣不精神，一周无辣全身不自在，总觉得少了点什么。苏东坡说："宁可食无肉，不可居无竹"。但对于湖南人来说，长期吃不到辣子，那是断了念想，辣子是湖南人的另一个小情人。你若推托，朋友便佯怒，说你不够哥们，说你新识便撒谎，说你不诚实，说天下哪有湖南人不吃辣的。虽然并非有心要害你，可今日机会难得，存心要看你的现场直播。

能多多少少吃得几口的，碰到这种阵势，却也好办，不会怯场。把红红的辣子囫囵几口吞下去，虽然呼哧呼哧辣得舌头冒烟，肠子打结，眼泪泉涌，鼻涕四溅，连滚带爬，四处找水喝，却还可以装一回梁山好汉说："好。好。好个家乡地道的辣子！可好久没吃到了，今日兑了心愿，谁知这吃辣子的功夫竟然早已荒废了？"自己借机搪塞过去，朋友也为能找到正宗湖南辣子待客而欣慰，显摆自己待客的诚意，非常沾沾自喜。双方都满意了，记忆也异常深刻。

除此之外，吃辣子还可以吃出一种境界，这犹如花当看半开，酒当喝半醉。辣子吃到面也红，耳也赤，鼻尖微麻颤，头脑开始有点不清醒，有点晕有点飘飘然，全身的血管也不由自主地鼓胀起来，陡然平添几分男人的血性，有了一点儿提刀的冲动，只是与醉酒不同的是，脚下不打踉跄，神智非常清醒，却又不十分地冷静与清晰，实在是"醉辣"的妙境。

几个朋友刚领了工资或奖金，听说街上新开张一家小店，招牌菜"炒全鸭"味道独具，周末便相邀了去"打牙祭"。点了几碟菜，喝了几盅酒，月朗星稀时，想刨碗米饭垫垫底，可菜已狼藉，钱也超了"预算"，薪水又不高，还要掂量下半月的伙食费。怎么办？好办。叫店老板再来一盘“油淋鲜辣”，或炒一碟干辣子，泡椒泡姜，都是下饭菜，价廉物美。钱要得少，又能满足几个“菜桶子”，让少荤腥的小伙子用来下饭。寒酸是寒酸了点，却吃得舒坦。

湘男多豪气，湘女多柔情，多辣味。湖南妹子水灵多汁，个个都是吃辣子长大的，如果哪个汉子让湖南妹子睃上了，这可是他三生的幸事，也是他三生的烦恼事。因为一旦被湖南妹子爱上了，她会一辈子死心塌地，天南地北，刀山火海跟你去闯去荡，吃辣子似的，绝不含糊，什么苦她也吞得下，什么难她都敢扛。可如果她发现你有什么风吹草动，三心二意，对不住了，凤眼里可容不得半粒沙子，辣味儿从心底深处，三级跳，登登冲上去，风风火火起来，可就不是那么好收拾了。这时，她便是辣子，让你生吞了下去，辣得你五脏六腑翻江倒海，让你一辈子也忘不了那滋味。玫瑰花艳而香，可它带刺；红辣子鲜而美，可它辣心。所以，奉劝已娶湘女为妻的朋友，可要有吃辣子的男气和胆子。

湖南人吃辣子，实在可以衍生出一种地地道道的地域文化来的。

第四辑

零碎的屐痕

烟雨漓江

“江作青罗带，山如碧玉簪”。唐代大诗人韩愈所赞美甲天下的桂林山水，其精粹就在漓江。

一大清早，汽车送至磨盘山，天便一点一点阴沉下来。待到十点半，上了空调豪华大游轮，两三点雨山前，星星点点，酥酥软软地打在身上，滴落在路上和路边的嫩草尖上，不见了。江面上随后起了一阵风，皱起一层涟漪。雨随之也越下越大，渐大渐猛，敲打得船顶，乒乒乓乓作响。

待到开船，雨已收不住了。回头一望，磨盘山顶乌云密布，烟雨朦胧，依依恋恋。蚕豆般的大雨袭来，亢奋而激烈地抽打着船舷和船窗。激动的心不禁为之一紧，“百里漓江画廊”怕就这样，犹抱琵琶半遮面，淹没在这茫茫无尽的烟雨中了。

风，还是雨，都由不得我们。但不管天气如何，漓江山水始终坦坦然然，毫无顾忌地裸现着她的美丽。船过蝙蝠山，至望夫石，雨点骤然停了，方知好雨确是知时节的。拨云见日，经过这一场雨，山色空蒙雨亦奇，更显妩媚。阳光碎碎点点，撒落下来，撒在水上，撒在岸边的奇山秀石上。云雾渐生，似是而非，如梦如幻，如纱如带，绕山而戏，如人间仙境。

沿江下行，几十里水路，风光旖旎，美不胜收。碧水萦回，奇峰倒影，深潭喷泉飞瀑参差错落，好一幅绚丽多彩的水墨画长卷……从杨堤至兴坪，更是美的精华之精华，无一不让人怦然拍案。水系山腰，船游水上。水不甚深却清冽，可见江底红红白白的鹅卵石，修长婀娜的水草，潜在下面，苗苗条条，风姿绰约，如水仙子的一头秀发和一身长裙。水鸭在岸边浅水里栖戏，成双结对，恬淡悠闲。岸上一簇簇一垄垄一排排青翠的凤尾竹，把一条漓江温温柔柔、松松垮垮地抱住。似乎怕抱紧了，把漓江抱融化了去；抱松了，又怕漓江溜走了去。

夹岸奇妙山石，或似童子美妇，老人拄杖，或如兽如龙，或什么也不似，纯纯净净的一座山，清清朗朗的一帧画。自是水染山，山映水。恍然间，竟分不清是水中山倒映在空中，还是岸上山扑倒在水中。

沿江风光无限好，但其中最有看头、最耐人寻味的是“九马画山”。船行至此，迎面一绝壁，跃然若飞。峭壁临江，白多黑少，黑的多为石质暗纹和绿茸茸的小灌木和蕨类苔藓植物，天笔勾勒出九匹骏马。在导游的提示下，可清晰辨认出一匹马扬蹄腾空，惟妙惟肖，最是神似。壁底两匹马驹俯首饮水。而其他的马呢？似是而非，隐而不现，无迹可求，有踪难觅。导游含笑说：“看见三匹的是常人，看见五匹的是秀才，看见七匹中探花，看见九匹的当状元。”然后导游缄口不言，留下悬念和谜……其他的马由你自己寻去。

同样的景物，同样的画，同样的事物，同样的美，为什么有的人看到的多，有的人看到的少，有的看得透看得深，有的看得浅看得懵懂……难道人真的要分三六九等？平常大家都一样，关键时就会分出愚智？我不敢深想。

美的终究是美的。我是湘人，弄不清湘江和漓江同源于兴安县的猫儿山，几山之隔，为何风景却迥异？天独厚彼乎？游完漓江，已近黄昏，烟雨散尽，内心仍欠欠然。但愿能知漓江三分美，得七分情趣。人生如此，足矣。

招魂的短笛

《招魂的短笛》是本诗集，作者是台湾诗人余光中。这本薄薄的小书的主人，是位名叫方瑛的小女孩。书现夹在我的书柜里，很是显眼。而方瑛却死了，1995 年 3 月 25 日，她淹死在贵州遵义一个偏僻小县的一座叫海洋溪的水库里。死时，仅 21 岁。

人生为什么总充斥那么多莫名的悲剧和惋叹？一些恼人的问题总想方设法，有预谋似的挤进我的脑中，煎熬我不堪承重的心。我与方瑛并不熟，只有一面之缘，更谈不上有什么交情。但能认识，也应是前世修的福分，人海茫茫，我们许多人终生都无法谋面。大约是 1991 年的深秋，我跟方瑛的哥哥一起去了趟贵州的遵义。我的主要目的是去寻访革命圣地，她哥主要是探亲。她哥是我的同事，在工地上当医生，他请我吃遵义小吃豆花面、羊肉粉，游娄山关和遵义会议会址。最后，我们还去了遵义师范学校，探望了正在读书的方瑛。

记得那天已是黄昏，天很快黑下来。在一幢女生宿舍的较为阴暗和潮湿的三楼，我们找到了她。方瑛静静地坐在床沿上，腼腆而不善言谈的样子。个子不高，由于天气冷，她穿得厚，显得有些矮胖，略微臃肿。这让我想起沈从文叙述中第一次见着丁玲的模样。我本木讷少言，许是见了生人，她也有点拘谨，我们好像没多说什么。

翻书实是我一种业余的癖好，于是她便将床底下塞得满满的一纸箱书拉出来让我看。我从中找到了这本《招魂的短笛》，这是她哥几年前送给她的生日礼物。她清灵地说："你喜欢，就先拿去看吧。"我犹豫，这怎么可以，读书人都爱书如命的，怎么能轻言借呢？她好像猜出我的心思，就轻轻地说："我已读过好多遍了的。"

本计划要在遵义多待几天的，心想到时候定能看完了再还。谁知，后来就走了，也没说声再见。书却带在身边，当时还自我安慰说：读完后，反正她哥是我的好友和同事，随时都可以还给她哥，由她哥回遵义探亲时，再还给她就是了。可到如今，物是人非，书还留在我书柜中，方瑛却永远地去了，几乎在这世上没留下任何痕迹。我们的生命实在是太脆弱了。

方瑛死时，我已离开工地。那年残冬，春天就要来了，天气却奇冷，我在机关大院遇见她哥，衣裳不整，头发长而乱，精神状态极差。我不知道出了什么事，擦身而过，招呼也没敢打。后来才知是方瑛死了，她哥去办了后事，才回来。

方瑛毕业后，据说本是有机会留在遵义市的。但她毅然分配到遵义地区所辖的道真县的一所中学任语文教师，她善于教学，学生的作文频频获奖，她自己的诗作也零星在《遵义日报》等报纸上发表。而她自己也与贵州省著名诗人周家提、李发模等有书信往来，诗作得到他们的点评和赏识。虽然这种赏识，我认为是权威的某种霸道似的俯视。但我想，方瑛作为一位文学青年，定然从中享受到许许多多精神上的快慰。而今，她却死了，诗人们却并不知道。因为这世上生生死死的事实在太多太多了。而大家都在各自奔忙，却都不清楚各自究竟在忙些什么，为何而忙，对于死似乎就有一种自顾不暇的冷漠和逃避。

方瑛的死，似乎是她自己的一次小小的阴谋。但这也仅只是她哥的某种合理猜测。在一次她精心策划的郊游中，在遵义道真县海洋溪碧蓝碧蓝的水库里，她和一名学生上了一条小船。在水的中央，船翻了，她不会游泳，并拒绝了只会狗爬式的学生的救助，她的理由是：怕同归于尽。她就这样很简单地溺死在这让所有诗人都爱的水里。

方瑛就这样死了，为她送殡的人据说多达三千人，多为她的学生和学生的家长，还有一些不认识的当地人。来的人，我认为少数是方瑛的朋友，多数倒可能并不相识，只是对教师职业的天然敬重，而她哥总怀疑她是自杀。

后来，她哥想自费给方瑛出本诗集，找到我，把一叠厚厚的遗稿抱了来。沉甸甸的，这是一个少女呈示给这个世界短暂的一生呀，像卖火柴的小女孩手里划燃的一捧微弱的火焰。我认为自己的责任重大起来。想帮忙，却茫然发现自己能力太小，识人不多，四处托人，可最后终于还是没帮上忙，将诗稿原样奉还给她哥，她哥见没多大用处，据说便在她的某个祭日焚化了，化作一缕青烟。我读方瑛的诗，很有灵气，想象突兀奇妙。若能假以时日，定能成气候，非我辈中人。现在想去，因她阅历尚浅，内容多郁闷，文笔显得稚嫩，眼界不宽，境界略小，有时不免造作，为赋新词强说愁。实在可惜。

魂兮，归来。在春天，诗人所曾歌唱过、哭泣过的地方都必将绿草茵茵。方瑛如一支短笛，曾在这片土地上尽情地吹过。那时候，文坛似乎流行自杀，那是在三毛用丝袜自缢在浴室里，顾城杀妻并自杀，海子卧轨自杀于山海关后发生的事了。难道自杀也有传染性吗？认为人生是荒谬的法国作家加缪说："人必须生存，必须生存到那想要哭泣的心境。"不管生活如何，我们都必须有一种坚韧的人生态度。

《招魂的短笛》到如今还在我的书柜里，时常抽出来翻翻，就会想起一个人，想起方瑛。

诗人无名，谁来祭你？

1996 年 11 月 6 日作于湖南怀化萤夜屋

园里的春天

园里的春天是好的。

每当春天越走越远，或在春天就要到来的时候，我都会情不自禁地想起园里的春天。我未见园里的春天已好些年了，所以在梦里或独处时，虽不经常，但偶尔也会想起。醒时，便有点莫名的惆怅，没有一点喜悦，却也不很忧伤。

园子是租来的，在一栋红砖楼房的脚下。楼有四层，是一家濒临倒闭的老厂的办公楼，厂子已全面停产，现如今靠卖房出租度日。我们租下这楼房，园子顺带也就成我们的了。

园子里有一棵桃树、一棵柚子树、一棵石榴树、一棵白玉兰花，还有一些叫不出名字的树木和杂草。这是一些很奇怪的植物，似乎在逃避山林，挤进这巴掌大的地方。园子周围围满了钢筋混凝土的建筑物，像个紧箍，又似一双铁手死死掐住园子的脖子。小小的园子被挤得可怜巴巴的，像这城市里的一块绿色补丁。园里的植物依旧郁郁葱葱，生机盎然，恐怕已有二三十年了，但它们的主人，那些当年满怀期望种下它们的人，已不知哪里去了。园子属于我们这群暂居者和“入侵者”。

关于春天的消息，最先知晓的是那棵桃树。我曾怀疑这棵桃树是春天私养的小妖精，当春天远远地走过来时，它便急不可待地把自己燃烧成一堆热情的火焰。那些娇艳的花瓣，是春的粉红色的耳语，是一些浸满甜蜜诱惑的、不可告人的私房话。一阵风，一阵雨，花儿便谢去，一地的落英，用不了多长时间，便会化作春泥。树梢上便结出些小指头般大小的桃儿，或许是疏于施肥的缘故，长不大，待到夏天，一阵急风暴雨，便打落得精光。

柚子树长得高，也开花，开一种小而白的花，也结果，果子还能长大。但即使到了秋冬之季，最大也只有拳头般大小。柚子皮倒薄，肉却酸涩难吃，无所用处。但也有好事的顽童偷偷摘打了下来，当球踢。我有时甚至饶有兴趣地臆想，作为似乎是现代第一运动的足球的发源，兴许是从顽童踢柚子开始的。

待到春暮，或者更晚一些，园里的石榴花就开了，花艳如火，很是刺眼，让人怦然心跳。字典里说，石榴花并不在春天开放。当时，我就怀疑这字典有误，我的园子里的石榴花，在春天就早早盛开了，也许为了我，也许是特异品种的缘故，早早地开放了。但后来仔细一想，可能还是我的记忆有问题，因为太喜欢这园子，从而产生一个错觉，想当然地以为石榴花一旦躲过寒冷的冬季，便一直刻意地装扮起自己，从春到夏，从夏到秋。这簇才开，那簇却谢了，这边枯萎，那边又含苞待放，像一个不厌其烦的女魔术师，不知究竟怀里还藏了多少花朵要往外冲的。这些花朵无所顾忌，肆意浪漫，开得多，有些俗艳，不过倒有些痴情，只管开，却从不结果，有时便引人轻轻感叹。

园子里最高的是白玉兰树，比柚子树还要高。春秋之季，开一种硕大的白花，像盛开在树上的莲花。花多时，微风抚来，花瓣在树叶间颤颤抖抖，像一些婴儿摇摆的小手，像展翅欲飞的鸽子。花瓣据说可入药，可以当菜炒来吃，可惜我从没尝过，不知道是什么滋味，好吃不好吃。花朵散发一种浓郁的香气，闻久了闷人，也招苍蝇。

其实，园里的春天没有什么特别的，只是一些琐碎的花事。因为今年的春天似乎来得特别的早，偶尔想起，不免信手记下这些记忆。

2001 年 3 月 23 日作于贵阳

我在网站当“猪”

现代人喜欢时髦，上网就是很时髦的事情，所以大家趋之若鹜，特别是年轻人。可以预见，网络作为一种生活工具，正在改变和重塑人们的生活方式，正在改变人们传统的思维定式。上网“冲浪”干什么？看新闻、查资料、收 E-mail 邮件、玩 QQ 是常事，但更有甚者，就去玩 BBS。BBS 是 bulletin board system 的缩写，翻译过来是“电子公告栏系统”的意思，是在网站上建立一个公共的平台，让有闲心有闲情有野心有野情的网民将自己写的帖子、文字和文章粘贴在网上，供其他网友看，根据他们读后的喜怒爱好，在帖子后写回复，或捧人几句，或骂人几句，都是可以的。

我最早用腾讯网的 QQ 聊天时认识一位贵阳网友，经他指点，到贵州信息港网站玩 BBS。玩得有点意思了，一时兴起，就把自己平常给《铁道开发报》写的文章贴在腾讯网社区的“小说散文”栏目和贵州 E 友网的“白蚁书巢”上面，供大家评点和笑骂。文章发在报纸上，能评议给你以帮助的多是自己认识或朝夕能够见面的朋友，而发在网上，却能与不认识的人交流。在网上大家用的都是网上昵称和假名，互相都不认识，无忌讳，可以随意评判。文章贴在网上，可以超越一定的时空界限，因为你可以随时去看，并留下你的看法和感想，而我可以利用我的空余时间再上网去看你的回复，回复你的回复，交流文章写作的经验、人生体验和对生活的看法。

在这两个网站混了一段时间后，居然有了一点名气。当然名气是“非墨”的，很少有网友能知道我的真名，但也因此受邀到名为“文心云秀”的个人网站来当散文随笔版的版主，网址是：http：//www.cscacn.com。这是个小网站，比较合我意，因为我不是以网络为生的人，不能整天整夜地泡在网上，没有那么多时间和精力耗费在处理网上事务上。所谓在网站当“猪”，“猪”者，主也，是网友对BBS版主的戏称，极轻松的幽默，并无恶意。当版主其实就是在这家网站这个版当编辑，拥有管理这个版的权力，诸如加“精品”、提升、删除、转移、固顶等普通网友没有的权力。

与给传统媒体写文章相比较，网上写帖，比较自由，条条框框较少，更“率性”。人生在世，身是不自由的，总是囿于环境条件和内心欲望的制约，而理论上人的心灵是可以绝对自由的，但事实上并非如此，心为形役，我们的心灵总是被形形色色的东西束缚和蒙蔽，很多东西不敢想，很多东西不敢说。为证明网络写帖的特点，特剪贴我5月在“文心云秀”网站发表的一篇题为《强烈要求站长将散文版名改为“黑蚁公社”》的文章，以博大家一笑。此文的主旨并非真的要改名，而是为了网上炒作，吸引更多来这里玩的网友，以调动他们发帖、回复的积极性，以增加此网站的“人气”。文章如下：

受云无心出岫站主之邀，我于4月9日入主此站散文版。到现在，已有月余。一个月来，与其他几位副版主惨淡经营，尚能得到众网友的一定认可，颇有点欣慰。开始时我本只想当一个月的临时版主，可一个月过去了，云老板娘还没找到一个恶毒点的“老公”，所以还没有想解聘我的意思，所以我只有接着当当。如果她哪天找到一个比我更好的版主，等她另“嫁”了，我也就走了，离开这里。

但仔细想想，一个月以来，成绩总是大家的，苦劳但愿都归于我们几位版主吧。我总希望大家在此发表“一家”之私见，不受束缚，自由发挥，能做“逍遥游”，能玩得愉快，能在此被别人痛痛快快地认可或“骂”（这世上，没有无缘无故的爱，也没有无缘无故的恨，“骂是爱嘛”），就是很不错的。不仅这样，我总期望能进一步把此版建成网络虚拟社区里能来此驻足的网友的灵魂归所——一个小小的“精神家园”。一旦上网，别的地方去不去是无所谓的，这里总是要来看看的，总是要到这里来与其他网友交流交流，或者顾影自怜地倾诉一下，那真的是我的期望。我和众版主一定也会念声佛。如果能建成这样的网站，那就是最好的了——但似乎是一点不切实际的理想，有点一厢情愿的奢望。可到目前为止，我们的网站太小，人气不足，真正的精品也不多。

此版原叫“文海拾贝”，现改为“心之灵动”。现在的比原来的好些，但不是最好的。我认为，网络的网站总是需要个性的，“心之灵动”这个名字还是缺少一种叫得响的霸气，以及鹤立“网”群的鲜明个性。为什么取这样一个名字呢？我想，可能是寄托云老板娘的一点浪漫而纯净的想法吧，在此不予评论。改名时，似乎没征求意见，好像只在一个聊天室里聊了聊，后来就改了，改的时候反正我是不知道的。当然，这是云老板娘自己的权力，网站是她的，权力当然也应该是她的。在此我别无他意（但网站经常有误读的时候），只是想说说我自己的一些看法。

“文海拾贝”不好，因为题目太大，从题目望去，贴在这里的当然应该是文学作品，更应该是精品，因为是“贝”，那么，众多的“沙”是不能来的。这就限制了这个版的广度，起步就把这个网定在“高档”上，以显出它的“贵族化”趋势。我认为网络 BBS 的好处恰在于它的公开化、透明化、参与性和平民化，是人是鬼都可以来“胡说”的，有点像卡拉 OK，不管嗓子怎么样，都可以唱两句的。用网络 BBS 来弄文学，比较能真正达到周作人先生等提到的“大众文学”“平民文学”口号的要求，也能真正打破王小波最痛恨的“沉默的大多数”社会现实的坚冰，消解垄断话语和话语权威。

为什么我认为“心之灵动”也不好呢？这个名字似乎出于文章的

“性灵说”，走的似乎是明清“性灵派”的路子。“性灵”不是不好，我也很喜欢，但太小太巧太灵，缺乏一种天地之大气，使文章的胸襟狭窄了些，视野闭塞了些。现在在“心之灵动”发的帖子，太过拘泥，多数局限于描写自己的内心情感、儿女情长、风花雪月。我并不是要否定这些文章的好处，以及这些网友在这一领域的探索，而是说，“灵”固然是要的，但如果我们的生活碰到的多是“不灵动”的东西和事件，怎么办？不灵动，就不能写了吗？如果世界分成“灵动”的和“不灵动”的两种，那么我们至少从一开始就失去了世界的一半了。如果还存在介于二者之间的，既非“灵动”也非“不灵动”的，那么我们能够涉足的就只有三分之一了，那着实有点可惜。其实，宇宙之大，苍蝇之微，何处我们不能写，什么我们不能思考，什么不能允许我们描述呢？

我们面对的是整个世界，我们的文章也应该面对整个世界，而不应该仅仅限于“美的”，不仅仅限于“灵的”。帖子毕竟是一种文字的东西，所以重要的不是你想写什么和你写了什么，重要的是你怎么写，你怎么表述，你写得美不美，你描述得灵不灵。生活中我们就有这样的经验，同样的话从不同的人嘴里说出来，有的人说出来，我们就爱听，有的人说出来，我们却很反感。排除对某人道德上的善恶喜恨，“有的人就是会说话”，因此我们喜欢听。

所以，我建议把版名改为“黑蚁公社”，我原想取名为“红蚁军团”的，但红色似乎太革命，“军团”有硝烟杀伐之气，离“民主”太远，所以最后建议用这个名字。我的理由有以下几点：马克思对人的定义是：人是所有社会性的总和。那么反过来说，人一旦离开“社会”这个背景，就不再成其为人。蚂蚁是群居动物，社会性很强，与人最近似，且古人有“蚁民”之说，所以我希望网民能四处寻找食物，将食物消化之后，回到此版，共筑其巢。

"黑"，而不用"红"，是想特立独行。在网络上，文章前卫一点，张狂一点，放浪一点，都是好的。"公社"，有人一定反对和反感，主要是这个词在我们国家的特殊历史时期没能给人留下好印象，褒义词变成贬义词。但如果虚则实之，实则虚之，正则反之，反则正之，用在这里，反用其意，用这个最"俗"的词，倒变成最前卫的一个词，不容易与其他网站重复，容易树立我们真正的网络品牌。再者，"公社"是共产主义理想中极度美好的一个名词，却被误解了。我坚信，人活着总是需要一种理想作为支撑的。现在人活得浮躁，似乎也多因无理想、信仰和信念的缘故吧。

这些理由也许并不充分，说出来让大家评判，希望凡来此网的，看了此文的，都能说说自己的想法，赞成的说赞成的原因，反对的也把反对的意见摆出来，让大家都看看。

版名改过来后，内容就可以放开一些，不然就像有的网友对我说的那样，他们没信心，看你那版名，担心自己的帖子水准不够，不敢贴上来。其实，我认为好文章总是浪里淘沙，沙不断地被冲下去，真正的金子才会露出来，不可能一来，天上就不断地往下掉金子的。即使真的如此，金子多半是镀金，也不值钱。不过我记得马克思好像说过：当金子不值钱时，是可以拿来修厕所的。

对于文章，个人有个人的不同看法。有的抬得很高，如曹操的儿子曹丕，在《典论·论文》里说："盖文章，经国之大业，不朽之盛事。年寿有时而尽，荣乐止乎其身，二者必至之常期，未若文章之无穷。"清朝著名学者和剧作家，"花花公子"李渔在《闲情偶记》中也说："武士之刀，文人之笔，俱是杀人之物。"奉劝喜欢舞文弄墨的要慎写文章。可到了写《白鹿原》而成大名的陈忠实那里，他说："写小说就是游戏。"这是对"文以载道"论的一次反驳。但在《白鹿原》里，大家看到了什么？我不说。

所以，我希望我们这个版面的文章类型可以增加一些，不局限于散文、美文、随笔、杂文、日记、书信、游记、小品文、言论、评论（时评、服装评论、书评、影评、体育评论等）、目击新闻和事件（可以写身边之事：如某日上街见杀人劫色之事，车祸、飞机失事之惨，或菜场泼妇之骂架等）、感慨（闲情偶记，聊斋笔记、谈狐说鬼、游山玩水、叹月伤春、悲欢离合等，如一个微笑、一个回忆、一个梦、一次不经意的心跳、一个未经发生的幻想，什么猫事狗事都可以写，什么都可以写，不要拘泥于一点雷同的怀春之事）。现在我看了网友的很多文章，说来说去就那点东西，写文章是创作，重要的是创造性思维。别写来写去，无非你泡妞我也泡妞，你失恋我也失恋，好像除了这些就没有什么可以写的了。世界很广阔，我希望大家建立一个大散文的观念。真正用我们的帖子来关注我们生活的这个世界，关注我们身边的生活，关注我们自己。

云无心出岫是“云心文秀”网站站长的网名。我在这个网站当版主已有两个多月了，不知道还要当多久，也不知道哪天心情不好就走了，当版主的主动权现在还在我自己手里，想当就当，厌倦了随时都可以炒云老板娘的“鱿鱼”。因为她并没给我发工资，给的是一些无用的“云币”。当然，如果你有兴趣又有时间，是可以来这个网站找我的，也可以把你的文章贴在这里让我和其他朋友点评。当然，还需要提醒你的是，如果你的文章实在是写得太好了，请注意设法保护好你自己的著作权。网上和现实一样，有君子也有小人，偷窃行为还是时常发生的。

2002 年 6 月 20 日作于北京西客站

登黄鹤楼

活在这世上，宿命注定你会爱上一些人，会恨一些人，会又爱又恨一些人，会既不爱也不恨一些人。

读过很多文章和游记，不是介绍这个城市如何如何好，就是说那个城市如何如何了得，按“文”索骥跑去一看，和许多朋友一样，嘴上虽不好明说，心底总有些失望，怎么看不到文章所述的好和妙呢？难道是我缺少对美的发现和感悟？后一细想，好像不是那么回事。对一个城市超乎寻常的喜欢，也许只是因为习惯。住久了，就会自然而然忍受和忽略这座城市的坏，就会用全部情感全面放大这座城市的好，“情人眼里出西施”，在他人眼里不过尔尔的城市就会被你主观地幻化成天下最好的地方。所以，我常常怀疑，稳定的婚姻也许并不是因为爱的真正存在，而是因为习惯，任何的风吹草动都会引起内心的恐慌和“不愿意”，从而拒绝“改变”。武汉对于我来说，就是这样一座城市，虽然极喜欢黄鹤楼，但是武汉却一直是我并不喜欢的地方，既爱不起来，也找不到恨的理由。

武汉“瞰三江而吞七津，控西蜀而踞东吴”，素有“九省通衢”之称，由武昌、汉阳、汉口三镇组成，太大。而太大的城市往往给我一种不可把握的恐惧感和难以认知的虚无感。由于我爷爷定居在武汉，而且我后来也因公出差，从小到大，我去过武汉好多次了，但不知道是什么原因，就是喜欢不起来武汉。这犹如人生碰到的某些好女人，知道她的好，可就是爱不上她，也许是前世的修为太浅，导致今生缘分太浅的缘故吧。也许是靠江太近，武汉的冬天奇冷，似乎全身骨头都暴露于尖芒之上，而夏天又奇热，人好像闷在蒸笼里，恨不得把一身肥肉都剔除个干净……从夏到冬，从冬到夏，一年又一年，人在冷与热两个极端的气候里颠来倒去，好像是一块铁，在火炉里烧红了，扑地丢进雪水里，煅烧一回，沾火一回，便形成人称“天上九头鸟，地上湖北佬”的鄂人性格。湖北人强悍、干练、精明，因而黄陂、麻城一带出将军。可凡事有好也有坏的一面，强悍干练过了，就是蛮，有了些匪性或侠气，聪明过了头，有时难免沦为诡诈。

每次到武汉，好像有事无事都要去登一下黄鹤楼。登临之后，似乎也没有什么感慨。因为没有感慨，就不得不佩服古人了。古人登楼，给我的印象就像李白写的《菩萨蛮》中所述：“寒山一带伤心碧。暝色入高楼，有人楼上愁”，楼就是愁，愁就是楼，登楼远眺，愁怀愁绪泉涌而出，楼是愁的一种现实寄托。虽然后人考据此词多半是晚唐五代人的伪作，我却认为这是古人登楼的一种基本心态。如陈子昂的《登幽州台歌》、王之涣的《登鹳雀楼》、王昌龄的《芙蓉楼送辛渐》、李煜的“无言独上西楼，月如钩”，辛弃疾的“把吴钩看了，栏杆拍遍，无人会，登临意”等，或慷慨激昂，或婉转悱恻，都发人深省。古人似乎一登楼，妙言妙语就层出不穷，而现代人在物质欲望的冲击下，这方面的功能似乎也就退化了。这对现代人来说也难说不是一件好事，少了一些无用的感慨，多了些赚钱的买卖。

文以楼名，楼以文彰，但也不尽然。如以上诗中所提之楼，诗都绝佳，让人吟咏至今，但楼却成不了名楼，为什么呢？江南三大名楼我都去过，可我去的次数最多的却是黄鹤楼，每登一次都惶惶然惴惴然，为先贤妙语所震慑。我想，天下名楼除了要有名篇之外，必得依于大江大湖之侧，视野开阔，方显气度。但我还是常常感叹，唐代诗人崔颢短短几行诗，四两拨千斤，敌过洋洋上千言的王勃的《滕王阁序》、范仲淹的《岳阳楼记》。

昔人已乘黄鹤去，此地空余黄鹤楼。
黄鹤一去不复返，白云千载空悠悠。
晴川历历汉阳树，芳草萋萋鹦鹉洲。
日暮乡关何处是？烟波江上使人愁。

诗对炼字炼句要求极严，用字用词极讲究，极少重复，何况是律诗。从诗法来看，像崔颢的《黄鹤楼》，这首诗开篇三句都有“黄鹤”的用法是很罕见的。细究其理，大概一方面唐人写诗，师法自然，不像明前后七子“文必先秦，诗必盛唐”那样受约束。另一方面是崔颢有意而为之，重复使用两字使全诗产生复沓的效果，与诗后的“历历”和“萋萋”共同营造一种缠绵反复的语境，境随声，情随境。《黄鹤楼》这首诗是崔颢从东北边地从军归来后宦游武昌时作的，被后人推为唐诗题咏黄鹤楼第一名篇，从唐代芮挺章的《国秀集》以来，一千二百余年凡唐诗的总集或选本几乎无一敢漏此诗。严沧浪云：“唐人七律，当以此为第一”。诗虽名扬千古，但诗的作者崔颢却并不特别有名，生平事迹也不详。在《唐才子传》中略有记述，摘录如下：

崔颢，汴州人（今河南开封人），开元十一年进士，天宝中为尚书司勋员外郎。少年为诗，意浮艳，多陷轻薄；晚节忽变常体，风骨凛然。一窥塞垣，说尽戎旅，奇造往往并驱江鲍。后游武昌，登黄鹤楼，感慨赋诗。及李白来，曰：“眼前有景道不得，崔颢题诗在上头。”无作而去。然行履稍劣，好博，嗜酒，娶妻择美者，稍不惬即弃之，凡易三四。初李邕闻其名，虚舍邀之。颢至献诗，首章云：“十五嫁王昌。”邕叱曰：“小儿无礼！”不与接而入。

文中所述“奇造往往并驱江鲍”，江鲍指南北朝诗人江淹和鲍照，二人的诗古奥遒劲，意趣深远，开当时一代诗风，对后世影响很大。而诗仙李白何等名气，何等人物，凡识汉字者都知道中国诗史上有这么一位诗仙，何人不佩服？竟然是让诗仙也折服的人，又该是何等人物呢？李白无疑为崔颢打了一个千年广告，就如同现在文坛的一些写手，偶得佳作，请名人吹捧一下，便莫名地大红大紫起来，再之后却也“江郎才尽”，很快偃旗息鼓了。

其实，有什么“道不得”的呢？据不完全统计，李白写有涉及黄鹤楼的诗共8首。其中《与史郎中钦听黄鹤楼上吹笛》“一为迁客去长沙，西望长安不见家。黄鹤楼中吹玉笛，江城五月落梅花。”和《黄鹤楼送孟浩然之广陵》“故人西辞黄鹤楼，烟花三月下扬州。孤帆远影碧空尽，唯见长江天际流。”俱是不可多得的杰作。至少在我看来，与崔颢的诗不相上下。

李邕，字泰和，初为谏官，历任郡守，官至北海太守，世称李北海，唐代著名书法家，现存湖南岳麓书院的《麓山寺碑》是其代表作。崔颢献给李邕的诗是《古意》：“十五嫁王昌，盈盈入画堂。自矜年正少，复倚婿为郎。舞爱前溪绿，歌怜子夜长。闲来斗百草，度日不成妆。”读来并不让人生厌，格调还算清新活泼，还不至于“浮艳”到让人发怒的地步。也许此诗太儿女情长，正好撞在太老夫子气的李邕的“枪口”上了。过于严谨的人有时不近人情，表面道貌岸然，实则虚伪。世现存《崔颢诗集》一卷，共收诗40多首，其余诗作我也略微翻过，相对后期作品，他少时所作的诗也的确可以说“意浮艳，多陷轻薄”，但还算明朗。也许真正浮艳轻薄的游戏之作倒是真正被历史无情地淘洗掉了，没有留传下来。

此外，我对文中提到崔颢“行履稍劣，好博，嗜酒，娶妻择美者，稍不惬即弃之，凡易三四。”的这段描写很有些兴趣。用现在良家女子的眼光看，无异于说崔颢其人是赌徒、酒徒和色鬼，劣迹斑斑，十足的一个浪子。我由此推想，崔颢年少轻狂，老来却变得持重了。是什么原因使一个人发生如此突变呢？我很有心去探究内中原因，苦于没有什么资料，也不好妄自推测。

黄鹤楼的由来，历来有“因山说”和“因仙说”两种。据最早的文字记载，赤壁之战后，孙权夺取荆州，并于公元223年修筑夏口城（今武昌城），“城西临大江，西南角因矶为楼，名黄鹤楼。”矶是指黄鹄矶，鹤鹄古音近。所以旧楼址应该位于武汉长江大桥南引桥的基础上，而并不是今楼的所在地。后经历朝历代一千七百多年的沧桑变迁，屡遭战乱、火灾、雷击等劫难，屡毁屡建，兴废建毁竟然多达二十余次，其形制和规模也日趋奇特宏大，由一个最初用于军事守望的楼哨终于发展成为文化沉淀极深的“天下江山第一楼”。此是“正史”，但正史多不传，流传的是“野史”。世俗往往更喜欢故事，野史总是让人津津乐道，流传得广阔而深远。唐《图经》载“昔费袆登仙尝驾鹤返憩于此”，后来还有仙人子安在此乘鹤、吕洞宾在此跨鹤登仙的传说。崔颢的诗也用“仙”典，借事抒情，借题发挥，借他事说己事，既别具一格，又迎合了世俗的喜好。

很多去过黄鹤楼的朋友常抱怨说，今楼不如古楼，登临无趣，因为今楼是钢筋混凝土框架结构的仿古建筑，内中甚至还建有电梯。古楼我们没见过，我常想即使是全木结构的古楼，现代人恐怕没有多少人真正懂得“登临意”了，照样也不会有多少收获的。其实，离现代最近的一座古黄鹤楼，是由清朝总督官文、李鸿章、巡抚郭伯荫主持，为纪念曾国藩之弟曾国荃镇压太平天国记功，建于清同治七年（1868年）。这也是历代古黄鹤楼中最有气势的一座，今楼的设计多借鉴和模仿了此楼的特点。

今楼在设计过程中因此而产生一个有趣的插曲，此插曲用现代眼光看，有点可笑。事情发生在1978年，“文化大革命”刚结束，当时人的政治触觉仍然是极敏锐的，武汉市“革委会”听说清古楼与镇压农民起义有关，马上决定搁置按清式楼所做的设计方案，要求重新拿出体现宋代、明代黄鹤楼风格的设计方案。后辗转经省委出面明确“不要拘于哪个朝代，要优于古，不能劣于古”，才为今楼设计确立了最后的基调。清同治年间建的黄鹤楼最后毁于清光绪十年的八月初四（1884年9月22日）晚的一场大火，到民国时期，黄鹤楼早已名存实亡，但游人仍络绎不绝，如陈独秀、毛泽东、恽代英、周恩来、郭沫若等都到过故址，并吟诗作文。所以重要的是你心中有没有“楼”，“楼”在不在你心中。胸中有楼，虽无楼而楼在；胸中无楼，楼虽在犹无。

今楼重建的提议始于新中国成立之初的1950年，其时开始勘测修建武汉长江大桥。而真正决定重建黄鹤楼是在1955年。但由于存在重建楼址、楼式选择和经费落实等方面的问题，议而难决，直到1980年年初才最后确定建筑师向欣然的设计方案，并于次年10月正式破土动工，于1985年5月竣工，距清同治时的黄鹤楼被焚恰恰一百年。其间，我依稀得去过几次，那时我还小，登楼时天气太冷，只觉无趣。

今楼坐落于蛇山山顶，基座为三层花岗岩平台，四周有石雕栏围护。楼高五层，总高度51.4米。楼体四望如一，建筑平面为折角正方形、建筑面积共计3219平方米。整座楼有72根圆柱，梁柱门窗饰以赭红油漆，檐下配以淡雅青绿彩绘。楼层层有飞檐，每层飞檐有12个翘角，共60个，其屋面用10多万块黄色琉璃瓦覆盖，使整座楼如鹤振翅欲飞。各层匾额楹联多是近现代政界名人、当代著名书法家、画家的手笔。楼的第一层前厅正面是一幅9米×6米的大型彩瓷镶嵌壁画《白云黄鹤图》；第二层正中用大幅青石板镌刻着唐代阎伯理撰写的《黄鹤楼记》。石刻两侧分别为《孙权筑城》和《周瑜设宴》的仿汉代瓷嵌壁画，画面古朴凝重；第三层是一幅大型陶瓷壁画《人文荟萃·风流千古》，从左至右排列着杜牧、白居易、刘禹锡、王维、崔颢、李白、孟浩然、贾岛、顾况、宋之问、岳飞、陆游、范成大等13位诗人，和他们所写黄鹤楼的著名诗篇；第五层是全楼的顶层，大厅四周有直接绘于壁上的大型壁画《江天浩瀚》，包括从大禹治水、屈原行吟到李白醉酒、岳飞抗金等10幅，表现万里长江上的人文故事、传说和历史。这些壁画都出自中央美术学院著名画家之手，文化积淀很厚。登楼看看也可，不看也不为过。

现在的黄鹤楼已形成以楼为中心，包括楼阁亭台、塔坊廊轩、苑馆池洞、雕塑石刻等60余个大大小小自然景观的中国古典式园林。黄鹤楼公园位于蛇山西端，西抵司门口，南临辛亥武昌首义纪念馆红楼，东至武昌路与首义公园接壤，北至铁路线。从西向东形成狭长的山林地带，全长约955米，面北长322米，包括黄鹄山、殷家山等，占地17.2公顷。从西大门进入，分别可见胜像宝塔、牌楼、南北轩、南北亭、“黄鹤归来”铜雕、黄鹤楼、古铜顶、西爽亭、费亭、搁笔亭、奇石馆、南楼、碑廊、毛泽东词亭、鹅池、紫竹苑、涌月台、白云亭、石牌坊群、岳飞亭、落梅轩、跨鹤亭、黄鹤古肆、黄鹤酒家等。粗略看看，可能也要一两个小时。

唐阎伯理在《黄鹤楼》中说：“黄鹤来时，歌城郭之并是；浮云一去，惜人世之俱非。”感时伤逝对于文人来说，总是难以治愈的“病症”吧，所以有机会去武汉，又实在没有其他事可做，不妨去登登“天下绝景”的黄鹤楼，有所感慨总是好的，没有什么感慨，总有一个模糊的认识和概念，日后也不会有谁随便敢把黄鹤楼拿到你面前吹得天花乱坠。这也算是一种收获吧。

2002年11月11日作于北京

死，其实只是另一种存在

人死如灯灭。

生老病死，本是人之常情，没什么大不了的。就像医院的医生，对死亡司空见惯了，往往面对佛家所指的人生四大苦，显得异常平静。

但没想到，老张就这样死了。不过那段时间，正是“非典”疫情在北京横行肆虐的时候。“五一”期间本想趁别人都躲在家中躲避“非典”的时机，跑到新疆去游逛一圈。但后来只有作罢，原因很简单，外地人把北京人多视同疑似“非典”，传言“拘禁”的多。事实也许并非像传言那么惊恐，但很多人都被迫取消了行程。所以我一直囿于北京一隅，不敢乱走，动弹不得，心情比较郁闷和压抑，百事不作，心灰意冷，人也变得慵懒起来，熟悉的网站也很少去。那日，偶尔点击贵州E友社区网白蚁书巢论坛，见一篇帖子置顶在前面，点击率很高，打开看看，却是网站的老张得了癌症的消息。他好像没过多久就去世了，没能拖更长的日子。我心里难免还是有些恻恻和凄凄。

2001年年初我离开湘西怀化，调到贵阳市工作，有点着迷于网络。通过QQ邂逅了一个叫“candyworm”的网友，一个贵阳小女人，很可爱，但有些忧郁，是她教我学会玩BBS的。玩得有些意思，后来就跑到贵州E友网来玩。这个网站网址是http：//www. gycity. com，直说应该叫“贵阳城市网”。这地方很热闹，鱼龙混杂，装君子装痞子的各类人物都有，在贵阳这座城市特别有名，自成体系，网友之间还经常搞聚会，人气很旺。

在社区混得有点名气了，就会有人邀请你参加聚会。聚会时似乎是约定俗成的规矩，都用社区的名字相互称呼，很少打听对方的真姓大名。一切开销都采取AA制，谁也不欠谁的，谁也不吃亏。有一次聚会，我初来乍到，对社区和社区里的人并不熟悉，不记得是谈什么话题，谈着谈着不知道什么原因扯到老张这个人，说这个人如何如何了得。我满是好奇，因为实在不认识，就斗胆问了一句："老张是谁?"

人类一发问，上帝也会大笑。这一问的结果比较惨，大家一下子都安静下来，停下正在谈论的话题，用异样的眼光盯着我看了好一会儿，然后相视而笑。老半天，有好心人才回了一句："连网站的后台老板都不知道，你还在这混什么混!"

当时，我嘴上不说，心里倒有些不服气。知不知道网站老板有什么关系，BBS可不是哪个人的私有财产，却实实在在是人民大众的。如果没有广大网友的支持，网站论坛是无法生存和发展的。物以类聚，人以群分，在同一个论坛长期聚集的往往是具有相近的价值取向和价值评价的一群人，而这群人又会通过网络相互影响，形成一个松散的集体或组织结构。而网站老板，在其中主要是提供硬件支持而已。

但那句话对我的冲击很大。对于老张这个人，我未见其人，而先闻其名，如雷贯耳。但主观上并不认同，甚至有些排斥和抵触，没有想见这个人的内心冲动。只是暗地里猜想，都叫他"老张"，这人是不是一个老头？反正比较纳闷，生意人怎么会投资搞网站这种赔本赚吆喝的买卖？是不是也在做一个天大的网络发财梦。

有的人你一辈子也见不着，但有些人你却是迟早要见的。后来，社区网名叫"老秋"的一位网友想做点好事，准备个人出钱让贵州人民出版社结集出版贵州省第一本网络文学的书籍，名字好像叫《美好年华》。由于牵扯的写手太多，而且许多写手用的都非真名，存在版权等问题要解决。我写的《葡萄女孩》初选时被选中，所以"老秋"

发函给我，邀请我参加周末在贵阳一家叫“红楼”的茶馆的聚会，讨论相关事宜。很多经常在网站出没的写手都去了，其中还有一位叫“戒”的女网友从遵义特地赶过来，参加完会议后又匆匆赶回去。“戒”长得高，身材很好。在网站留的照片是长发，来时不知何故却剪成了短发。她是怀着一个比较纯净的文学梦来的。当时很让我吃惊和感动，为这种热情和投入而感到一丝隐隐的不安。

老张也来了。他理的是短平头，人很精神，目光锐利，身体看上去也很硬朗，雄姿英发，看不出半点有病的征兆。他与那些网友似乎都很熟，谁都跟他打招呼，他对谁都报以笑脸，特别是长得比较漂亮的女网友。当时，大家围了好大一圈，好像围绕“你到论坛来干什么？目的是什么？”这样一个问题讨论，每个人挨个发言，每个人所说的都不一样。这种形式多少让我有点不太习惯，脑子里幻化出生活中某种雷同的定式。我喜欢听人说话，自己话少。这种模式有点像某种组织，而“老张”有点像电影中的黑社会老大。

我没跟老张说过一句话，然后聚会就散了。老张看上去很年轻，没有想象中那么老态。他的年轻有为也让我暗暗吃惊，心底里也有点自愧不如，但也没有与他交朋友的奢望。那本《美好年华》后来炒作得比较热闹，最后出没出版，我似乎没听到下文。

此后，我便再也没见过他，与他也没联系过。后来又因工作，离开了贵阳，人也就更远了，见面的机会渺茫，但也没想到会就此永别。著名学者张中行喜欢说，死人活在活人心中。其实，我想，人是所有社会性的总和的定义如果正确的话，活人难道不也是活在活人心目中的吗？当认识他的人，记着他的人都一一从这世上逝去时，这个人作为人的概念也就彻底灰飞烟灭了，不留一丝痕迹，白茫茫一片真干净。

说句老实话，我对于老张的死，并不感到有什么特别的悲哀。一方面，我虽然认识他，他却不认识我。我认识他，却也只见过一面，算不得什么熟人。没有像社区的一些朋友跟他有过很深的交情。我和他既没喝过酒吃过饭，也没有一起泡过吧，认真讨论过人生的问题。喝了酒，就是酒友，吃过饭，就是饭友。君子之交淡如水，这是我崇尚的一种社交风格。

另一方面，他的去世，还算不得特别突然。社区网上有人事先发布消息，说他得了癌症，被确诊为晚期。让大家看着他慢慢死去，也是另一种残酷吧。这年头得了癌症，又到了晚期，无疑是判了死刑。虽是如此，当时我还是大吃了一惊，脑海里马上闪现出聚会时他风华正茂的样子，怎么可能呢？但天有不测风云，人有旦夕祸福。愚人节早过了，不像是有人在网上恶作剧，开玩笑。

虽然从年龄上算，他死时比较年轻，三十来岁，正当壮年，却也够不上“夭折”的条件，归不到“恶死”之列。虽然对我来说，因为一点点社区的原因，心目里还是存有他的一点位置。但我还是想，即使他现在还活着，也不会记得我，所以心里也并不特别的悲哀。当然，我也有我自己的原因，在社区我一直把自己定位在“边缘人”的位置上，与世无争。这种状态没什么好处，只是比较闲逸，比较自由。有心情时，也可以闹闹，无兴致时，也就淡出。文章写出来，有人看时也高兴，无人看时也无所谓。

我是直到他死后，才知道他的名字叫张忠。这个名字没有什么特别，很好记，是个不容易让人忘记的名字，可也不容易让人刻骨地记住。直到他于 2003 年 5 月 24 日 3 时 48 分病逝之后，我才知道他生于 1968 年 12 月 24 日，比我略大，是同代人。据说他是个事业有为的人，1986 年毕业于凯里一中，就读于贵州工业大学，推算去，应该是地道的贵州人。黔东南苗族侗族自治州的首府凯里市是个好地方，城市不大，街道不多，我在那儿待过一年，不知什么原因，特别喜欢凯里大阁山山顶上那座寂寞的阁楼。1998 年 6 月 8 日他创立了贵州恒鑫科技公司，任董事长、总经理，据说家藏万贯，不知道是真是假。说生意人不赚钱那一定是假的，但把做生意作为一项事业来奋斗的人不多，也一定不简单。2000 年 8 月 8 日他创办贵州 E 友社区，目前注册会员已达 23 万多人，成为贵州最大的虚拟交友社区，可社区的人，和我一样，很多人并不知晓其人其事。2001 年他出任贵州省政府网站规划组组长，这是多大的官，却是我所不知道的。

死，是最容易刺激人心底里那点沉睡的哲学细胞的。对于死，庄子的很多论述很有趣，有时候无事时，我就翻出来偶尔读读，可以静心。《庄子·天下疏》中说："生者以死为死，死者以生为死。"《庄子·外篇·天地第十二》中说："万物一府，死生同状。"庄子的妻子死了，他却鼓盆而歌，这需要多大的魄力和胆识呀。敢这么做的，不是疯子，就一定是能洞察一切世事具有大智慧的神人。此外，不记得是《庄子》还是《列子》里有一则寓言，大概意思是说，楚女准备出嫁到齐国，因为不知道齐国是什么样子，也不知道将来的生活会变成什么，所以整日里哭哭啼啼的，闹着不肯出嫁。结果后来嫁出去了，后悔并且嘲笑自己当初怎么会有不肯出嫁的想法和念头。出嫁后的楚女乐不思蜀，三年不归，不想回娘家。这个故事并没完，寓言的作者是想说明一个道理，生如同楚女出嫁前的状态，死犹如出嫁后的状态，生的时候我们并不知道死的时候究竟是个什么样子，只是以"生"来评价"死"，认定"死"一定不好，可谁知道呢？死去了的人又不像嫁出去的人能够回来告诉我们死究竟是什么样。

死，其实只是另一种存在，只不过是一种不为我们所知的存在而已。

2003 年 6 月 2 日作于北京

那树在哭

秋天来了，有些凉意。黄昏的时候，没有什么事可做，我独自一个人下楼，来到园子里。

没有纷扰的园子显得格外的宁静，沿着园子里鹅卵石铺就的路慢慢地踱，想一些问题，或什么也不想。看看那棵桃树，望望那棵白玉兰树，摸摸那棵柚子树，有麻雀在树梢上叽喳，有虫儿在草尖上蹦跳。空气特别地新鲜，心境惬意而平和。

园子很小，有门，虽设而常开。所以本地居民有胆大的，有时也来闲逛。这天，园子里来了一对母子，孩子已会说话和走路，对什么都好奇，见什么问什么，母亲问什么答什么，一问一答，很有意思。我有意不看他们，避免他们注意，避免影响他们的交谈，只是竖着耳朵小心地听。

“妈妈，快看，那树在掉叶子呢！”孩子很可爱，红扑扑的脸。我不知道将来我会不会有孩子。即使有，我也想象不出我的孩子会是个什么样子。

“是呀，天凉了，树就会掉叶子的。”母亲爱抚地回答。我脑子里“叶落而知秋”的成语一闪，不禁淡淡一笑。

“树也怕冷吗?”孩子问。

“那当然。”母亲答。

“人怕冷时，会添衣裳。为什么树不穿衣裳？难道树不怕冷吗?”母亲有点为难了。我想可能她在哄孩子穿衣服时，是这么唠叨和劝慰的。

在孩子眼里，天转凉，人会往身上加衣服，而树却在凋零，直至脱得精光，一丝不挂。是人反常，还是树反常？

曾有人问我："如果有下辈子，你准备做什么？"

很多人的回答是再做一回人。特别是成功的女人，喜欢说："下辈子再做女人。"做人做出味道来了，没白活，是不错的经历，也许真正体会到了人生的幸福。而我的回答却是做一棵树。我只是想，树不用思考，没有什么欲望，也许会少烦恼。为此，二十来岁时，我还写过一首关于树的情诗送给一个女孩。诗是这样写的：

我只是一棵树
一棵浑身长满绿的植物
静静地站在今生
你终必会路过的路旁
一生一世　一世又一生
春来时我拒绝歌唱
风来时我拒绝舞蹈
我把花期紧紧地裹藏在梦里
只等你从远方姗然而来
便将一树的歌　一树的话语　一树的花朵
一下子都捧出　绽放　惊你的心
只为了千百年来
不早一步　不迟一步
恰在你经过之时
让你不经意地
能够看见我

与那女孩认识时间不长，打交道不多，我当时只是觉得自己到了结婚的年龄，又觉得这女孩还不错，很适合做我的妻子，就写了这首诗。这首诗当时完成后，自己特别兴奋，以为因为爱情又一个伟大的诗人从此诞生了。后来，冷静地再读，发现模仿的痕迹实在太重，受席慕蓉的《一棵开花的树》、张爱玲的《爱》和舒婷的《致橡树》的影响是很明显的，严格地说不能算绝对的创作。所以这首诗显得柔美，阴气也重些。那女孩并不爱好文学，所以收到这首诗，只觉得很好，喜欢，却不知道好在哪里，所以最终并没有接受我的爱。

天暗下来，园子里越发凉了。母亲怕孩子着凉，劝孩子回家。孩子有些不舍，还在追问先前的问题。母亲把孩子抱在怀里返身离去，孩子还拼命挣扎着回过头来，他忽闪着眼睛，突然惊喜地说：“哦，妈妈，我懂啦。落叶是秋天的眼泪哩——那树冻得厉害，又没有妈妈关心，它在哭，不是吗?”

母亲愣了一下，轻拍了一下孩子的屁股，说：“傻孩子，别想那么多，树怎么知道冷和痛呢?”

望着母子淡淡地离去，我竟然痴在园子里了。这是多好的一句话呀——那树在哭。

2003 年 6 月 16 日作于北京

访普照寺

没想到普照寺是如此清静的地方，安宁得让我有些诧异。寺庙犹如泰山掌心上的一颗明珠，绿荷上的一滴雨露。

昨登泰山，今又游岱庙。据说诗人臧克家八十岁高龄时到泰安，居然没登山，而是到普照寺。因为有汽车和索道，老人登泰山在体力和安全方面应该不存在问题。我想弄清楚的是，一个什么样的寺庙，对于一个诗人，竟然会比泰山还有吸引力？所以午饭后，看时间还充裕，便在返程之前匆匆赶往普照寺。

乘车经泰安市环山路北，插入凌汉峰峡谷，上一斜坡，闪入一片松柏林，过一门坊。门坊后是一座小桥，门坊左侧建有一所小学，据说是冯玉祥先生隐居此地时捐建的。拐过门坊后的一片柏林，一座小庙呈现眼前，顿觉清凉异常，暑气尽消，不同于泰安其他地方。也许是泰山脚下名微位轻的缘故，这里游人罕至，但却是我比较欣赏和喜欢的境况。名气太大，游人纷至，景点似乎也浮躁起来，失了许多天然的趣味。

普照寺坐北朝南，依山就势。山门前设有一对石狮，庙门不大，中开。院墙不高，所以站在门外，就可以掠览院内亭榭楼阁。院内树木葱郁，遮掩徊环。不注意，还以为是魏晋南北朝时某位隐士之居。进门左侧，有一小方塘，储有水。方塘后立有五座舍利塔，看外形，不是古物。走七八级台阶，上到第二层，过第二山门，往左，立有冯玉祥的一座半身石雕。九一八事变后，由于冯玉祥坚持主张抗日而为当局不容，先后两次含愤客居于此。

冯玉祥是近现代史中出了名的武人，对中国文化却特别看重。围绕雕像四周立着些石碣，碣上刻有48首冯玉祥以泰山习俗和民生疾苦为题材所作的诗。他自称这些诗为“丘八诗”，我未及细读，想来应该和他墓前自题诗的风格差不多，多为即兴的白话，称“丘八诗”，也许出于他的谦虚和率直的秉性。诗都配有画，画出自画家赵望云之手。冯玉祥石像的左后，靠角，凿有一泉，传说为冯玉祥隐居时所开，名“大众泉”。

再往后，有一座殿，供的是明宣德年间高丽僧人满空，其人其事记载在寺中钟鼓楼所藏的《重开山记碑》上。由此再往寺院的中轴线去，就到了寺的后院正房，原本应是藏经之处，名“摩松楼”。我想冯玉祥退隐其间，应该是住在这里。楼有两层，门是锁着的，上不去。楼前有松，需几人合抱，枝繁叶茂，疏密相间，宛如巨大的华盖。松下立有碣刻“六朝遗植”和郭沫若《咏普照寺六朝松诗》碑。松的西侧筑有一亭，名“筛月亭”。据说每逢皓月当空，松下银辉万点，如同筛月。那种感受也许只有隐居于此的冯玉祥等少数人能体会得到吧。

稍驻片刻，再往东回绕，是一间禅房，房前立着李德全女士的半身石像，位置与冯玉祥的石像形成对称。年少时读《故事会》，记得一件逸事，说刘德贞病逝后，冯续弦，与李德全结婚。当时李在北京贝满女中任教，是个性格豪爽、泼辣、刚毅、质朴，28岁还不肯出嫁的老姑娘。婚后，冯问李：“为什么嫁给我?”李答：“是上帝怕你不为民办事，派我来监督你的。”

出寺门，有些意犹未尽的感觉，决定再去拜谒与普照寺仅一山之隔，位于泰山之阳西溪东侧山崖上的冯玉祥先生墓。从天外村广场，踏过冯玉祥捐建的“大众桥”，即可到坡脚，可以看到绿荫笼罩之下，用泰山花岗岩方石砌垒的墓壁上，有郭沫若所书“冯玉祥先生之墓”几个贴金大字，并嵌有冯玉祥的紫铜浮雕头像。墓道设石级66阶，寓意冯玉祥生年66岁的经历，自下而上依次为20阶、14阶、14阶、18阶等4段，象征冯玉祥弱冠从军、清末军旅、段祺瑞时期、抗日救国时期4个阶段。近前看时，发现头像下面还有冯玉祥用隶书写的自题诗《我》："平民生，平民活，不讲美，不爱阔。只求为民，只求为国，奋斗不懈，守诚守拙。此志不移，誓死抗倭，尽心尽力，我写我说。咬紧牙关，我便是我，努力努力，一点不错。"

冯玉祥一生充满传奇色彩。他原名基善，字焕章，安徽巢县（今巢湖）人，生于河北保定。清末冯玉祥即投身淮军，后又改投北洋军。因身材魁梧，能勤学苦练，三年后升为排长，并受协统陆建章赏识。陆将内侄女嫁给他，这位内侄女想必就是刘德贞。不久他便升为管带。辛亥革命时参加滦州起义，失败后被递解回原籍。1912年又被陆建章起用，任营长，1914年围剿河南的白朗起义军后任旅长。后在军阀大战中，因战功曾任陕西督军、河南督军等职。1924年第二次直奉战争中，冯玉祥发动北京政变，推翻曹锟政府，驱逐清逊帝溥仪出宫，并电请孙中山北上。1926年秋冯玉祥在绥远五原誓师，率部参加北伐战争。1927年冯玉祥一度附和蒋介石、汪精卫清党反共。1930年冯玉祥联合阎锡山、李宗仁等举兵反蒋，失败后下野。"九一八"事变后，冯主张停止内战，一致抗日。1948年9月1日，因轮船失火，在归国途中于黑海遇难。

观冯玉祥一生事略，戎马一生，大风大浪，在刀口上踩钢丝，经历非同一般，非得有不同寻常的胆识才行。而其性格纯朴率直，敢作敢为，是个天不怕地不怕、顶天立地的汉子。民间关于他的传说逸闻很多，例如他还在吴佩孚的手下当部将时，吴做五十大寿，将领们纷纷送厚礼，而他却送了一坛清水。还有一次，他到蒋介石官邸去，大白天手持点燃的灯笼，旁人怪而问之，他解释说："太黑暗了！太黑暗了！"

冯玉祥原为一个旧式军阀，但心常存"报国为民"之志，国难当头，坚定立场，成为抗日主将，实难能可贵。死后托体同泰山，葬得其所。我想，登泰山易，做人难。学冯先生做人，学泰山之气概为人，树立坚定的人格，却更是难上加难。

2003 年 7 月 7 日作于北京西客站南广场

凯里人阁

我不喜欢凯里这个地方，却一厢情愿地喜欢凯里的这座阁楼。阁楼矗立在山顶上，显得很孤高。

不喜欢，也许因为有山。山把这座城市冲得七零八落的，散散错错，显得有点漫不经心的乱。虽乱，却自有它内在乱的秩序。喜，似乎也因这山的缘故，这灵气非凡的大阁山。凯里的山多骨，石多，不长树木，显得瘦。而大阁山与众不同，极丰润。而我不愿把它比作一名风姿绰约的少女，那太俗。

阁楼就矗立在凯里市北的这座山上，山名“大阁山”，山因阁名。阁楼有个雅名，叫魁星阁。为什么俗称大阁？不可考。兴许是旧时当地少数民族识汉字不多，“魁星”二字既不好记，读来又拗口，便简称为“大”了吧。约定俗成，叫惯了，雅号倒让人淡忘了。

因对这阁楼情有独钟，暂住在这城里，离得又不甚远，闲或不闲都想法找时间去看看，或喜或悲，都能恰到好处。不觉中已去过三四回了。以后还会去，不知还将去几回。时常就痴想着，这阁楼因我喜，它也喜；因我悲，它也悲，便自以为阁楼也懂了人性，生成一种默契，便自以为这阁楼就是我的了。之所以在这痴等，不就是在等我的到来吗？

每次去，都鬼使神差地选在黄昏。我喜欢黄昏，喜欢黄昏那种迷离神秘的美，有时甚至会为这种美而沉醉。因是黄昏，管园管阁楼的人都回去了，园没锁，不用买门票，任人出入。阁楼却是锁上的，不可登临，仅可仰视。我很怀疑自己，可能是有意选择黄昏来此，为了这不可登临的苦恼和困惑。也就因这苦恼，我便爱上了这阁楼。又因这独到的爱，这阁楼似乎又显得太寂寞了。

从凯里火车站顺公路上行，拐一道弯，再拐一道弯，不经意一抬头，阁楼就会猛地跳进眼里。阁楼躲在山顶上，犹抱琵琶半遮面，藏在一片葱郁的绿色里。山形圆润，线条饱满，如女人的乳房，而那阁楼就像那乳头。我觉得像，却又为这念头这发现，感到难为情，感到羞愧和不好意思。觉得自己有点弗洛伊德，觉得自己有点卑鄙和龌龊。我甚至怀疑自己是不是因为这，才如此深爱这阁楼呢？我喜欢女人，尤其是漂亮的女人，这是我的心里话，我并不想掩饰。而这阁楼，带着点古典女人神秘的淡淡的美。

凯里自古都是苗族人的聚集地，依稀还保留着原始母系氏族社会的许多习俗和观念，阁楼难说不是代表了当地苗族人和侗族人对母性的图腾和崇拜。如果父性象征着强权和暴力，母性代表着慈悲和宽容。我宁愿选择母性。

从正街插入一条老街。沿着老街，数着街旁一座座的乌瓦老宅走下去，街面狭窄，人流拥挤。约行一里路，便见“大阁巷”，极不起眼的一条巷子。顺坡而上，越行越陡，三五分钟就可到“大阁公园”门口，两米来高的墙，墙内草木繁茂，墙外一木难求。园外除了一些房子，便是红黄土的菜地。虽说是“公园”，却全无大城市公园的市侩气，空空荡荡的，自自然然。进门为一道牌坊，门坊上有一联，横批是“进吾往之”，坊柱上刻着“一览皆谓众山小，到此方称拔地雄”，似乎在哪见过，疑为抄袭之作，放在此地，颇生出些“夜郎味”来，却也不让人生厌。

进门坊，迎面供着一土地神，有求必应，还有些香火。再行，左右都有路，因山小，都可达山顶。前面，一路的树，秋冬时英叶落尽，便显出一股悲凉的苍劲；春夏来临，枝繁叶茂，幽深沁人，人又稀少，胆小的油然生出一种怯意，胆大的腾地冒出一股子豪气。树下常有些闲人遛鸟。

山顶阁楼之下，时有少年练拳。园里倒无谈情说爱的，实在与大城市不同。想来苗族人与汉族人不同，他们自可在传统的姊妹节和芦笙节上，寻找自己的伴侣和梦想。他们找对象多在明处，不像汉人常在暗处。所以这阁楼除了祭祀和节日，便这么好地空了出来。空出来，就能容下像我这样的一个人，和我这样的一种心境。

近阁楼下，有一座墓。墓碑上印刻有几行字，却还识得——“原魁星阁主人：方道人之墓”。碑前残留几炷香，已熄，不知何人所烧。司马迁说：“君子疾没世而名不称焉。”而其人死后，仅余其姓，不留其名。傻子乎？俗人乎？君子乎？神仙乎？我不知，也无心考证。每次来，都要到墓前驻足半刻，看看、想想、叹叹、笑笑，然后就自个儿离去。

阁楼在山顶，山不高，阁楼高。阁楼为五重檐的六角攒尖建筑，建在一两级台基上。造型古朴，高22.86米。阁楼前摆有一坛两槽，上有鸡毛和黑血，疑是历次祭祀时留下的。阁楼有南北二门，都刻有对联，南门为“飞关过齐泰素景，苍烟几点小瀛洲”，北门为“凯水清波滚滚奔来眼底，炉峰烟雨巍巍矗立樽前”。此二联不算极好，却也还能应景，可谓不错的点缀。

凯里这地方就这样，山极普通，阁楼也普通，人更普通。只是这阁楼苍凉时，人也觉抑郁；这阁楼明朗时，人也随着欢愉起来。于是，就以为自己属于这阁楼，阁楼也就是自己的，便莫名糊涂地就爱上了、恋上了这异乡的阁楼。

1999年5月2日作于贵州凯里清平路40号

趵突泉边忆清照

到了济南，吓了我一跳。游了一圈趵突泉，发现山东人可怕，济南人尤甚。

原先只是想象，山东为孔孟之乡，圣人生而大盗起，圣人不死，大盗不已，当地人物不是“之乎者也”的仁义之辈，定然是水泊梁山的强人好汉。到此一游，着实惊诧，原来济南人杰地灵，既出文人，又出词人。这多少也怪我，读书全凭一时兴致，东瞧瞧西看看，不成体系，也不深究，偶有所悟，便沾沾自喜。再者，是孤陋寡闻，30 岁以前，多在长江以南一带游历和流浪，对北方缺乏了解和关照。

王士祯在《花草蒙拾》里甚至很骄傲地说：“婉约以易安为宗，豪放惟幼安称首，皆吾济南人，难乎为继矣。”易安居士是李清照的号，幼安是辛弃疾的字，两人相差56 岁。也就是说，李清照去逝世，辛弃疾还是个孩子。

少时读李清照的两首《如梦令》：

常记溪亭日暮，沉醉不知归路。兴尽晚回舟，误入藕花深处。争渡，争渡，惊起一滩鸥鹭。

昨夜雨疏风骤，浓睡不消残酒。试问卷帘人，却道海棠依旧。知否，知否？应是绿肥红瘦。

沈谦《填词杂说》中评：“男中李后主，女中李易安，极是当行本色。”我认为即使李清照后期没有更为精典的作品，仅凭这两首小令，也能确立她在文学史的一席之地。前一首似在山饮泉，清凉可口，情境如画如曲；后一首如盛夏吃冰，入口即化，一股清气入脾入肺。李清照18岁嫁给赵明诚，婚姻门当户对。同时代的王灼在《碧鸡漫志》里说她“自少年即有诗名，才力华赡，逼近前辈。”这一点很像张爱玲。张爱玲说：“出名要赶早。”张爱玲嫁给胡兰成，现在很多人已是通过张爱玲来知道胡兰成了。赵明诚虽是宋代有名的金石家，现如今，人们似乎还是要通过了解李清照，似乎恩惠地顺带了解一下赵明诚，这种尴尬的境遇让男人多少有点历史性的“失态”。才女总是以某种“飞天”似的姿态，形成对男权社会的某种反讽。

李清照善用白描手法创造动人的意境，但即使用俗语俚言入词，也能透出李清照骨子里的贵族气。从这两首词来看，前一首中“常记”表示回忆，后一首中有人考证“卷帘人”不是指丫头和侍女，而是指赵明诚，我颇以为然。所以两首词多半是李清照婚后所作，并非她“少年”之作。前一首突出人见人爱天真烂漫的少女形象，后一首表现娇嗔可人的蜜月新娘形象。两首词我都格外喜欢，心里叹道：世上哪有这仙人般的女子？因喜极，也不深究，便想当然地认定她是个江南女子，长着一颗丁香般的心，有着柔纱一般的情怀。到济南，才发现李清照是此地人，这对我产生了强烈的思想上的冲击。人常因内心的某种偏好，会产生种种忽略，因这忽略而警醒。而这警醒似乎又是人生必备的，因这警醒，这种忽略显得不可或缺。

济南号称泉城，泉甲天下，大大小小的名泉就达几百处。而趵突泉为百泉之首，号称天下第一泉。趵突泉位于现在济南市的中心，南倚千佛山，北靠大明湖，东接泉城广场。趵突泉为济南的标志，三大名胜之首。因时间的原因，我没去千佛山、大明湖另外两大名胜，未能拜谒大明湖内的辛弃疾纪念馆，这多少有点遗憾。趵突泉除孕育了一代词人李清照之外，还有明代文学领袖李攀龙等，历代文人如曾巩、苏辙、元好问、张养浩、蒲松龄、刘鹗、郭沫若等曾游此泉，为其高歌吟咏。泉边碑刻、楹联、轶闻趣事、故事传说长篇累牍。但我很奇怪，多达数百篇的古代诗词赋中，却没有像《黄鹤楼》《岳阳楼记》《滕王阁序》等彪炳千古的绝世名篇。景因文显，文以景传，趵突泉为什么特立独行呢？

趵突泉自 1956 年整修为公园，几经修葺和扩建，面积达 10.5 公顷。公园内名胜古迹众多，文化底蕴深厚，公园西有万竹园，占地 1.2 万平方米，是集北京王府、南方庭院、济南四合院的建筑特点于一身的古建筑群，风格古朴，院落清雅幽静。自明代至清末民初年间，陆续有名流入住其间。若得此佳地小住，人生何求？

由万竹园经通泺园，可到趵突泉。济南如果没有水，就失去了灵气。当地人告诉我们，趵突泉已三年未喷，今年北方雨水足，黄河水暴涨，济南地下水抬升，趵突泉“三股大泉，从池底冒出，翻上水面有二三尺高”的盛景盛况重现，人们奔走相告，笑逐颜开，围观的人很多。如此凶猛的泉水让我这个南方人大开眼界，看得有点不知所措，我在湘西山里看到的泉水总是涓涓细流，静怡柔和，不动声色，像闺中女子，从未见过这般野马狂奔、猛虎下山、毫无顾忌、唯我独尊的泉水。这泉蹊跷，有霸王之气。

趵突泉的泉池以北，建有泺源堂，堂后有娥英祠。《春秋》记载公元前 694 年，鲁桓公十八年“会齐侯于泺”，会盟地据说就是这儿。趵突泉作为泺水河的源头，可见其出水量之大；源源流了几千年，足见其生命力之强。伫立泉边，我猛然悟得：趵突泉本身就是最好的诗，就是最好的词，就是最好的赋，任何诗人写的任何名篇，在它面前都会黯然失色，无足轻重。

由此再往东南行，经望鹤亭，可到沧园，据说是明代著名诗人“后七子”的领袖李攀龙的读书处，也是一处古建筑群。由沧园往北可到漱玉泉，沿趵突泉公园南北中轴线对折，漱玉泉与趵突泉正好处于对称位置，泉池之北是李清照纪念堂。1959 年以前，此地原是丁公祠，建于1888年，供奉的是清朝封疆大臣丁宝桢。丁宝桢是贵州平远人（今织金），我因有在贵州工作的经历，所以对他的事略油然生出一点兴趣和“感情”。这人很有胆识，当时在慈禧身边红极一时、不可一世的太监安德海出宫到济南办事，被时任山东巡抚的丁宝桢处死并暴尸三日，此事轰动天下，一时传为佳话。而后，他升任四川总督，骨头硬，为官也清廉，给当地民众办了不少好事。而丁宝桢又是个很会生活的人，爱美食，现在黔菜、川菜、鲁菜都争夺的“宫保鸡丁”这道菜，与他有着很深的渊源。

中国人常干一些傻事，将真古董给拆了，却建个假古董。只知“新”好，却不知旧也有旧的好处。观漱玉泉，就会不自觉地想到《漱玉集》，想到“易安体”。纪念堂迎门立着李清照的汉白玉全身雕像，是一尊很淑女的古代女子雕像，出自雕塑家王昭善等人之手。以现代的观点来看，才女多丑。很多相貌平平、内心丰富的女人都喜欢《简·爱》，大多因为“如果上天给我多一点美貌和财富，我就要让你难以离开我，就像我现在难以离开你一样！”这句简·爱大声地对心爱的男人说的对白喊出了她们的心声。读李清照的词，以为她定然是美女，要不美，像赵明诚这种公子会娶吗？但也不一定，词填得好，只能说她心美，外表不一定，而男人多半首先关注的是女人的外表。但一个太漂亮的女人，得天独厚，拥有太多的先天优势，受外界干扰也多，往往不再关注心灵。就像一个富足的女人，不需要再工作一样。一个貌美、有内涵而又聪明的女子是尤物，由于太十全十美，她的命运多舛，往往也是悲剧性的。“丑妻家中宝”，祸福相依，丑不一定不是好事。

在一个封建男权统治的社会里，要想成为一位才女，条件是极其苛刻的。一是应出身名门，二是应天资聪慧，三是要有巾帼不让须眉的理想和抱负。对于出身寒门的女子，在“女子无才便是德”的封建礼教重压下，在“嫁个金龟婿”的个体理想影响下，即使再有才华和禀赋，才女也很难挣扎出一条生路。就算有为数不多的几个才女，也大都出自娼门，身为名妓，成为历史上某些男子的附庸。

李清照是词中女皇，如武则天一样难得。李清照的父亲是李格非，受知于苏东坡，位列苏门“后四学士”之首，《古文观止》里收有他的《洛阳名园记》。母亲是状元王拱辰的孙女，也知书善文。书香门第，耳濡目染，加上自身的天资聪慧，成就了李清照一代才女的先天基因。而且她有幸嫁给了金石学者赵明诚，才学得以保持和发展，此条件对于一个古代才女似乎也是必备的。时新党蔡京当政，李格非官至礼部员外郎、京东提点刑狱，在政治上属于反对王安石变法的苏黄“旧党”，即“元祐党人”，因而被罢官，从此失势。而赵明诚的父亲赵挺之当时投靠新党，时任副宰相，李清照曾上书求情救父，嘲讽公公“炙手可热心可寒”，却没有效果。婚后，李家在政治上遭遇不幸，李清照对公公的行事多有不满。我想此事应该给李清照的家庭生活投下了无法排解的阴影。在这场政治斗争中，赵挺之也没占到什么好处，随后在与权臣蔡京的争斗中败下阵来，赵家也从此失势，赵明诚丢官。因祸得福，李清照因而得以来到赵明诚的老家青州，度过她一生比较美好的十年时光。在《金石录后序》里，她是这样描述的：“余性偶强记，每饭罢，坐归来堂烹茶，指堆积书史，言某事在某书某卷第几页第几行，以中否角胜负，为饮茶先后。中即举杯大笑，至茶倾覆怀中，反不得饮而起。甘心老是乡矣！故虽处忧患困穷，而志不屈。”

但好景不长，赵明诚再次出仕，却没带着李清照在身边，这很奇怪。有学者考证，是因为李清照无嗣，赵明诚纳妾的缘故，我想也许还掺杂着家族矛盾等方面的原因。但不可否认，不管多大的矛盾，李清照还是很爱赵明诚的。离别后，她写过两首著名的词：

红藕香残玉簟秋，轻解罗裳，独上兰舟。云中谁寄锦书来，雁字回时，月满西楼。花自飘零水自流，一种相思，两处闲愁。此情无计可消

除，才下眉头，却上心头。（《一剪梅》）

薄雾浓云愁永昼，瑞脑消金兽。佳节又重阳，玉枕纱橱，半夜凉初透。东篱把酒黄昏后，有暗香盈袖。莫道不销魂，帘卷西风，人比黄花瘦。（《醉花阴》）

读来惊心也动魄，历来为人传咏和称道。特别是后一首，李清照写好寄给赵明诚，赵明诚竟然废寝忘食，用三天时间写了十五首，然后混杂在一起，拿给一位朋友看，朋友看后说："只有'莫道不销魂'三句绝佳。"也就是说，赵的十五首也抵不过李的一首。而从"试问卷帘人，却道……应是绿肥红瘦"到"莫道不销魂，帘卷西风，人比黄花瘦"，存在意象构思方面的内在承接，但两者的心境和情绪，却相隔了千山万水。

汴京失守，南宋初建，建炎二年，李清照载十五车书，南下江宁。文人多如此，为书所累，逃难之时带的还是书。我甚至可以想象得到她携书惶惶南逃的窘迫情境，其实世上很多东西都是身外之物，也包括书。而留在青州，夫妻双双费了大量心血，收集十多屋的金石古董却焚毁于战火。第二年赵明诚去世，却又因金石古董被人诬陷"颁金"通敌，这事让她很受刺激，担惊受怕，境况日趋艰难。一连串的变故和打击，让李清照不堪重负，"闻说双溪春尚好，也拟泛轻舟，只恐双溪舴艋舟，载不动许多愁。"青州的生活虽然淡泊，但如今却孤苦伶仃了。

当南宋稳定下来，也就是赵明诚去世三年后，李清照做了一件让后人很费解的事。那年她 48 岁，与监督军审计司张汝舟结婚，婚后仅三个月即离婚。此事在宋代有六部以上的著作明确提及，但明清之时，陆续有学者站出来为李清照改嫁辩"诬"。辩诬的原因，不管是出于太喜欢李清照，还是出于维护封建礼教的缘故，都简直无法容忍她身上存在任何的"污点"和"瑕疵"。其实，改嫁在宋代极为寻常，到明清妇女守节才逐渐严格。从她写出《夏日绝句》“生当作人杰，死亦为鬼雄。至今思项羽，不肯过江东。”的诗句来看，李清照的性格应该还是敢作敢为、有胆识的。其诗有男儿气，丈夫气，不以诗以文入词，多是因为她提出“词别具一格”的审美观点，固守词的阴柔美的传统，错过开创豪放词风的机会，而把这项工作让给了稍后的辛弃疾。我时常猜度，李清照能嫁给赵明诚是她的幸事，她的处境有点像现今的一些女博士。赵明诚虽非佳偶，但毕竟还可唱和，非张汝舟辈可比。

此时，乡关之思，身世之苦，丧失亲人的悲哀和理想破灭的失望等交织在一起，促成了她的巅峰之作《声声慢》：

寻寻觅觅，冷冷清清，凄凄惨惨戚戚。乍暖还寒时候，最难将息。三杯两盏淡酒，怎敌他、晚来风急！雁过也，正伤心，却是旧时相识。满地黄花堆积，憔悴损，如今有谁堪摘？守着窗儿，独自怎生得黑？梧桐更兼细雨，到黄昏、点点滴滴。这次第，怎一个愁字了得！

14个叠字一气呵成，前无古人，后无来者。后继者甚至没有敢模仿的。其中又有舌音15字，齿音42字，真似大珠小珠落玉盘，成为千古绝调。细咏李清照的词，其所有的词可用两个字来概括，即“愁”和“瘦”。因愁而瘦，因瘦更愁。愁是内伤，瘦是表象。

宋《直斋书录解题》载《漱玉集》一卷，“别本”分五卷。《唐宋诸贤绝妙词选》中载有三卷。《宋史·艺文志》载有《易安居士文集》七卷，《易安词》六卷。后多亡失，现仅存词五十首左右。这比较奇怪，我看过她父亲李格非的传略，也记载说李格非著述颇丰，但流传至今的仅《洛阳名园记》等几篇。也许是因为南宋时的战乱、政治上的倾轧、她个人飘零无依的缘故吧。而仅凭传下来的这几首，就已然确定她在文学史上的地位。可见文章的关键不在于多，而在于精。

《四库提要》是如此评价的：“清照以一妇人，而词格乃抗轶周柳，虽篇帙无多，固不能不宝而存之，为词家一大宗矣。”周指周邦彦，柳指柳永，都是词界大家。《四库提要》的评价很客观，也很中肯，从中不难体会出评者由衷的钦佩之情。

2003 年 11 月 14 日作于北京

游高邮

今年过年仍回江苏常州，常州是我老婆的老家。在常州过年，一直有个心愿，想就近到高邮看看。我是湖南人，因喜欢读沈从文，进而也喜欢沈从文的学生汪曾祺。事实上汪曾祺与沈从文都是“京派”作家的代表，虽有传承，但文章风格其实并不完全一样，很多细微处的差别很大。我是汪曾祺的“粉丝”，读过他的一些书，心向往之，所以想去他的老家高邮看看，按文索骥，品味一些独到的淡然和宁静。这就像沈从文的一些“粉丝”，总想方设法找时间到沈从文的老家湖南凤凰去看看一样。

王兄，高邮人，虚长我几天，是我老挑（连襟，我老婆的姐夫），定居常州，我一直怂恿他找机会陪我一起去高邮逛逛。但好几年在常州过年，因种种原因和心态都没成行。王兄去年新购一私家小车，因是新手，一直都没跑过高速。高邮离常州不远，所以建议我当车夫，择日开车回家，人多还可以省些路费，顺便还可帮忙跑跑高速，磨合一下新车，改善改善车的运转系统。到了高邮，王兄可拜父母，走亲戚，访朋友，我们随便游游看看，品品小吃，一举多得。

古盂城驿

大年初三，小车载满人，从常州到高邮，走高速，车流不多，一路顺畅。即便下高速时，错过一个出口，沿运河河岸省道限速绕行了一段，也仅花了两小时。下车正好赶上午饭，王兄老家一家子亲戚在一家小店请我们吃饭，满满一桌子地道的淮扬菜，入口、入胃、入心，吃高邮鸭，品罗氏沼虾，喝江苏名酒。我不胜酒力，少饮微醉，面红耳赤，心境也大好。

下午也不休息，王兄先带我们到古盂城驿。盂城驿是目前全国规模最大、保存最完好的古代驿站，位于高邮市南门大街东。本地人认为到高邮一游，当首选此地，是当地旅游对外宣传的主打。因为高邮的得名和兴衰，都与古代驿站有关。据说早在公元前223年，秦王嬴政就在此地筑高台、设邮亭，故名高邮，别称秦邮。而且高邮市内留存有不少各朝各代古迹遗存，其历史不能说不久远。

我们到达盂城驿，站在运河堤上，右堤下即码头，码头边即运河，停泊着几条大船。运河比我想象的要大些，要宽些，水也急，行得了大船，并非仅有想象中的小乌篷船。左边堤下是修缮后的古驿城，古朴、静谧。首先映入眼帘的是一座亭子，名秦邮亭，亭不大，亭中设碑，碑上题字。我刚上小学一年级的孩子，已认识不少汉字，兴奋地把“盂”念成“孟”，两个字相差不大，容易认错。盂，是古代盛饮食、水等的器皿。现在的高邮，也没建多少高楼，运河河堤高于城基，小城好像被河堤裹围着，所以盂城也是高邮的别称。高邮因这特殊的地形，历史上几次特大暴雨，运河河堤决口，河水倒灌，洪水淹没，发生过几次很严重的水灾。现在的盂城驿是明代的遗存，是在元代秦淮驿的基础上发展起来的。朱元璋称帝后，在明洪武九年（1376年），令翰林学士考古订正全国俚俗不雅之驿名，据说官员按照宋代词人秦少游“吾乡如覆盂”的诗句，改秦淮驿为盂城驿。秦少游也是高邮人。

由邮亭沿阶而下，就进入驿城。明代驿站有两个功能：一是供过往使臣投宿，相当于现代的招待所或宾馆。二是邮送过境公文。明制：在主要邮路上一般是每隔10里设一邮铺，次要邮路则是20～30里不等。盂城驿是我国古代南北大动脉——京杭大运河上的一处重要驿站。所以原来的盂城驿规模宏大，据说有正厅五间、后厅五间、送礼房五间、库房三间、厨房十间、马神庙一间、马房十二间、前鼓楼三间、照壁牌楼一座。驿北为驿丞宅，驿旁为秦邮公馆，堤上有迎宾房的皇华厅，东南有马饮塘。

重新修缮后的盂城驿设了一座驿站博物馆，是否按古制修缮完全，我们并不关心。我们主要看了驿站内的皇华厅、驻节堂和鼓楼，有匾，有联，有古旧家具陈设，穿堂入室，回廊天井，都可抚可观可叹。整个古驿城小巷深幽，店铺林立，并不逊于丽江、凤凰古城，而游客又不多，确为一游览佳地。

更值得一提的是驿站内立有两件东西，对我来说，略显稀奇。一件是马可·波罗的碑像，不知道是否是说当年意大利人马可·波罗曾到此驻足，当年震惊西方的《马可·波罗游记》中有过点滴叙述。另一件是《聊斋志异》作者蒲松龄的塑像，据记载，清康熙九年蒲松龄之友孙蕙代高邮知州，蒲松龄为其幕客，曾到此参与驿站管理。但即便是真的史实，马可·波罗和蒲松龄都是外乡人，跟高邮至多沾了点边。我私下倒想，是外乡人沾了高邮的光，高邮倒无须靠他们来争辉。

高邮这么一座小城，出一个秦少游，就可以让高邮人世代荣耀，脸上有光。何况还出了一个汪曾祺。

镇国寺

离开盂城驿，沿运堤路一路向北，可到镇国寺。镇国寺香火很旺，善男信女很多。镇国寺很特别，不同于我以往见过的寺庙。镇国寺设在水中，四面环水。

镇国寺地处高邮市京杭运河中间的河心岛上，这是中国唯一一座坐落在京杭大运河岛上的庙宇。整个镇国寺的构建布局，就像一艘巨船航行在运河里，寺后的唐代白塔就像桅杆，随时准备展开远航的风帆。镇国寺东临高邮市区，西近高邮湖，本地人和外来人都羡其风水，以为龙地，称镇国寺为“运河佛城”。传说唐僖宗之弟看破红尘后，在此结庐禅修，号“举直禅师”，法师圆寂后得舍利。874 年僖宗拨款修建寺院，赐寺名“镇国禅寺”，建白塔以供奉法师舍利。

镇国寺最有名的，是远远望见的寺后白塔。白塔也称作南方“唐塔”“小雁塔”，与西安“大雁塔”均属我国唐朝留存至今的佛塔。镇国寺塔又叫西塔，因它位于高邮城内西门湾，与东门外的净土寺塔遥遥相望。它还曾叫作空塔，据传清乾隆四十二年，白塔起火，楼板皆焚，塔内烧空，故名空塔。清嘉庆十五年，龙卷风大作，摧毁三级，所以镇国寺塔还有一段时期被叫作断塔。清光绪三十二年重新修建后，塔增至七级，即为今天看到的模样。1956 年京杭大运河拓宽，镇国寺塔本应在拆毁之列，经反复认真研究，并最后报请中央批准，并惊动过周恩来总理，在其亲自过问下，最后决定“让道保塔”，使塔最终得以保全。经水淹、火焚、风灾、人祸，镇国寺塔历经沧桑，于千年前就伫立在这里，而且似乎还将伫立千年，让人陡生古人之幽思。现在的镇国寺塔的塔身全部用青砖砌建，高 25 米，呈平面方形。塔顶为四角攒尖式，顶端直立着两米高的葫芦式紫铜塔尖，底层有南北拱门，二层到七层均有塔门，两旁建有小佛龛。三层到五层的塔门两旁砌有突出的半圆砖柱，层层之间都有叠砌砖出檐，明显地留存唐代古塔的建筑风格，此风格在全国古塔中并不多见。

镇国寺在运河的河心岛上，原来要去，定需小船摆渡。现修有一座桥横跨，桥名普渡桥。有一得必有一失，有一失必有一得，有桥无船，方便是方便了，倒是少了些韵味和意境。若是在古时，无桥有船，真有个寻仙问道的来，说不定就如《西游记》里，唐僧师徒到达西方佛地，准备上灵山见佛祖，过“凌云渡”，南无宝幢光王佛撑着一条无底的破船儿来渡人，吓得唐僧屁滚尿流，唯孙悟空心中有数，说：“这船儿虽无底却稳，纵有风浪也不翻。”要见佛祖，明心见性，必得脱胎换骨，方能登堂入室。或如《六祖坛经》，五祖弘忍传位六祖慧能，五祖送慧能过九江驿。五祖不失时机地问：“合是吾度你?”惠能答得好：“迷时师度，悟了自度。度名虽一，用处不同。”度即“渡”，度也非“渡”，禅机顿悟，很难说，亦不可说。或对于有慧根的人，或有佛缘的人，因这一小小的渡口，因这一小小的渡船，也说不定当头棒喝，咫尺天涯，刹那顿悟。而汪曾祺的小说《受戒》很多场景都诗意地发生在小小的船上。没有船和渡口，总觉得少了点什么似的。

俱往矣。不要为古人担忧。现在的镇国寺无需门票，穿山门，过普渡桥，即到湖心岛。岛岸边有一丛芦苇，一围枯槁，颇为萧瑟，像一首唐诗，站在水中，让人颇生联想。镇国寺前门广场，伫立一尊 13 米高的巨大白色观世音菩萨塑像。观音像后是天王殿，弥勒佛正面迎客，两边立着四大金刚，背面的韦驮菩萨拿着金刚杵站立在那里，金刚杵直立着地。金刚杵着地，暗示镇国寺是小寺庙，抱歉，不招待云游到此的和尚免费吃住。镇国寺小是小，却似乎比汪曾祺小说《受戒》里的荸荠庵要大得多。

天王殿旁设钟楼、鼓楼、斋堂。出天王殿，后面是大雄宝殿，大雄宝殿外靠两边的是罗汉堂、客堂、檀越堂、寮房，以及普贤殿和文殊殿。同行的两个孩子，虽不烧香，但见菩萨就拜。在大雄宝殿，当值的老和尚见两个孩子可爱，拜得又如此虔敬，从佛前供品中抓起几只香蕉，一人分了一根，口中说：“看你们拜得这样好，这样标准，奖励你们……”孩子接过香蕉很高兴，认为曾在佛前供奉，定有别样的灵气，舍不得吃，说什么也要留着带回常州，孝敬给外公外婆。大人们一边看着有趣，谢了和尚，连连称赞。林语堂曾说，与其他民族比较，中国人根子里是浓厚的现实主义者，溺于梦想。中国人最讲究实际，内心里没有多少真正的信仰，即便烧香拜佛，多是为自己或家人祈福消灾、升官发财等俗世现实愿求，并无真正宏大和长远的信仰。所以中国人少有卢梭似的忏悔，少有列夫·托尔斯泰似的寻找灵魂的救赎。

天王殿后就是镇国寺塔，离运河很近，可听得见水声。

文游台

离开镇国寺，途经大淖。天色渐暗，时间紧迫，不能停车驻足一览，多少有点遗憾。王兄在车上介绍说，大淖差点填平改造，或开发他用，后因汪曾祺的缘故，最终保留了下来，现在修整得非常漂亮。我从车窗向外张望了一下，很是感慨，因一位文人的一篇小文竟能改变政府的开发构想，也真是难得。因为我一直惊异于汪曾祺的小说《受戒》何以会写得如何清澈透明，似乎纤尘不染，入口即化；也惊异于汪曾祺的小说《大淖记事》何以能写得如何平静，不动声色，似乎即使天塌下来也不过那么一回事儿。我曾向朋友感叹，汪曾祺文章中那种苦心经营的“随意”和“平淡”的特色不好学。不好学，更在于他的这种“随意”和“平淡”，虽然是他苦心孤诣经营出来的，却要让你看不出他有半点刻意、生硬和造作，好像那些文章天然地向外散发出某种味道、感觉和气氛。汪曾祺多写的是凡人琐事，虽平和易懂，但他本人却是一个地地道道的精神贵族，其文章潜在的受众却多为文人，而非普通大众。

返回市区，登文游台。文游台是建在高邮市东山（又称泰山）顶端的一个古建筑群。穿过写有“古文游台”的牌坊，迎面是一尊秦观高大的塑像。秦观是高邮人，字少游，又字太虚，号邗沟居士，世称淮海先生。秦观与黄庭坚、张耒、晁补之合称为“苏门四学士”，颇得苏轼赏识，苏轼赞他“有屈、宋之才”，屈是指屈原，宋指是宋玉。王安石称他“有鲍、谢清新之致”，鲍是指鲍照，谢是指谢灵运。《宋史》评其散文“文丽而思深”，敖陶孙《诗评》说：“秦少游如时女游春，终伤婉弱”。他是北宋后期著名婉约派词人，王国维在《人间词话》中说：“少游词境最为凄婉，至‘可堪孤馆闭春寒，杜鹃声里斜阳暮’，则变为凄厉矣。”我读秦观作品其实很少，对他也缺少研究。只记得年少时，曾非常喜欢背咏他以下的几首词：

《踏莎行·郴州旅舍》

雾失楼台，月迷津渡。桃源望断无寻处。可堪孤馆闭春寒，杜鹃声里斜阳暮。

驿寄梅花，鱼传尺素。砌成此恨无重数。郴江幸自绕郴山，为谁流下潇湘去。

《鹊桥仙》

纤云弄巧，飞星传恨，银汉迢迢暗度。金风玉露一相逢，便胜却人间无数。

柔情似水，佳期如梦，忍顾鹊桥归路。两情若是久长时，又岂在朝朝暮暮！

《满庭芳》

山抹微云，天连衰草，画角声断谯门。暂停征棹，聊共引离尊。多少蓬莱旧事，空回首、烟霭纷纷。斜阳外，寒鸦万点，流水绕孤村。

销魂。当此际，香囊暗解，罗带轻分。谩赢得青楼，薄幸名存。此去何时见也，襟袖上、空惹啼痕。伤情处，高城望断，灯火已黄昏。

王国维评秦观与周邦彦时还说：“永叔、少游，虽作艳语，终有品格，方之美成，便有淑女与娼妓之别。”此评语很有趣。永叔是指欧阳修，美成是指周邦彦。秦观作为婉约派的代表，我认为他的词难免不香艳，但他的词香而不腻，艳而不俗，纯正清丽，自成高格。到了文游台，即使秦观的这几首词却也记不全，也不影响我在大家面前露一手，背咏一下。文游台，始建于北宋太平兴国年间（976 年），原为东岳行宫。也有资料记载始建于北宋元丰年间，现存建筑大部分为清嘉庆十九年重建。据《高邮州志》载：“宋苏轼过高邮，与寓贤王巩、郡人孙觉、秦观载酒论文于此。时郡守以群贤毕集，颜日文游台”。自宋以来，此处名胜一直吸引四方文人学士前来访古拜贤。最好最有名的要算宋代诗人曾几的《文游台》一诗：“忆昔坡仙此地游，一时人物尽风流，香莼紫蟹供怀酌，彩笔银钩人唱酬。”

历史上文游台多次兴废。自 1980 年以来，逐年抢救修复了文游台、盍簪堂、四贤祠、秦观读书台等古建筑，并兴建重光亭、映翠园、门厅、牌坊、展厅、碑廊等仿古建筑，逐步形成目前文游台风景区的规模。山顶最高处是文游台的主体楼，可登临，楼上设有盍簪堂，四壁嵌有《秦邮帖》，乃清代嘉庆年间高邮知州集苏东坡、黄庭坚、米元章、秦少游、赵子昂、董其昌等名家书法，由著名金石家勒刻而成。王兄也多年没来，说小时候常在此攀爬玩耍，疑惑今天看到的这文游台好像小多了，建筑陈设都像缩了水。同游的高邮人笑说，可能是自己长大了、又见了世面的缘故。

另在文游台山脚右侧，增设了“汪曾祺纪念馆”，不知道是临时设置，还是永久设施，让我颇感兴趣。也许是因为秦少游毕竟离如今远，汪曾祺毕竟离得近，喜新而弃旧，喧宾而夺主。远了，外地人不一定能将古人与高邮这么一个地方联系起来，这样设置，大家也并不觉得有什么不妥。但我暗忖，与诗词之外，又有多少人知道有个秦少游；与文学之外，又有多少人知道有个汪曾祺。但这些似乎都与我没多大关系。所以一头闯进纪念馆，首先看到的是一尊汪曾祺的头像雕塑，左右两旁的物品陈列箱里，有许许多多的汪曾祺以前用过的东西，如帽子、鞋子、烟斗、衣服，还有汪曾祺作品的各种版本，林林总总，有些见过，有些却是第一次见。还有一些研究汪曾祺的杂志、文章和书籍。墙壁四周挂着汪曾祺的一些照片，以及他在各种场合与一些著名作家和人士的合影。

第二天，准备驱车离开高邮，返回常州。王兄的亲戚又将昨天才腾空的小车后备厢塞得满满当当，多是些高邮的咸鸭蛋、松花皮蛋和茶叶等当地特产。高邮人客气，还说这次太匆忙，高邮的龙虬庄遗址、高邮当铺、高邮湖、乾嘉学派的王念孙、王引之父子纪念馆等好些地方都没时间去。我自觉收获很多，感慨很多，大大超出了预期。据统计，高邮历代名人很多，宋至清代，共有进士 203 人，举人 428 人，城市底蕴深厚，有历史文化积淀。对于高邮这座城市，需找机会再来，多来几次，像品茶叶，得细细品味。如此巴掌大小的一座小城，竟然出了不少影响中国社会、历史、文化发展的重要人物，让人感慨和叹服。文人辈出已让高邮人引以为傲，而更让我吃惊的是高邮不乏武人，高邮人也不忌讳，称元末张士诚建国大周，曾定都高邮。“冲冠一怒为红颜”，一代枭雄，明末清初的风云人物吴三桂居然也是高邮人。而让吴三桂为之冲冠一怒的陈圆圆却是常州奔牛镇人。因为这，让我们觉得高邮和常州似乎又有了一点点另类的联系和想象，似乎又拉近了距离，时空得以某种穿越。

好啊，好一座江南运河小城。好一个让人感慨万千的高邮，好一个仍躲在历史深处、不愿让人看得过分清楚的高邮，好一个不完全同于汪曾祺笔下高邮的高邮。

2014 年 2 月 14 日元宵节（汪曾祺生辰）作于北京

第五辑

“糊”说“九”道

关于命运

孔子是信命的，所以他说“四十不惑，五十而知天命”。子不语怪力乱神，命运问题应该在这四者之外吧，所以在《论语》中好几处都提到命运问题。但讨论命运问题，总是费力不讨好，而且让人困惑，因为很难说得清楚说得明白说得透彻。所以连孔老夫子也尽量回避，实在绕不过去了，也只是点到为止，只可意会不可言传似的，并不深究。

我认为，“命”大概是指先天的、人一降生就无法更改的东西，用现代科学观点来说，就是从父母那儿遗传下来的基因密码吧。而“运”应该是指后天的环境、条件以及人生际遇。对于命与运，周作人先生也有此论，而且他还进一步阐述说：两者相乘就是数。中国古代哲学极其重视数理，人都是有“定数”的。原来总以为此论过于宿命和悲观，让人看不到希望和前程，容易使人臣服于现状。细想去，其实是指命运的结果。命兴许是不可改变的，但运是可变的，运变则数亦变。

因此，《史记》中邓通的故事就很有趣。邓通是一位濯船的普通吏员，无德无能，看相的更说他“当贫饿死”。事前，汉孝文帝也从未与他谋面，只因做了个神仙梦，在梦中见到了邓通，便叫人找了来，莫名地赐予他大量财富，还让他官至上大夫。对算命先生的话，皇帝也不信，为不使邓通“贫饿死”，还赐他铜山，允其他自己铸钱，从而使“邓氏钱”遍布天下。邓通可谓富甲天下，他怎么死都有可能，但没有人会相信他会“贫饿死”。但结果如何？邓通最后还是因穷困而饿死。“贫饿死”可以说是他的命，被皇帝莫名其妙地提携就是他的运，运使他可以享受人间的荣华富贵……所以说时势造英雄，命的好坏不能一概而论，运势的好坏也很重要，所以项羽在乌江自刎前，悲歌慷慨：“力拔山兮气盖世，时不利兮骓不逝。”项羽是何等英雄，也有如此感慨。当然，项羽的结局是有前因的，性格即命运，他的“霸王”性格决定了他的悲剧命运。

关于命运，中国人的态度油滑而暧昧。有些人既相信命运，却又有所保留，宁可信其有，不可信其无。有一天与朋友闲聊，听得一则有趣寓言，因为有关于命运，记之如下：

在一座山上，长着两棵会说话的树。一棵长在山顶，另一棵生在谷底，山顶上的树瘦小，谷底的树高大。一天，太阳出来了，山谷里云雾散尽，谷底的参天大树伸伸懒腰，一眼就看见山顶上那棵小树。谷底树很高兴，主动打招呼说：“老弟，你好！”山顶树蔑视了他一眼，并不理睬。山顶树的高傲和漠视，激起谷底树心底的不平和愤怒，他高声喊道：“如果给我同样的机会和位置，我会比你站得更高！”

山顶树轻轻一笑，狡猾地辩解说：“老兄，我俩离得实在是太远了，刚才我没能听见你的话，请别误解，以为我高傲。但我已听出老兄胸中不平之气。身为树，我们是同样的。但作为种子时，一个被撒在山顶，一个被撒在谷底，这并不是我们自己的选择。按目前的差距，即使你再长一万年，也无法达到我现在的高度。我生来就比你站得高，并没有其他原因，这是命呀！”谷底树默然。

山顶树意犹未尽，继续发挥说：“如果有一天，来了一个人，看见你长得高大，或者美丽，或者病态，或者因某种特别的目的，或者什么原因也没有，只是一时兴趣，想干点什么，仅凭一时之喜好，莫名其妙地就把你移植到山顶，也许从此便彻底改变了你的境况——这就是你的运。但高处不胜寒，这一改变对于你是福还是祸，却是很难说的事情，结果还需看你以后的际遇和造化……”

谷底树点了点头，深以为然地问：“如果这个人永远都不出现呢？”山顶树说：“那你只有等待。或者努力立足于现有的位置，尽量发挥自身优势，多吸收阳光和雨露，尽量长得比你身边其他灌木和草丛更高一些！另外，我还有一点要提醒老兄，作为树，长得高并不一定是好事，容易遭雷击……我认为，重要的是要完完整整体验作为一棵树的幸福和快乐。”

这则寓言当时我听后默然很久，有点深以为然，也有点怅怅然，它让我联想起安徒生童话中那只幸运的丑小鸭。丑小鸭变成白天鹅的奋斗史，不知道曾经激励过并还要鼓舞多少身怀梦想、燃烧着热情的少年，去追求和找寻人世间那极少数的成功。但故事似乎经不住推敲和分析，仔细思考，会发现隐藏在这则故事背后的潜台词和深层的原因，会让人陡生悲凉。如果不是丑小鸭的爸爸妈妈因为粗心或某种变故，把一枚高贵的天鹅蛋遗弃在鸭窝里，如果丑小鸭不是本身就是天鹅，我敢断言，哪怕它付出再多的努力和奋斗，身经再多的磨难和风雨，吃再多的苦，都会无济于事，它始终都无法变成一只美丽的白天鹅。这个结论多少让人感到有点丧气和绝望，既然一切都已先天注定，那孟子的“天将降大任于斯人也，必苦其心志，劳其筋骨，饿其体肤……”不就是一句千古谎言吗？

是不是其中另有蹊跷，别有道理呢？反过来再思考一下这个故事，一只天鹅如果不努力，安于现状，极可能被鸭子们同化，或自甘堕落，退化或异化成鸭子，甚至连一只鸭子都不如。而作为一只幻想成长为天鹅的鸭子，变成天鹅是它的理想，通过努力它可能会发现自己并不是当天鹅的料，但它在这个追求过程中，不断成长，可以把自己锻炼成一只强健的鸭子，成为鸭群里的佼佼者，成为鸭群里的“天鹅”。

对命运，可以信，但绝不能迷。信，则心存悲悯之心敬畏之心。心存敬畏，于人于己都有好处。迷，则丧失思考，把生存的意义全部交给不可识的“上帝”或超意志。《易经》说：天行健，君子以自强不息。所以，“尽人事，听天命”“明知不可为而为之”，一直是儒家做人做事的信条。但问耕耘，不问收获，不管结果如何，都是应该努力的。即使命中注定要失败，也应该争取那百分之一成功的可能，而不要让自己因不曾奋斗而留下遗憾。作为战士，绝不能还没战斗就倒下。

2000 年 7 月 28 日作于怀化

2001 年 10 月 6 日改于贵阳

关于读书

就读书，我有个观点，每每说出，朋友总是群起而攻之，猛烈抨击，甚至不允许我有任何的申辩。我说，喜欢读书的人多半是傻子，因为傻子最缺乏的是智慧，想通过读书试图弥补这一先天的缺憾。

“刘项从来不读书”，聪明人，特别是天才，是用不着读书的。天才善于发现和制定游戏规则，而聪明人明晓并顺应客观规律。这两种人在现实社会中往往左右逢源，进退得体，举手投足“随心所欲而不逾矩”，能规避风险和灾祸。读书对于他们来说，明显变成可有可无的事了。这就像汉朝将军卫青用兵暗合兵法的道理一样，据说卫青从未读过兵书，带兵打仗却总能出奇制胜。

在这世上，天才和绝对的傻子一定是少数，绝大多数的人都如你我一样，既不很高明也不怎么傻。学校就是为我们这群人开设的，其教育原则是针对绝大多数普通人的。学校的一贯做法从来就不像孔夫子那样因材施教，而是不分良莠愚智“一锅煮”，将傻子拔高一点，把天才削平砍齐，以求均衡。所以学校毕业出来的人有点像沙丁鱼罐头，近乎一个模式，当然也有另类和叛逆。如此一来，在学校读书，最大的受益者是傻子，他通过努力可以达到或超过一般的人。而最大的受害者可能是天才，学校是扼杀天才的场所。

这一定会有人跳出来反驳质问：那么某某就不用读书啦？因为他是天才！这是个问题。第一，天才的标准是什么？确定不下来，也没法确定。第二，判定天才是很困难的，谁来充当裁判，他的判断准确吗？如果我是个傻瓜，却因为某种先天世袭的优势，滋生某种傻瓜式的狂傲，咬定自己是不可多得的天才，拒绝读书。如果我确实是天才，这没什么话说，但如果我不是，这里面就暗藏很大的人生风险。这犹如安徒生童话里那位一丝不挂的皇帝，虽然心存疑虑，却仍然装模作样、热忱百倍地向公众展示自己本不存在的新衣裳，放弃脸面，唯一的目的是证明自己不是傻瓜。

在我看来，读书有四种情况：第一种是聪明人读书变得更加聪明，因能举一反三，把书作为跨越人生障碍的桥梁，通过书的引领，事半功倍地到达彼岸，兴许能变成尼采所期望中的“超人”；第二种是傻子读书开蒙启悟，通过勤奋努力变得聪明；第三种是本来聪明，因读书却越读越傻，读死书，钻进去出不来，最后迂腐得成为傻子。“尽信书，不如无书”；第四种是傻子读书钻牛角尖，自以为是地误入歧途，本想寻求智慧，但事与愿违，结果更傻。“读书有用论”者大多根据前两种情况立论，后两种却被“无用论”者拿来做“挡箭牌”。

但四种情况无一例外地证明，读书对人都是有影响的。那么读书究竟好还是不好呢？这是个很难回答的问题。我认为在没有确切证据确认自己是天才之前，不妨多读一些书，长长见识，但读多少要具体情况具体定。开卷不一定有益，多读书也不一定有什么好处，没什么可炫耀的。读书第一要义，关键是悟，是要弄懂道理、方法，看清事物的本质。有时读一本书悟不了，读第二本书还是不悟，读第三本书突然悟了，但就此认定这第三本书是最好的，行不行？这犹如一个饥饿的人吃三个烧饼就饱了，他就有点后悔，要是当初直接吃第三个烧饼不就够了吗？如果没有前面两个烧饼作铺垫，光吃第三个烧饼是达不到充饥目的的。所以，关键的问题是你手里握着的是烧饼，而不是“画饼”，是一本对你有用的好书，而不是毒品。

我喜欢把书比喻成船，一种运输工具。从此岸到彼岸，重要的是船够不够大，够不够坚固，能不能顺利把你送到你期望的彼岸。你的目标很重要，再华美的船也仅是一只船，再精彩的书也只是书，不应过于迷恋。如果始终钻在书堆里不能自拔，那今生你只能是个撑船的艄公，艄公固然有艄公的乐趣，但永远也到达不了彼岸。

2000 年 7 月 24 日作于湖南怀化萤夜屋

关于旅游

在家千日好，出门一日难。在有些人的眼里，旅游甚至是“花钱买罪受”“劳民伤财”的事，是有钱有闲人的生活调剂品，犹如人参，一种中药补品，并不是人人都消受得起的。

但近年来，旅游突然火爆起来，近乎一种时尚。“五一”“十一”长假期间各大景点更是人头攒动，人满为患。这一方面是好事，说明我们国家在不断强盛，有钱有闲的人逐渐地多起来。劳动固然是重要的，但人生的意义并非仅囿于劳作，工作和事业只是生活的一部分，不是全部。以往我们过于强调劳动的重要性，矫枉过正，把人不自觉地沦为劳动的奴隶。劳动创造财富，而财富是让人享受的，为劳动而劳动，从哲学上讲是没有什么更多更深的意义的。人活在世上，如果有目的话，应该是追求幸福和享受幸福。而所有的工作都能给人以幸福感吗？我认为不是的，所以我们需要休闲和旅游。

旅游不宜人多，这有点像经济学家萨缪尔森的“合成谬误”论，比如看球赛，为了看得更清楚，一个人站了起来，别人也会跟着站起来，结果大家都看不清——对于局部和个体来说是好的，对总体来说并不是好的。节假日出行，人流如潮，人们奔命似的，急匆匆地来，急匆匆地看，急匆匆地玩，急匆匆地拍照，被导游牵着鼻子四处乱窜……糟蹋了人，糟蹋了钱，糟蹋了时间，糟蹋了景点。何苦呢？不是所有的人都适宜和需要旅游的，若是强求自己，附庸风雅，千里迢迢出门受累，还不如在家邀几个“狐朋狗党”，坐在一起喝茶聊天，看看电视，或读几本不伤脑筋的武侠小说，打几圈麻将，都是可以的。

有钱是旅游的必要条件，但不是决定性条件。记得一则关于穷和尚与富和尚相约出游南海的故事，穷和尚决定徒步南行，一路化缘前去，富和尚计划造一艘豪华大船，沿长江而下，驶入南海。三年后，穷和尚从南海满意而归，而富和尚的船还没建好。所以出行不一定要很有钱，重要的还是有没有心。当然，这个故事在此并不很妥帖，穷和尚身无分文，更具游方、悟道和度化的理想色彩和奢望，并非严格意义上的旅游。

“五岳寻仙不辞远，一生好入名山游”的李白把旅游作为一种生活方式，毕竟是谪仙，世间少有。而古代的交通不便，除了出仕、商贸和文人，远行和离乡背井是很少的，出行往往是生离死别，所以描写离别和羁旅之苦的古诗文往往特别感人。与动态的西方人比较，中国人相对是静态的，谨慎而不肯轻易去冒险，对西方人热衷的探险更难认同，说他们吃饱了撑的，不务正业。所以，中国人的旅游，多是闲情逸致的，带着古代文人雅士骨子里烂熟的一份飘逸和浪漫，是一种奢侈品。

小时候听乡里老人说，人死时，灵魂就会出壳，会沿着一生走过来的路再走回去。为什么要再走一遍呢？老人解释说，傻孩子，走回去，就是把自己一路留下的脚印捡回来呀。人一生要走多少路？如果记不清，如果捡不干净，怎么办？老人告诫说，所以万不得已你就别出远门。而脚印在自己灵魂的眼里是闪烁的，发光发亮的，容易找。万一捡不干净，你只有来生再回来捡。今生你去过的和必将去的地方，必定是前生你到过的地方，你灵魂的碎片就散落在你必经的路上。而如果有来生的话，今生我们去过的地方，我们一定还会找到各种理由、借口和机缘，再走一次的，找寻和收集我们散落在路上的灵魂的碎片。这些碎片，也许越捡越干净，也可能越捡越碎，散落在更多的地方或更远的地方……

人生充满着偶然和意外，人为此而充满期待。算命和看相是没什么实质性意思的，过于准确的预测会使人生缺乏想象和悬念，人会因此而舍弃拼搏和进取，人生沦为对某种先验的印证。而旅游使偶然和意外集中地甚至有点夸张地凸显出来。在旅途中，你可以看到许多美妙的山和水，可以遇到一些新奇的人和事……但对这个命题我深表怀疑，因为眼睛是筛子，你所看到的可能都是你潜意识里想要看到的，你不想看到的你会有意无意“视而不见”；你的耳朵是滤音器，你所听到的很可能是你梦寐以求的，你不想听到的你会自然而然“充耳不闻”。通过眼耳口鼻身进入你内心的景象，其实是你内心早已设定和希望得到的“新奇”，而其他的因你的不关注，你会从不在意。所以，旅游中的“猎奇”是值得怀疑的，旅途中真正感动你的，一定是你早已期待被感动的那一部分。

因而，如果你缺少感动和对美的发现，请别出行，别出去旅游，你将花费很多，却一无所获。

2001年6月4日作于贵阳双峰路单身宿舍403室

关于股市

股市里只有“参军”的，没有“退伍”的。

炒股赚了钱，很有成就感的，当自信心恶性膨胀，便有点自以为是，飘飘然起来，以为自己是诸葛再生、财神附体，以为自己的智商定然高人一筹，可以将他人玩弄于股掌之间，幻想着一夜暴富的奇迹；赔了，又不肯服输，定要千方百计捞回来。所以散户进了股市，买卖过一次股票，就像赌徒进入赌场、古惑仔吸了毒，与股票就此结下不解之缘，不管赚赔，都很难罢手。炒股是有瘾的，如果人没有特别的定力和坚强的意志，就不能全身而退。但股市毕竟与赌场和吸毒有着本质区别，它不是赌场的零和博奕，输赢正负相加正好等于零。一荣俱荣，一损俱损，股票作为投资凭证，会因企业经营发展壮大而获得投资回报，取得分红、送股和配股的权力，也可能因企业的亏损或破产而不值分文。

资本的运营，股份公司的创立，进而促成股市的形成，我认为这是人类的一个伟大创举，股市充分凝聚和积淀了人类的智慧和创造力，最能体现人的社会性。虽然股市发展到现在，还存在这样那样的问题，不能尽善尽美，但人世间有什么东西是十全十美的呢？存在并不因为完美而存在，而是因为在现有环境和条件下的“合理”而存在。股市至少为企业提供了向社会融资的渠道，同时也为公众和机构提供了一条便捷的投资途径，这很明显是一个双赢的结果。而股市的根本好处，在于它的存在从总体上降低了整个社会进步和创造财富的成本。凡事利弊并存，祸福相依，如果没有法规的保障和严密的监管，股市很可能被人为利用和操纵，沦为少数人敛财的工具。一旦股市畸形发展，大众充满“暴富”的疯狂幻想，泡沫就会膨胀，风险高度聚积，最后导致崩盘，形成股灾，致使经济衰退、人民收入降低、社会问题增多等棘手问题，股市元气大伤，多年也难以再恢复。

贱买贵卖，是股市操作的基本原理。但什么价位是贱，什么价位是贵，很难把握。进入股市炒股，投机还是投资也很难严格区分。特别是在我国新兴的股市里，谋求分红和配股等长远投资利益的股民太少，大多是为了频繁地买进和卖出，以博取差价，所以深沪股市里股票的平均换手率极高。严格说来，投机实质上也是一种经济行为，但它不是为了使用，而是为了再出售（或再购买）而暂时购买（或出售）商品，以期从价格变化中获利。股市里的投机是必要和必需的，有不可或缺的功能，它有助于实现市场均衡，从而达到资源的优化配置。投机行为适合有冒险精神和寻求刺激的人，他们在力图赚取巨额差价的同时，承担了巨大的风险，其心理素质和承受能力也应该是非凡的。但过度投机是极其危险的。通过分析，当股票价格严重低于其潜在价值时，应不失时机买入做中长线。当股票价值被市场发现，受公众追捧，价格节节攀升，价格溢出其价值很多，甚至达几倍或几十倍时，风险很大，这时可以卖出手中股票，规避风险，获利了结。或者利用股价波动原理，反复买进、卖出，紧跟股票振荡频率，做波段操作，抢反弹，这是炒股中的短线。短线炒作更具投机意味，而长线更像投资。投资是稳健的投机，投机是冒险的投资。但股市里贱买贵卖，追涨杀跌，股民时常受到情绪的影响，很难冷静面对涨跌，想算计别人，往往会被人算计。

股市是浓缩了的人生。进入股市，赚钱是唯一目的。股市最能体现“唯利是图”的大众哲学，这没什么可掩饰的，说另有图谋，都是虚伪和值得怀疑的。所以，股民一般比较坦诚，因坦诚而显得特别可爱，又因为这点可爱常被人利用。股市里赚钱有点像武侠小说里的“旁门左道”，似乎不劳而获，实在有别于“多劳多得”“不劳动者不得食”等传统观念。但恰如金庸先生的《笑傲江湖》，“旁门左道”里也有大境界，也有真汉子真英雄。这么说，“铁杆”股民定然不服气，跳出来辩解：“为了炒股，我一天都泡在股市里，还要读书看报关心国家大事，要打探消息要分析行情要跑交易所要担惊受怕，比上班还累，难道不辛苦？难道不是劳动？”但所有的这些“劳动”，都不创造新价值。当我国股民壮大到5000万户时，“劳动创造财富”的传统观念受到很大冲击。但为什么炒股赚钱合理呢？我认为“劳动创造价值”是没错的，虽然股民并没创造价值，但股票交易的存在和繁荣，却能降低和节约整个社会的总体成本和“价值”，节约而不浪费其实是财富的另外一种“创造”。股市中的收入，更能体现除按劳分配之外，逐步增加和提倡按生产要素分配的新原则。

偶尔买卖一只股票，赚到了钱，有可能是运气。但在股市中折腾，老是赚钱，那一定是找到了什么操作的秘诀和窍门。决定什么时候买进，什么时候卖出，每个人的决定和分析是理性的，都由自己做主，因而收益和风险都应归个人。但整个股市的波动往往是不理性的，股价的涨跌受国家经济发展趋势、宏观经济政策、行业发展状况、企业经营管理状况、供求关系及投资者心态等综合因素的影响。相同的因素摆在不同人面前，判断和分析出来的结论可能是相反的，投资决策也会千差万别。据说国外做过一个试验，将10万美元分别交给专家和猴子，猴子以投飞镖的方式随机选股，三年后，惊人地发现专家和猴子赚赔的钱是一样的。这并不是说专家和猴子的智商是一样的，而是说专家炒股比较稳定，注意控制风险，收益平稳，而猴子所选股票常有暴涨暴跌的情况，波动性很大。

要想在股市中赚钱，股民个人必须克服两种心态：一是贪婪，二是恐惧。当一只股跌下来，已具有投资价值时，你想买，一方面你希望能再跌一点，希望在最低点买入，稳赚不赔，这是贪婪心在作祟，另一方面又担心现在买进，股价会不会再往下跌呢，你心里没底，心存恐惧。当亿安科技从8元涨到50元，价格已翻了几番，是不是到顶了？恐惧就像一颗发了芽的豆子，在你心里萌发，并随着股价的继续上涨越长越大，承受的压力也越来越大，直到你咬牙卖出，落袋为安，而亿安科技仍继续在涨，最高时达到每股120元。价位已突破百元大关，你还舍不得卖，被胜利冲昏了头脑，盲目乐观，以为还能涨到二百元，因为贪婪错过了时机，股价掉头一路下滑……在贪婪和恐惧两种心态的交织中，股市里上演着成功或者失败的传奇和故事。

现在在股市里能赚钱的人归纳起来有三种：聪明的赚愚蠢的人的钱，前来的赚后来的人的钱，钱多的赚钱少的人的钱。而进入股市的人大多自以为是，自以为是时代的精英和佼佼者，自以为自己的智商绝对要高人一筹……而股市里的人实在愚智难分，有人大智若愚，有人大愚若智，有人时而清醒时而迷糊。早进股市的人早经风雨，有经验，股市行情"重现"时往往能较后来者更能把握对行情的准确判断，但由于股市无理性，经验和信条又让一些股市"老鬼"栽跟头。钱多好坐庄，庄家能在股市里兴风作浪，翻云覆雨，散户对庄家总是又爱又恨，爱的是有"庄"之股股性活，恨的是不知道庄家什么时候就巧妙出逃了，把大量的散户高位套牢。在股市中能与庄共舞之人是让人钦佩的。股市里总是有赚有赔，从数理逻辑上分析，熊市时赔的人多一些，牛市时赚的人多一些，所以对股市发展趋势的熊牛判断和炒股的心态很关键。

股市里大喜大悲的事时有发生，容易凸显和放大人生百态。若没有能承担人生酸甜苦辣的心态，不宜入市。

2001 年 6 月 25 日作于贵阳枣山路 23 号

关于足球

人类是需要狂欢的，因而设置了节日。而事物一旦发展过了头，必然走向它的反面，狂欢的极致和极端就是战争。足球比赛是一场没有硝烟的战争，是球迷群体的节日，是和平年代最狂热的大众演出。而足球暴力这种极端行为，让狂欢彻底失去了它本来的意义。

在单项运动赛事中，唯一能与奥运会媲美的只有“世界杯”足球赛。足球是一项11人对11人的群体运动，教练、裁判、数万甚至数十万现场观众及几千万甚至上亿的电视观众，所有人目光的焦点和核心汇聚在一颗滚动的足球上，使它成为世界第一运动。我一直认为，到现场看球和在家里看电视现场直播完全是两码事，其实在家里看球是很惬意的事，可以一边品茶，或开一瓶啤酒，一边听着解说员的解说，躺在沙发上慢慢欣赏，任何的犯规或精彩进球都可以通过慢镜头回放清楚地看到，那为什么还有那么多人要顶着烈日，冒着大雨或大雪，买票到现场看球呢？这些人不是疯子，就是有病？原因何在？现场可以给予你家里所没有的大众幻觉和群体性狂热，那种节日的感染力和传染性，在家你很难感受得到。在家，你只能是观众和看客，在现场，你还可能上升为演员和故事的主体，某一事件的目击者和现场证人。

节日的形式是聚会，主要表现就是群体的迷狂和欢乐气氛的传染。追求幸福和享乐应该是人与生俱来的权力，人活着不应当沦为劳作的机器和物的奴隶。但现在中国人对节日的理解似乎有所偏离。为什么很多人都觉得现在过春节再也找不到过去的味道了呢？过去大家都没有豪宅，没有电视，没有美食，但一到过春节，人们包饺子，穿新衣，放鞭炮，挂灯笼，上街狂饮，奔走相告，相互祝福和庆贺，热闹而欣喜，到处充满着节日的兴奋和喜悦。可现在，人们都把房子用铁笼子围起来，有闲时多数都龟缩在自己的家里，或看电视，或两三个朋友搞个小聚会，搓几圈麻将……没有大的聚会，人心隔肚皮，而现在人隔的不只是肚皮。人与人或许是需要一定距离的，但距离太远就会失去引力，人们再也难以感受到节日的气氛。

生活节奏越来越快的都市人寻找着节日，节日也在寻找着都市人，而足球却恰如其分地满足了这一双项选择。我曾在一篇习作中臆猜足球很可能起源于顽童踢柚子，当然那是玩笑话，没有考证就没有发言权，不可当真。但足球的本源还真是一项游戏。现在比较公允的说法是足球起源于中国宋代的蹴鞠。奸臣高俅就是此行高手，因一技而受宠，飞黄腾达，官运亨通。史评多贬，其中固然有其为人做事多奸佞的原因，但更多的潜在原因是因其出身，“万般皆下品，唯有读书高”，而他却是“科举”正途的另类，外界价值认可的压力和排挤以及他自身心理的扭曲，极可能造成他为人做事的不正。其实，各朝各代，弄臣什么时候都是有的，但切不可一概而论，有弄臣并非都是坏事。如东方朔之流，国家有之却是万幸。俱往矣，时代不同了，如今“球星”备受追捧，退役后经商出仕的也很多，如球王贝利、足球皇帝贝肯鲍尔，所以说对事物的评价和认识因时因地不同，是不一样的。

足球源于中国，作为中国人，不禁有点沾沾自喜，总觉得脑门子上贴金，油光照人，有些光耀和得意。潜台词是：你足球文化再好再发达，毕竟是从我这里发源出去的，就像孙子长得再帅，当的官再大，我毕竟还是爷爷……这是中国人闷在肚子里的幽默。足球就如同中国古代的“四大发明”，再荣耀毕竟是古人的，发扬光大还在西方。现代足球源于英国，足球之所以发展成为世界第一运动，与西方进行市场化运作，并逐步形成一种产业是分不开的。这多少让人有点惊讶，足球摆脱了纯游戏和休闲的“小家子气”，成为专门生产快乐和激情的工厂。人类至今创造的所有价值都是值得怀疑的，根据物质不灭原理，人类事实上没有创造过任何东西，只是把这个东西从一个地方搬到另一个地方，把一种物品通过物理的或化学的方法变为另一种物品，以满足人类各种欲望。法律、道德规范和社会制度固然代表统治阶级的意志，但从人类整体来思考，那不失为一种集体博弈的选择——为了整个人类的进步和繁衍。人类所有的生产都是为了消耗，人类有太多的激情和闲暇需要消耗，而足球为人们，特别是为城市人口提供了一个情感宣泄的渠道。人类所有的规范和组织制度也是值得怀疑的，财富创造的终极目标是消费。我想，人类起初是有很多种社会规范和组织法律制度的，但通过自然选择的结果，不适合人类繁衍和发展的被淘汰，保留下来的不断变革、完善、改进，并适应社会发展和生产力条件的规章制度。

一场足球赛其实就是一场盛大的表演。一攻一防，有严密的组织配合，也有即兴的个人表演。“中场发动机”齐达内娴熟的过人和精准的传球，“战神”巴蒂斯图塔每一次在门前激情四射地捕捉到的稍纵即逝的得分机会，“球场常青树”马特乌斯的及时铲断和助攻，充满喜剧色彩的“疯子”依基塔在门前让人提心吊胆的疯狂扑救，“忧郁王子”巴乔的悲剧气质，古利特的奔放豪情，贝克汉姆独到、精准的任意球射门……无不激情四射。不管前锋、前卫、中场核心，还是后卫和守门员，一传一射，都有嚼头和看头。看一场球就像欣赏一场人物性格迥异的舞台剧，充满着冲突、悬念和期待。马拉多纳的“上帝之手”在世界杯赛场上淘汰了雄心勃勃的英格兰队，让人耿耿于怀，人们却又对这位天才选手满心纵容和原谅，因为像这样能给无数球迷带来无限快乐和想象的足球事件实在太稀缺了，而市场经济中最强调“稀缺”。除了场上队员的表现，教练的布阵、用兵、换人、应变能力和老谋深算，黑衣裁判场上判罚的精确度、失误和“黑哨”又是另一种表演。球迷的狂欢和倒戈，呐喊、斗殴、起哄、漫骂，也都是足球的看点。例如，2001年意甲最后一轮比赛，压抑已久的球迷甚至未待比赛结束便冲入球场，哄抢冠军罗马队球员的球衣。此外，英国德国足球“流氓”的卑劣行径也臭名昭著。

而足球又不像田径、篮球、乒乓球等其他运动，那些运动的前提是实力，同一水平的比赛才有竞争力。但足球不是，虽然队伍的实力总是第一位的，但是足球比赛是最容易发生突发事件的，因而有“足球是圆的”之说，胜负的悬念总是有的。球员的技术能力、战术素养、场上配合及教练的指挥能力和临场应变能力都是制约比赛结果的内在重要因素，而主场球迷的呐喊、天气的冷暖、球场环境、地理位置等都是影响比赛的外在因素。球场上强队偶尔出现一次致命的失误，弱队的球星利用自己过人的能力，闪电似的激情迸发，踢进一个前场任意球、精妙的角球或难得的点球，可能会让弱队捕捉到千载难逢的战机，战胜强队。弱队与强队踢一百次，可能要输九十九次，但哀兵、弱者可以利用强者的骄傲、松懈、急躁和不在状态，打强者一个措手不及，以弱胜强的战例在足球场上不胜枚举。

有人也许会说，足球比赛老不进球，没看头，这实则是不懂足球。正因为进球少，所以才使每一个进球都显得弥足珍贵，堪称经典，让人狂喜。那种苦苦的等待和期盼，等待进球，等待某种突发事件，是观看足球的一件乐事。如同在沙漠中长途跋涉，希望渺茫之时，终见绿洲，终见美景，终饮甘泉，让人欣喜若狂。若要看得分和进球，你可以去看美国的 NBA 篮球赛，看乒乓球，看排球，看网球，那是对运动美的另一种欣赏。而足球更侧重于过程和节奏，激情的攻防，即使根本不进球，也会让球迷激动和狂热不已。有人说，他从不看中国国家足球队的比赛和中国足球联赛，理由是踢得太“臭”太丑太让人伤心，他只看世界杯、欧洲五大联赛、南美解放杯和丰田杯等比赛，细说起来他也不过是一准球迷而已。作为“铁杆”球迷，作为真的球迷，精彩赛事固然是要看的，那是对艺术和美的享受。但除此之外，“臭”的丑的球赛也要看，看什么？看门道，看究竟问题出在什么地方，看差距，并提出解决问题的办法和出路，看你对足球的理解是不是比足球解说员比新闻记者比教练比足协官员更高明，但中国足球更多的是人云亦云，跟着感觉走，瞎起哄，喜热闹，胜则盲目乐观，以为足球水平一夜之间达到国际中上水平，败则垂头丧气，骂娘，狂呼“下课”，以为“下课”就是解决所有问题的唯一的、最好的途径和良方。

足球是一场游戏，是一场让许多人牵肠挂肚的游戏，参与这种游戏能够找寻和体验一种节日的气氛。四年一轮回，世界杯对于中国人来说总像是一个梦，而在今年如火如荼的德国世界杯中，中国国家足球队又没能参加，中国的球迷们又充当了一回全世界最狂热最投入的看客。

2001 年 8 月 18 日作于贵阳枣山路 23 号

2006 年 6 月 15 日改于北京

关于秋月

月是极好的，可最好的是秋天的月。而秋天的月亮，最好的又是月初的新月、月半的满月和月末的残月。

秋月的好，犹如春花。所以南唐后主李煜有“春花秋月何时了？往事知多少！小楼昨夜又东风，故国不堪回首月明中”的绝唱。把春花与秋月并提，道尽其中好处和妙处，让人陡生悲凉。为什么会这样呢？盖春花之娇美，易凋易谢，秋月之幻化，圆缺无常罢了。秋月固然是暗示好的东西多难长久，红颜自古多薄命，匆匆若白驹过隙、薤露易逝，而人皆求之爱之怜之，令人扼腕叹惜，勾人情愁和感慨。

但月与花是两种截然不同的美。花长在土里，生在地上，以水土为食，除了玫瑰有刺，大多唾手可得，娇媚易碎，与人近。而月亮却遥悬天际，可望而不可即，可仰不可得，可赏不可玩，长长久久，离人远。所以，熟悉的是一种美，距离和陌生是另一种美。故古人云：“春日玩花，秋夜赏月”，一年之中可兼得。而李太白的“花间一壶酒，独酌无相亲。举杯邀明月，对影成三人”的《月下独酌》，将花、月、酒、影、人巧妙地融汇于一体，勾勒出一幅意境独特的画面，似醒犹醉，若醉还醒，体现了诗仙的独到之处。而此情此景，我认为唯秋天的月夜才会有，才能让人写得出如此佳句。

但儿时懵懂，并不深晓这些，当乡村的秋天悄无声息地来临时，我便搬一张小板凳到屋外，听蛙鼓虫鸣，昂着头数天上的星星，却怎么也数不清，数累了便去看那圆月亮，想着那月亮里的桂花树必已开花，并想着那淡淡月光就是那桂花的芬芳，又想那月亮里的嫦娥和玉兔，想那砍桂花树的吴刚……却觉得那吴刚有点可恨，好好的，为什么要伐那桂花树？时而又想这吴刚有点可怜，恰如希腊悲剧里的人物西西弗斯似的，砍一斧，桂花树就长一斧，砍砍长长，没完没了，很可笑的，干吗非要砍那桂花树呢？少年的我怎么也想不通。

长大后，就越发喜欢秋天的月亮了。因为秋月的美实在是别具一格。冬天的月太冷，曲高和寡；春天的月朦胧不清，羞羞答答没见过世面，似乎上不了台面；夏天的月固然明丽，但人心浮躁，无暇顾及；而秋天的月，从夏日火烧火燎的炎热里脱颖而出，天高云淡，天似乎被什么人剥去了衣裳高远起来，云薄薄地稀落了去。立秋一过，再往深里去，陡然觉得昼短夜长，天也凉了，心也静了，月儿也显得特别的清瘦和苗条，望一望便会从心底里生出一股冰清的凉意。月初的夜晚，吃完饭，人们就摇着蒲扇出来纳凉，聚在林荫道上，或者池塘水边，三三两两，说说笑话，东家长西家短地摆摆家常。闲言碎语得累了，不经意地一抬头，却见天上星星多多的，捧出一弯月儿，如一弯蛾眉，又似一片嫩柳叶儿，挂了点露水，挤在天角，崭崭新新的，娇羞得像个新嫁娘。又若一曲镰刀，磨得雪白飞快，正在加紧收割星星呢。然后，一天紧着一天，月儿就像一条拼命吃桑叶的白蚕，拼命地长大，一夜更比一夜雄壮丰满起来，直到有一天吐了丝作了茧——圆了，然后再慢慢地破了去……待到月末，那银盆似的满月，就被天狗一口一口地咬得不成样子了，残缺得可以。残缺也是一种美，残月蜡黄蜡黄的，像一片飘零在风中的菊花瓣，人比黄花瘦，月牙儿更比人瘦。

月初的新月和月末的残月都最能刺激人的酒兴和诗情。今人还见古时月，今月不曾照古人，相同的月在不同的人眼里是不同的，引起的心理感受也是截然不同的，会随人所处的环境条件及周遭际遇的不同而不同。亡国之君李煜在《乌夜啼》中，仅能吟咏“无言独上西楼，月如钩。寂寞梧桐，深院锁清秋”。古人题注：“此词最凄婉，所谓‘亡国之音哀以思’。”透过词，恍惚可以看到当年的李煜孤苦伶仃地站在阁楼上，弯弯的月儿轻轻地将阴冷的柔光投在他身上和楼下梧桐的树叶上，铺在宁静微风的院子里的情景，而歌管舞乐已远在遥远的梦里，在咫尺之隔的院墙之外……无限哀愁尽在不言之中。与此有相通感悟的，有苏东坡的“缺月挂疏桐，漏断人初静”的孤独，风流词人柳永的《雨霖铃》“杨柳岸，晓风残月”，惜别之情溢于言表。而同样的弯月，在鬼才诗人李贺的眼里，却不同凡响，别是一番意境。诗人颇有“不破楼兰终不还”的男人气概，他咏道：“大漠沙似雪，燕山月似钩。”只见月光如雪，白花花地铺撒在一片无垠的大漠上，白花花地流向远方，流向目力所不及的遥远——月同而景异，年年岁岁花相似，岁岁年年人不同，心境不同，人的感慨大多也是不同的。

月半的满月，最逗人怜爱。虽有“满则亏，盈必溢”之虞，但人们且爱眼前，哪管身后，顾不了那么多了。但秋大的满月却很奇怪，先属于鬼，后属于人。因为初秋的第一个满月就是“七月半”，俗称“祖宗节”“亡人节”或“鬼节”，而“鬼节”最为通俗易懂，在贵州凯里骂人的俏皮话中竟然有骂“你这个七月半！”的，意思是说这人很鬼。“七月半”犹如西方的“万圣节”，但中国的似乎过于阴森，而西方的转化为一种人鬼共舞的狂欢和喜庆。祭奠过列祖列宗和一些游魂野鬼，象征性完成一次人与鬼的聚会和思考之后，就到了八月中秋。这时的满月才真正属于人，家人团聚，共品月饼，有喜气，为中国人所看重。未知生，焉知死？先鬼节，后人节，节日设定隐含着某种中国深层的哲学。而这种“中国气味”已深深渗透在中国的衣食住行中，所以很多人一直幻想着全面移植西方的东西，却处处碰壁，根子应该在此，因为中国人的思维方式和生存哲学与西方人是不同的。

对于满月，苏东坡就极喜欢，喜欢在月圆之日夜游和游饮。他著名的前后《赤壁赋》分别完成于壬戌七月十六日和十月十五日，都是在月圆之夜。“山高月小”固然是人生的一种境界，但要达到谈何容易？他的《水调歌头》成于丙辰中秋，“欢饮达旦，大醉”而作，成为千古名词，“明月几时有？把酒问青天”豪情乍起，而又以“但愿人长久，千里共婵娟”作结，婵娟何也？嫦娥也，月亮也，缠绵悱恻，兼顾头尾照应。即使在他的汹涌澎湃之杰作《念奴娇·赤壁怀古》中，也有“人生如梦，一樽还酹江月”之句，我认为也是在月满秋夜酒酣时所作。后人推崇此词，还以“大江东去”和“酹江月”代替“念奴娇”作为词牌名，前者为纪念他开豪放派一脉词风，后者仍尊原词牌之意，不脱苍凉之意。除此之外，《千家诗》中收苏轼的《中秋月》：“暮云收尽溢清寒，银汉无声转玉盘。此生此夜不长好，明月明年何处看?”极好，我也很喜欢。苏轼不管诗、词、文，总能刚柔相济，蘸男儿泪，合男人气写绝妙文章，所以在世界文学史上也能独占一席。

此外，白居易的《琵琶行》，“醉不成欢惨将别，别时茫茫江浸月”，言尽谪居心境之苦，人为景伤，景为人泣。“东船西舫悄无声，唯见江心秋月白”中的千种感慨，万般情愁，“同是天涯沦落人”之悲叹呼之而出，让人怎能不动情。杜牧的“二十四桥明月夜，玉人何处教吹箫?”格调幽深寂远。朱自清先生的《荷塘月色》，也写尽了满月时荷塘之美和月光下独处的妙。

月圆，应多喜庆，幼时曾百思不得其解，为何古人反而多愁苦？难道都像多愁多病的林妹妹，喜散不喜聚？我认为，其中肯定是有人无病呻吟，但也有人经风沐雨，借月一吐愁肠，感叹遭逢之坎坷，人生无常。却也有另辟蹊径的，如《红楼梦》中贾雨村所咏中秋诗：“天上一轮才捧出，人间万姓仰头看”，此句一出，甄士隐大叫，说他“必非久居人下”，有“飞腾之兆”。且撇开贾雨村后来的为人和作为不说，每个胸藏百万雄兵、立志想干一番轰轰烈烈的事业且雄心勃勃的壮志少年都应该有几句这样的狂言。另外，如“明月松间照，清泉石上流”，却是别有一种无欲无智的山野之趣，表现出一种知足常乐的超然的生活态度，为“无我”之境。

秋月的美是独到的，以明净为色，以桂香为闻，以箫笛为听，以高远为志，而人随景异，境随景迁，景为心设，心境不同，遭际不同，环境不同，月亮在各人的眼里就会呈现出不同的幻象，在各人的心湖里激起不同的波澜。

1995 年 10 月 12 日作于湖南怀化萤夜屋

2001 年 10 月 8 日改于贵阳枣山路 23 号

女人似水

“女人，你的名字是弱者!”这是莎士比亚戏剧里的一句经典台词，像一把达摩克利斯剑，悬在每个女人的头顶之上。

这话太露骨而明确，过于实在，似贬，又似恨其不争。但时代发展日新月异，到如今虽男权社会并没什么大的本质改变，这话却不那么“真理”了。相反，这话被女人巧妙地利用和伪装，成为智慧女人与外界对抗的一个天然掩体和盾牌。

男人往往自鸣得意，以为这世界是男人的。殊不知，女人是通过控制男人来控制这个世界的。所以老子在《道德经》里说：“上善若水。水善利万物而不争，处众人之所恶，故几于道。”柔能克刚，弱能克强，善女子往往能善用柔弱，滴水穿石，以柔克刚，以弱克强，以小克大。女人似水，是一个好比喻，含蓄而富有诗意，浅显而不失哲理，让人听来顺耳、润肺、滋心。

面对女人的世界，按道理，男人应该形成统一战线。但男人没几个是柳下惠，往往经不住女色诱惑，经不住“弱水三千”型炮弹的轰炸，经不住哗哗眼泪的酸性侵蚀。不仅如此，男人中偏偏出了一些超级“叛徒”和“内贼”。第一号“叛徒”当数曹雪芹，呕心沥血写《红楼梦》写了几十年，居然没写完全。却借着贾宝玉的一句口头禅，到处宣扬，说什么“女儿是水做的骨肉，男人是泥做的骨肉。我见了女儿便清爽；见了男子，便觉浊臭逼人。”这尚属意淫，悟性不高和不喜欢酸文软语的男人，并不知晓内中道理，达不到凡有井水处皆闻此语的境地。

到了梁实秋，背叛得更为彻底，纯属缴械投降。我甚至怀疑梁实秋若活到今天，肯定会做一次变性手术，把自己变成一个女人。读梁实秋的《雅舍小品》，我曾认为他是二十世纪中国最会生活和享受的男人之一。但他在散文《女人》和《男人》里面，居然毫无顾忌、明目张胆地褒女而贬男，读来让人拍案叫绝。

读梁实秋的文章，才发现他并非像鲁迅说的那样可恶。他在文章里，居然把女人的说谎、善变、爱哭、胆小如鼠都写成让人钦羡的优点，好像作为女人若不会这些，就不是女人似的。文章写得像诗一样美，像水一样的柔，读来余香满口，让人从心底里天然生出万般怜爱来。不怜香惜玉，你还是男人吗？

相反，梁实秋却把男人的短毫不隐藏地揭露出来，晾在阳光下，批了个体无完肤。例如他写男人的脏，“他的耳后脖根，土壤肥沃，常常宜于种麦，”“男人的一双脚，多半好像是天然的具有泡菜霉干菜再加糖蒜的味道。”这让每个女人读去，定然会哈哈大笑，乐翻天，顿觉先天的优越，下辈子还要做女人；而让每个男人读了，自惭形秽，恨不得寻个地缝钻进去，化为蝉蛹。

虽然如此，读了梁实秋的文章，男人并不能改过自新，依旧我行我素，大大咧咧；女人并不能一蹴而就，顶天立地，依旧吟吟哦哦、哭哭啼啼。年少时不谙世事，对梁实秋大惑不解，堂堂一男子，昂昂一丈夫，在国难当头之时如何却写出如此温柔富贵之作，难怪要遭到普罗文学派的攻击和谩骂。后来，我才慢慢品出点味道来，文人的话往往是不可信的，特别是男人专门费尽心思写给女人看、讨好女人的东西，表面是扬此抑彼，实际可能暗藏阴谋和“杀机”，让喜欢轻信的女人大上其当，以成全男人卑劣的本性。

古人喜言：红颜薄命，女人祸水。狐狸精变妲己，媚惑纣王，毁了商朝；褒姒千金一笑，倾国倾城，亡了西周；西施沉鱼落雁，成全了卧薪尝胆的越王勾践的复国梦想。《三国演义》中，我一直以为武功最高的不是关羽，而是吕布，英雄难过美人关，连环计中貂蝉是最关键的一枚棋子，直接导致吕布、董卓父子相残。“云鬓花颜金步摇，芙蓉帐暖度春宵，春宵苦短日高起，从此君王不早朝”的杨玉环，冤死马嵬坡。此外，还有让人咒骂一时，让吴三桂“冲天一怒为红颜”的宠妾陈圆圆。我不否认，女人肯定有犯贱的时候，有干政的时候，有如狼似虎的时候，有“最毒不过妇人心”的时候，兔子急了还咬人呢，但在男权社会里，权力一直紧握在男人手里，不能把女人误国作为一条定律，把女人钉死在耻辱柱上，而让男人尽躲在历史雾障的茧壳里安然无恙。

男人做错天大的事，往女人身上一推，让女人当“替罪羊”“背黑锅”，万事皆了，不了了之，这似乎是十足男权社会的惯例和规则。所以，历史翻来倒去，翻烂了二十五史，好事、功业都是男人干的，坏事、丑事都是女人干的。这种做法之所以源远流长，不厌其烦地被反复运用，其中的原因固然很多，但最重要的原因之一是史书多由男人所著，男人难辞其咎，脱不了干系。

有一首歌叫《女人是老虎》，讲庙里的小和尚没见过女人，老和尚担心小和尚受女人诱惑，便骗小和尚说，山下的女人是老虎，不要招惹她们。有阳必有阴，有阴必有阳，男人对女人的诱惑是抵制不住的。骆宾王在那篇著名的《讨武曌檄》文中痛骂：“入门见嫉，蛾眉不肯让人；掩袖工谗，狐媚偏能惑主”，这骂声显得如此软弱无力，其中不难品出男人的自嘲和对武则天才能、美貌、聪慧的由衷叹服。以至当武则天看到这篇文章时，不怒反喜，由衷赞叹文章写得好。

女人的美，对于男人来说，具有不可抵抗性。用李渔《偶情偶寄》里的观点，女人的美在于肌肤、眉眼、手足和态度。《诗经·卫风·硕人》里的诗句是这样描写的：

手如柔荑，
肤如凝脂，
领如蝤蛴，
齿如瓠犀，
螓首蛾眉，
巧笑倩兮，
美目盼兮。

吟咏这诗，我眼前马上能够活灵活现地浮现出几千年前的美女模样。我猜想，这诗肯定也是男人中的“叛徒”写的，可见“叛徒”的历史一样源远流长，不只曹雪芹、梁实秋、泰戈尔之流。当然除了“叛徒”，也有像疯子尼采的，叫嚣着说：“去找女人吧！请带上你的鞭子!”

女子无才便是德，在家从父，出嫁从夫，夫死从子，社会舆论对古代女子的要求似乎不太注重“心灵美”，对女子的基本要求是“听话”就成。光就外表而言，女人的灵气在眼睛上，盈盈一秋水，浪淘尽，多少英雄。女人眼里的水分子，是硫酸，酥蚀过古往今来多少血性汉子的铁骨，人在花下死，做鬼也风流；是烈酒，醉倒过多少驰骋沙场的顶天男儿，醉卧沙场君莫笑，古来征战几人回。那清泉般小小的一掬，那宝石般轻轻的一靓，楚楚而含情，盈盈而巧笑。女人眼里的水分子，是无根之水，对于男人来说，更是无坚不摧、所向披靡的利器。

女人似水，是一个好的比喻。人往高处走，水往低处流，不攀附本是水的本性，运动是水的生命和活力，唯流水方能不腐。所以，少女是运动的、活力的、青春的、朝气的，给人一种清新、晶莹、纯净、美好和可爱的感觉。虽说在山泉水清，出山泉水浊，水一旦因贪恋而驻足，停滞而弥留，水便开始衰老、死亡、腐朽，甚至烂臭，最后化为一塘死水，虽然衰老和死亡对于每个人都是无法避免的，但是沧浪之水清兮，可以濯我缨；沧浪之水浊兮，可以濯我足，不管面对的女人是清是浊，都应善待。

时代发展到现在，若没有什么认识上的大偏差，这个世界似乎还是男人的。虽然日新月异，新事物层出不穷，但几千年来没有太多变化，女人仍旧是通过把握男人来把握世界的。我不知道，这究竟是女人的睿智和聪慧造就的，还是男人自以为是的狂妄和可笑的过分自信造成的。我认为，女人之所以被男权社会压抑几千年，并非由于男女的先天差异而形成的天命，也非女人干不了男人之事的缘故，原因可能恰恰是因为女人未能充分有效地成为一个女人。但什么才是真正的女人？这个概念需要重新审视和定义。如果女权主义者非得把男人踩在脚下，奴役男人，折磨男人，要男人清偿“历史欠债”，那同样可笑，会由此造成男女新的阴阳不平衡和新的倾斜，反而会培养出一批新的男权主义者。

所以，真正的男女平等，应该还是男人成其为男人，女人成其为女人，男人和女人的差异得到充分肯定并统一到“人”的基础之上。

1994年11月20日作于湖南怀化

谁在喊救命

7月5日凌晨，我还在床上睡觉，突然一个女人的呼救声把我从睡梦中惊醒。

“救命，救命，来人啊!”，呼救声来得快，去得也快，就像南方突如其来的一场雷阵雨，两三声之后便安静下来。我住在北京海淀区一栋高层塔楼里，10层，临街，由于前一晚天气闷热，我习惯地没开空调而开着窗睡，所以当街上的呼救声响彻夜空时，声音强烈地刺激着我的耳膜，我的屁股底下好像压紧了一只弹簧，从床上一蹦而起。

我在第一时间赶到窗户边，向外张望，只见楼下街面上停着一辆出租车，对面停车场守夜的保安往街这边走来，犹犹豫豫，走到街心，只往街这边张望了一下，便折回去了。呼救声应该发生在街这边，我从楼上往下看，视线被街边茂盛的树木遮挡着，什么也看不清。我犹豫，想自己是不是应该做点什么；是不是应该到楼下去看个究竟，但我手无缚鸡之力，到了楼下又能干什么；我是不是应该打电话报警，可楼下还有这么多目击者，不是应该我出头的事，我想。

隔了一会儿，街面上恢复了平静，我想可能也没出什么大事吧。这时，我感到口渴，跑到客厅接了一杯水喝了下去，看看墙上的电子挂钟，时间才2：30，世界杯德国队与意大利队半决赛还未开始，我决定回到床上再睡一会。

躺在床上，却怎么也无法睡稳当。大约过了半小时，又爬起来打开电视看世界杯足球赛，看德国队与意大利队你来我往精彩但却不进球的冗长比赛。就在加时赛快结束时，本想可以等到又一次激动人心的点球决胜了，谁知道意大利队出人意料地却在最后两分钟内连进两球，形成绝杀。想不到经常发生在中国足球队身上的“黑色三分钟”，竟然也发生在东道主德国队身上，我从中体会到了人生中存在某种不可预测的幽默。

7月5日下午下班回家，上电梯时，听见住在同一栋楼的一位妇人与塔楼的保安在谈论凌晨呼救之事。我竖着耳朵听了个大概，保安说，是两名女子的包被几个男人抢了，两名女子想夺回包，被人劝阻，最后自认倒霉，算了。

哦，原来是这样。住地一带施工人员和闲杂人员较多，一直比较乱。但两个独身女子，深更半夜不回家，跑到街上并在这一带游荡做什么呢？北京不像南方，少有什么夜市，下班之后大家大多早早回家。这总让人疑惑。

在电梯里，那位妇人自言自语又好像在问我：“谁知道是什么样的人？前几天你家门上是不是也插着妓女上门服务的名片？”

“有这事？”我疑惑，难道世界上最古老的职业也与时俱进，学到了市场营销的好办法，也开始“送货上门”了？我便回答说：“我好像没收到过这种名片，只收到过一些其他小广告。”但我宁愿想象那两个被抢的女子是良家妇女，我不愿意随便猜度这些。

事实上，活在这世上，谁又不喊两声救命？只是有的人喊出声，有的人没喊出声，在内心拼命挣扎和呼救。而有的人喊救命，恰巧被人听见，有的人喊救命却没人听见。有的人喊救命被人听见并被援助，而有的却没那么幸运……

2006年7月6日作于北京

老婆怀孕了

2006 年，我老婆怀孕了。

按我这个年龄，早就应该结婚生子了。我大学同班同学中生有孩子的，最大的孩子都要初中毕业了。而我这个“老大难”“老牌帝国主义王老五”，却还在积极响应国家计划生育晚婚晚育的号召，躲在“围城”之外磨磨叽叽，不敢冲进去。回想与老婆谈恋爱时，卿卿我我已很长一段时间后，我还跟她申诉说我有“结婚恐惧症”，她终于忍无可忍，一怒之下骂我混蛋。然后，在 2005 年 9 月 8 日，我咬咬牙、狠狠心，终于领着她，冲到民政局，乖乖地办理了结婚登记，彻底终结了我漫长的单身贵族生涯。

老婆比我小 9 岁，长得不难看。我已开始大步流星“奔四”了，她却像刚刚盛开的一朵带露的花，似乎是不经意地飘到我身边，有人甚至笑话我“老牛吃嫩草”。从结婚登记，一直到 2006 年春节期间办完结婚仪式，我居然一直没有发生类似羊痫风的意外，这让我喜出望外，结婚居然也能如此祥和、平静，没想象中那么恐怖和节外生枝。

人的欲望是没有止境的，得陇望蜀，得寸进尺。结婚没多久，我就开始怂恿老婆为我生孩子。我说早插秧，早打谷，早生孩子早享福。我说若再不要孩子，等退休了孩子还没大学毕业呢。到那时候，你当妈的，可就要追悔莫及了。我说从优生优育的科学角度来讲，我们不能再等了。女人年过三十再生孩子，孩子容易畸形，大人容易难产。我说孩子是夫妻双方爱情的结晶和证明，是父母生命的一种承继和延续方式……老婆经不住我左说右劝，雅文俗理软磨硬泡，终于思想松动，颁石点头。其实，老婆的心里却另有算盘，她单位的同事从计划要孩子，到真正怀上孕，用了两年多时间。老婆想，今年答应，并不一定今年能怀上。

我可没老婆肚子里那么多弯弯道道，立即着手准备工作。首先考虑是想要男孩，还是女孩。老婆想要女孩，说女孩水灵，易养，好带。我父亲写信来，却千叮咛万嘱咐，希望我生个儿子传宗接代，因为祖坟风水不旺，到我这儿已是单传，并再三威胁我们说，若老婆头胎生了女儿，就得让她再生一胎，罚款和孩子的抚养费由他包了。我左思右想，前权衡后考虑，进行了艰苦的博弈思维，最后劝老婆说，最好生一男孩，避免生二胎，对上好交代，自己也免受罪。

但生男生女，谁又能事前控制？但事在人为，总得尽人事听天命吧。我想，战争时期和苦难年代容易生男孩。为什么呢？因为战争时期和苦难年代，吃粗粮吃野菜多，吃精食吃肉少，素多荤少。根据这一设想，我当机立断，积极调整家庭的饮食结构，一个月还没下来，老婆就打电话向丈母娘告状，说我虐待她，不让她吃饱不让她吃好，搞得我哭笑不得，喊冤无门，投诉无路，只好咬牙硬挺着，硬着头皮扛着，自个儿暗自鼓励：坚持，坚持，再坚持，坚持就是胜利。

其次，我考虑怀孕的最佳时间。我希望最好是春季，万不得已，就在秋天。春天里，百花开，万物复苏，生机盎然，八月怀胎十月分娩，一路吃着各种各样的水果直到孩子降生，孩子和母亲的营养不缺，可以确保孩子孕期的健康发育。功夫不负有心人，今年四月老婆到医院一检查，居然怀孕一个月了。自从确认怀孕后，老婆一改孕前作风，开始放开胃口，大吃大喝，这也要那也不能少。她声称钻戒有辐射，不能戴，得买金戒指，金子可避邪。好，买，在金价一路飙升到最高的时候，我给老婆买了一枚金戒指，老婆在手指头上没戴满一周，就与结婚时那个钻戒一样，永远地放到她的首饰盒里“睡大觉”了。一天老婆突然电令：“想吃软麻花。”我东寻西找，转了几天，都没找到。老婆眼珠子一翻，脸一拉，质问我：“怎么还没买回来？看某某的老公，她要吃个什么，当天就怎么怎么地弄回来了，相比较，我的要求不算过分吧。”我当然知道老婆不是杨贵妃，这愿望不算过分，“一骑红尘妃子笑，无人知是荔枝来”，软麻花不至于比唐朝那时的荔枝难找。我连忙解释说，近来比较忙，单位事多；麻花硬的好买，软的真不好买。近的地方，我都找过，都没卖的。老婆这才慢条斯理地说：“你骗人，你单位附近的首航超市就有卖的。”呵，我愣了一下，心想怎么不早说啊。第二天赶紧去买了回来，老婆吃了两口，就摆在桌子上了，再也不愿意动了，却自言自语说：“软麻花得趁热吃才好吃”。

最后是没完没了的产前检查。产前检查和分娩应该按就近原则，我本想当然地确定在家附近的世纪坛医院或电力医院，就诊方便。但“议案”还没正式提交，马上就被家庭“董事长”否决，老婆早已胸有成竹，自己做主，定在车程在一小时左右的海淀妇幼保健医院。老婆的理由是专科医院，服务到位，什么病例都见过，设备齐全，保险。老婆每隔两三周去一次医院，乘车并不方便，我也没想明白真的需要如此频繁地做产前检查吗？有时候起个大早，跑到医院，挂号台前早已排了长长的三条长龙，挤满了睡眼惺忪的人，一打听，最早的凌晨三点就起床往这边赶了。有时，挂个号，医生例行公事，检查也简单，就是听听胎心，摸摸胎位，两三分钟完事，但陪老婆从去产前检查到返回，前前后后得耗费半天，有时甚至一天的时间。陪老婆去做产前检查我是没话说，心甘情愿，谁叫咱是她老公呢，咱不陪谁陪？

我给老婆肚子里的孩子取了个小名叫逗逗，并顺水推舟地叫老婆为逗逗妈。看着逗逗妈肚子一天大似一天，各项检查都属正常，我心底里偷着乐。掐指一算，逗逗应该在元月中下旬出生，春节前，倒计时不到一个月时间，按中国传统习俗算，仍属狗，是狗尾巴。今年金狗，明年金猪，民间传说都是好年，而且原先生育高峰期出生的孩子都进入育龄期，我是没办法，晚婚碰上趟儿，将自己的孩子没选择地置于又一个生育高峰期，这也许是我的罪过，让孩子先天处于高竞争的社会环境里。若生个男孩，目前中国男女出生比率严重失衡，我担心逗逗将来找媳妇难，步父亲的后尘，作为父亲也是应该承担一定责任的……

老婆做B超已好几次了，都没敢问医生，肚子里究竟是男是女。我想，不管生男生女，只要母子平安，顺顺当当，就行。做父亲的都会静静祝福和等待逗逗的到来，在此只是先向逗逗道个歉，是你父亲擅自在这个时候把你引领到了这个人世，希望逗逗将来比父亲幸福一点，快乐一点，好一点，就成。

2006 年 12 月 17 日作于北京

丑男

妻怀孕临产，肚子很大，行动不便，已请假在家。为了不让妻在家里憋屈坏，每天下班，或是周末，我总要设法带着妻出来溜达溜达。

这天周末，雪霁，出太阳，地上雪未化尽，我担心路滑，所以一直搂着护着妻往前走，快到超市门口，碰巧被一对母子看见。这对母子在我们身后，隔着一点距离。那母子对话虽轻声细语，似乎是防止别人听见，但我天生耳尖。

那孩子说："那是一个丑男人。"丑男指的是我。

那母亲很诧异："你怎么乱说人家是丑男？"

"你看他泡的那女孩，都是大肚婆了。丑男人肯定泡不到漂亮姑娘，所以他才去泡大肚婆，连大肚婆也泡，此男人太无耻。"

我听到这话，回头大笑，童言无忌，妻也跟着我笑了起来。

2007 年 1 月 8 日作于北京

逃会

因在一家国企工作，大会小会避免不了。年终回头一看，参加会议竟然是我的主要工作和生存方式。

人在江湖，身不由己，有时我也会情不自禁幽他一默：“会海”遨游，何处是岸？有些重要的会议是注定要参加的，从中可以了解和把握自己工作和生活需要的许多重要信息。有的会议近似于沙龙，参加的人员极其重要而会议内容其实只是一个过场和形式，但似乎也必须参加，这其实是自己身份、地位、能力的一种体现。有的会无关痛痒，不知所云，可参加可不参加。还有的会却是为某人为企业撑面子，浪费时间、生命、精力和金钱，劳民伤财，完全可以不参加。

一次，闲着无事，我去参加单位内部的一个青年人的座谈会。会场很大，是个圆桌会议，但席间空荡荡的，没有坐满，显得有点稀稀拉拉。虽在一座办公楼里，抬头不见低头见，但见面最多只是点点头打个招呼，大家屈膝谈心的机会还真的不多，我本想通过参加这个会议，相互交流交流感情和思想，但会议自始至终都是主持人的独台戏——可能主持人做了准备，担心大家座谈冷场，就写了一个文字报告，并做了PPT。主持人便开始从过去到现在，从国内到国外，从天上到地下不着边际地海侃。我努力听，没听出个所以然来，就思谋着想离开。

但随随便便就这样起身离开，人少目标大，引人关注，影响不好，对人也不礼貌。我便悄悄拿出手机，设定为震动状态，并给老婆发了一短信：请速打我手机，有急事找。然后若无其事地将手机放在桌面上。

不一会儿，手机便在桌面上振动起来，我赶忙抓在手里，看了一眼手机屏幕后摁断电话，轻声对着手机回话说：“××领导，我在四楼开会，我马上上来。”边说着，边收起桌上的东西，从容不迫，头也不回，在众人羡慕的目光中走出了会场。我想，肯定在座的很多人也在寻思着：要是现在领导有事找，那该多好啊。

回到办公室，我重新拨通老婆的电话，解释说：“没事了，没事了，刚才没事。”

“没事，你让我打什么电话？神经病，别惹我，我正忙着呢……”还没待我进一步辩解，啪的一下，老婆就撂了电话。

2007年1月5日作于北京

我的名字叫非墨

开始写文章向外投稿时，很有激情，也比较孤陋寡闻，以为作家发表文章必定是要用笔名的，不用笔名还称得上作家吗？所以我当时也用过很多笔名，但都不太满意，就像猴子掰苞谷，随用随弃，直到最后确定“非墨”，就懒得再改，沿用至今。进而在网上注册用户名时，用的也都是“非墨”这个名字。

名字只是一个代号。本名和小名往往都是父母或长辈取的，寄托着长者的期望或祝愿，而笔名、网络昵称一般是自己诌的，体现个性和自己的喜好。贾平凹说得最有意思：“名字是自己的，可叫得最多的倒是别人。”最初，曾有一家报社的编辑问过我为什么取“非墨”这样一个笔名，我认真解释过，说了四点理由，他认为很有点意思。后来仍有很多网友通过网络问过我这个问题，还有朋友当面追问过我，我觉得重复回答意义不大，往往笑而言他，避而不答。现在回想那四点理由，却有点儿模糊，记不太清楚了。硬要说说，大概是这样：

一、我极其喜欢庄子和惠子的濠梁之辩，“子非鱼安知鱼之乐”，以及名家的代表人物公孙龙的“白马非马”论，这是两个古代哲学命题。而且有一个华裔著名诗人叫“非马”的做榜样，觉得特别有意思。“非墨”大概源自于此。

二、“天子呼来不上船，自称臣是酒中仙”的李白，字太白；“在天愿作比翼鸟，在地愿为连理枝。天长地久有时尽，此恨绵绵无绝期”的杨贵妃，字太真。只因太白太真，似乎不食人间烟火，其命运往往多舛。自以为胸无大志的我在生活中，绝对的白做不到，退而求其次，赤橙黄绿青蓝紫和灰色，不黑总还是可以选择的。绝对的真做不到，只有另辟蹊径，不假总还是可以努力的方向。“非墨”暗存此意。

三、我是学理工的，不是玩笔墨的，文字不是我的专业和特长。在一般人眼里，爱玩文字就有点不务正业，搞起来就有点像特工搞“地下工作”，而且有时我对自己的文字又不能有充分的自信，知我者谓我心忧，不知我者谓我何求，难免遮遮掩掩，欲说还休。欲说还休，却道天凉好个秋。所以“非墨”也可解释为“不是搞文字工作的”。

四、因家庭遗传，我长得不黑，这是实话。至于心黑不黑，既不好妄自菲薄，也不好自我吹嘘。黑不黑，自己不好说，说了也没人信。

当然，最初我用的笔名不是“非墨”，而是“非黑”，并用这个笔名发表过一首诗。但后来觉得现代诗歌过于天马行空，不着边际，诗人不是我这种人可以胜任和担当的，因为要写出好诗似乎是先得把自己搞得疯疯癫癫才行，风险实在太大，尚还有一点儿自知之明，便知难而退了。所以，顺手在“黑”字下面加了一个“土”字，成了“墨”。加“土”以示脚踏实地，踏实做人，诚实生活，扎实写字，诗能写就写，不能写就老老实实写文章。文章能写就写，不能写就读读闲书，以遣有涯之生。

后来，无意中发现“非”和“墨”这两个字很对称，很平稳，汉字中对称的并不多见，因而越看越顺眼，越看越喜欢，情人眼里出西施，敝帚自珍，舍不得丢弃和更换，也就沿用至今了。

2007年1月11日作于北京